Michael Borlik
Der 13. Engel

D1917222

Michael Borlik, 1975 bei Köln geboren, studierte Germanistik, Philosophie sowie Ur- und Frühgeschichte. Seit 2001 veröffentlicht er regelmäßig Kinder- und Jugendbücher, vorwiegend in den Genres Krimi, Mystery und Fantasy. Er lebt als freier Schriftsteller in der Nähe von Leverkusen.

Michael Borlik

Der 13. Engel

Deutscher Taschenbuch Verlag

Bor12 Dr5 depa (1)

Das gesamte lieferbare Programm von dtv junior
und viele weitere Informationen finden sich unter
www.dtvjunior.de

MIX
Papier aus verantwortungsvollen Quellen
FSC® C019821
FSC
www.fsc.org

Ungekürzte Ausgabe 2011
Deutscher Taschenbuch Verlag GmbH & Co. KG,
München
© 2008 Thienemann Verlag (Thienemann Verlag GmbH)
Stuttgart/Wien
Umschlagkonzept: Balk & Brumshagen
Umschlagbild: Helmut Dohle
Gesetzt aus der Berling 11,5/14,5'
Gesamtherstellung: Druckerei C. H. Beck, Nördlingen
Gedruckt auf säurefreiem, chlorfrei gebleichtem Papier
Printed in Germany · ISBN 978-3-423-71441-9

Inhalt

Prolog

Helle Aufregung herrschte im Astronomieturm des Schlosses. Ein feurig roter Komet war am sternklaren Himmel über der Stadt aufgetaucht und nun drängten sich die königlichen Astrologen um ein riesiges Teleskop, machten sich eifrig Notizen und fertigten Skizzen von seiner Flugbahn an.

Wenig später traten sie in der Mitte des engen Turmzimmers zusammen, um mit vor Erregung geröteten Gesichtern das Erscheinen des Kometen zu deuten. Es gab nicht den geringsten Zweifel: Sein Auftauchen, so kurz vor der Krönung des künftigen Königs, konnte nur ein außergewöhnlich gutes Omen sein. Kaum hatten sie so entschieden, nickten sie sich zufrieden lächelnd über ihren silbergrauen Bärten zu.

Wie falsch die Astrologen lagen, ahnten sie nicht. Woher hätten sie auch wissen sollen, dass das Erscheinen des Kometen das Ende eines tausend Jahre alten Fluches einläutete? Eines Fluches, der seit Langem vergessen war. Und während sie sich wieder in die Betrachtung des Kometen vertieften, ereignete sich im Süden der Stadt Sonderbares.

Eine jähe Windbö traf das Portal der berühmtesten Kathedrale der Stadt und hob die schweren Bronzeflügel aus ihren Angeln, als wären sie leicht wie Papierdrachen. Krachend stürzten sie zu Boden, während der Wind ungebremst durch den langen Mittelgang fegte, sich an mächtigen Säulen und knarrenden Holzbänken rieb und erst erstarb, als alle Kerzen erloschen waren.

Dunkelheit.

Stille.

Dann plötzlich ein Ächzen und Stöhnen. Zuerst nur ganz leise, kaum hörbar. Als erwachte etwas aus einem langen und tiefen Schlaf und versuchte nun mühsam, die Steifheit von Jahrhunderten abzuschütteln. Doch schon im nächsten Moment erzitterte die Luft unter einem tiefen Grollen, wie wenn harter Fels unter einer schweren Last zerspringt. Ursprung des Grollens war das Herz der Kathedrale.

Dreizehn Engelsstatuen standen dort und bewachten den goldenen Thron, auf dem seit jeher die Könige des Landes gekrönt worden waren.

Wieder drang das Grollen durch die Dunkelheit und nun begannen sich die Statuen zu regen. Langsam öffneten sie ihre Lider. Die Augen darunter waren golden und leuchteten von innen heraus, als brenne ein helles Licht darin. Sie reckten und streckten die steifen Glieder und uralter Staub rieselte aus den Falten ihrer prächtigen Gewänder, die nicht länger aus Stein waren, sondern glatt und weich um ihre Körper wallten.

Lautlos stiegen die Engel von ihren Podesten. Überirdisch schöne Wesen mit mächtigen Schwingen, die wie Mäntel aus Federn um ihre Schultern lagen. Lautlos durchschritten sie den Mittelgang der Kathedrale und glitten hinaus in die Nacht, um zu vollenden, woran sie einst gehindert wurden.

Besuch von Tante Hester

Als Amy Tallquist an diesem Morgen erwachte, ahnte sie noch nichts davon, dass sie heute die beiden wichtigsten Dinge in ihrem Leben verlieren würde: ihr Zuhause und ihren Vater.

Ein Sonnenstrahl verirrte sich durch eine Ritze im Vorhang und kitzelte Amy an der Nase. Gähnend rieb sie sich die Augen, dann kletterte sie aus dem Bett und zog den Vorhang auf. Es war ein herrlicher Sonntagmorgen mit einem wunderbar blauen Himmel und einer goldgelben Herbstsonne. Ein ungewohnter Anblick in einer Stadt, die oft von dichtem Nebel heimgesucht wurde, der zu dieser Jahreszeit regelmäßig vom Fluss aufstieg.

Ein Pferd wieherte.

Amy öffnete das Fenster und beugte sich hinaus. Der Karren des Milchmannes hielt vor ihrer Haustür. Wenn ich mich beeile, hab ich das Frühstück fertig, bevor Papa nach unten kommt, dachte sie.

Amy lief zu der unscheinbaren, ein wenig mitgenommen aussehenden Kommode in der Ecke ihres Zimmers. Dort standen eine Kanne und eine Waschschüssel bereit. Sie hob die Kanne an und ließ vorsichtig etwas Wasser in die Schüssel plätschern. Anschließend tauchte sie die Hände hinein, um sich den Schlaf aus dem Gesicht zu waschen.

Brrr. Das Wasser war eiskalt.

Nachdem sie mit der Morgentoilette fertig war, schlüpfte sie in ihr Lieblingskleid und bürstete sich das Haar; widerspenstige, schwarze Locken, die sich einfach nicht bändigen lassen wollten. Schließlich gab Amy es auf und eilte nach unten. Sie holte die Milch herein und trug sie in die Küche. Es war eine kleine, gemütliche Küche, die immer ein wenig nach Pfefferminz duftete, dem Lieblingstee ihres Vaters. Amy öffnete die Ofenklappe und warf zwei Holzscheite hinein, um das Feuer wieder in Gang zu setzen, das über Nacht heruntergebrannt war. Dann begann sie mit den Vorbereitungen für das Frühstück. Gerade als sie mit Tischdecken fertig war, gab der Wasserkessel ein schrilles Pfeifen von sich. Sie schlang ein Handtuch um den heißen Henkel und goss das dampfende Wasser in die vorbereitete Teekanne. Fertig. Jetzt musste sie nur noch ihren Vater wecken.

Amy wollte bereits nach oben stürmen, als ihr Blick auf den Brief fiel, der an der Plätzchendose lehnte. Er steckte in einem ganz gewöhnlichen Umschlag, dennoch schien er von einer Aura aus Niedertracht und Boshaftigkeit umgeben zu sein. Ob das an der Handschrift der Absenderin lag? Die Buchstaben aus schwarzer Tinte wirkten so spitz und scharfkantig, dass man meinen konnte, sich an ihnen verletzen zu müssen, wenn man nur darüberstrich. Amy erschauderte. Der Brief stammte von Tante Hester. Sie hatte ihn vor zwei Tagen mit einem Boten geschickt, um ihren Besuch für heute anzukündigen.

Was will sie bloß von uns?, fragte sich Amy.

Tante Hester war der einzige Mensch auf der Welt, der niemals gute Laune hatte. Sie lächelte nie – außer, wenn sie sich am Leid oder über das Missgeschick eines anderen freuen konnte. Amy hatte sie zuletzt vor fünf Jahren gesehen. Auf der Beerdigung ihrer Mutter. Damals hatte es einen heftigen Streit zwischen Tante Hester und Amys Vater gegeben, weil sie ihn für den Tod ihrer Schwester verantwortlich machte. Dabei war es ein Unfall gewesen. Während eines Badeausflugs an der See war Amys Mutter von einer gefährlichen Welle erfasst und hinaus ins offene Meer getragen worden. Stundenlang hatten sie verzweifelt nach ihr gesucht. Aber Tante Hester hatte Amys Vater noch nie leiden können und darum wollte sie ihm ganz einfach die Schuld geben – ob es nun gerechtfertigt war oder nicht.

»Du bist heute aber früh auf.«

Amy fuhr erschrocken herum.

Im Eingang zur Küche stand ihr Vater, ein hagerer Mann mit angegrauten Schläfen und blassblauen, fast schon türkisfarbenen Augen. Wann immer Amy in diese Augen blickte, verwirrten und faszinierten sie sie zugleich. Eine geheimnisvolle Traurigkeit glomm in ihnen. Wie bei jemandem, der mehr von den schlimmen Dingen dieser Welt gesehen hatte, als gut für ihn war. Amy hatte die gleichen Augen. Nur strahlten ihre noch Offenheit und Zuversicht aus.

Beim Anblick des gedeckten Tisches zog ihr Vater erstaunt eine Braue hoch. »Warum hast du dir nur so viel Arbeit gemacht? Das hätte ich doch erledigen können.«

Amy verdrehte die Augen. »Ich weiß, Papa, aber ich mache es gerne.«

Sie setzten sich an den Tisch und Amy schenkte sich ein Glas Milch ein.

»Mhm, Pfefferminztee«, sagte ihr Vater, der an

der Teekanne geschnuppert hatte. Er goss sich eine Tasse ein und gab Zucker dazu. »Wo ist denn mein Löffel?«

»Oh, den hab ich vergessen.« Amy wollte schon aufspringen, doch sie war zu langsam. Ihr Vater wackelte kurz mit dem rechten Zeigefinger, woraufhin sich eine Schublade in dem Schrank hinter Amy öffnete und einen silbernen Löffel ausspuckte. Mit einem Klirren landete er auf dem Unterteller der Teetasse ihres Vaters.

Amy saß mit vor der Brust verschränkten Armen da und starrte ihn säuerlich an.

»Tut mir leid, Schätzchen«, sagte ihr Vater, als er ihren Blick bemerkte. »Ich weiß, dass du die Zauberei nicht magst. Aber so ging es einfach schneller.«

»Wozu?«

Ihr Vater runzelte die Stirn. »Was meinst du?«

»Es ist Sonntag und wir haben alle Zeit der Welt«, sagte Amy. »Was hätte es da ausgemacht, wenn du einen Augenblick länger auf deinen Löffel gewartet hättest?«

»Hm, ja, du hast recht, das war unhöflich von mir.« Er lächelte entschuldigend. »Du hast heute den Tisch gedeckt, also gelten auch deine Regeln. Keine weitere Zauberei. Versprochen!« Nachdem er sich ein Brot geschmiert hatte, sah er wieder auf. Ein Schatten lag auf seinem Gesicht. »Tante

Hester besucht uns ja heute. Ich hatte es fast vergessen.«

»Was sie wohl will?«

Ihr Vater zuckte die Achseln. »In ihrem Brief hat sie darüber nichts geschrieben. Nun, vielleicht kommt sie, um Frieden mit uns zu schließen.« Amy schnaubte, was ihren Vater zum Lachen brachte. »Ehrlich gesagt, kann ich mir das bei Tante Hester auch nicht vorstellen«, sagte er.

»Wir könnten einfach so tun, als wären wir nicht zu Hause«, schlug Amy vor.

»Dann wären wir nicht besser als sie.« Ihr Vater nahm einen Schluck von seinem Tee. »Hören wir uns erst einmal an, was sie zu sagen hat. Anschließend können wir sie immer noch rausschmeißen.« Er zwinkerte fröhlich.

Es wurde ein kurzes Frühstück, denn Amys Vater hatte noch zu arbeiten. Er war Reporter bei der *Royal Post*, der größten und angesehensten Zeitung der Stadt. Schon mehrmals war es ihm gelungen, verzwickte Fälle aufzuklären, an denen seine Kollegen und sogar die Polizei verzweifelt waren. Neuerdings arbeitete er an dem rätselhaften Verschwinden der dreizehn Engelsstatuen. Vor vier Wochen war jemand in die Kathedrale im Süden der Stadt eingebrochen und hatte sie gestohlen. Das war es zumindest, wovon die Polizei ausging. Und wie hätte es sich auch anders zugetragen haben sollen? Immerhin waren die Statuen aus massivem Stein. Sie konnten also schlecht selbst von ihren Podesten herabgestiegen sein und sich davongemacht haben.

Erst vor Kurzem musste Amys Vater auf einen wichtigen Hinweis gestoßen sein, denn seit einigen Tagen arbeitete er noch eifriger als sonst. Allerdings wollte er Amy nichts darüber verraten, was sie ärgerte. Wenn er schon so wenig Zeit mit ihr verbrachte, konnte er sie wenigstens an seiner Arbeit teilhaben lassen.

»Soll ich dir beim Abräumen helfen?«, fragte ihr Vater und stand von seinem Stuhl auf.

Amy schüttelte den Kopf und sah ihm nach, wie er die Küche verließ, um sich in sein Arbeitszimmer zurückzuziehen. Was war so anders an diesem Fall, dass er nicht mit ihr darüber reden wollte?

Um fünf Uhr läutete die Türglocke. Das musste Tante Hester sein. Amy strich ihr Kleid glatt und öffnete die Haustür. Vor ihr stand eine hochgewachsene, dunkelhaarige Frau mit einem spindeldürren Hals und so buschigen schwarzen Brauen, dass man Angst haben musste, sie würden einen jeden Moment anspringen. Sie trug ein tiefblaues Kleid und hielt einen glockenförmigen Schirm in der linken Hand, mit dem sie sich vor der Sonne schützte.

»Wie groß du geworden bist«, sagte Tante Hester mit einer unangenehm schrillen Stimme. »Dabei bist du erst ...« Sie runzelte die Stirn.

»Elf«, sagte Amy.

»Doch schon, so, so.« Tante Hester musterte sie mit einem kritischen Blick. »Nun ja, für elf bist du eher ein wenig klein geraten. Und so schrecklich dürr. Gibt dein Vater dir nicht genug zu essen?«

Tante Hester hatte sich nicht im Mindesten verändert. Noch immer verteilte sie Gemeinheiten so großzügig, als wären es Bonbons. »Von meinen Freundinnen bin ich die Größte«, sagte Amy trotzig, obwohl das gelogen war. Sie hatte nämlich keine Freundinnen.

Ihre Tante tat so, als hätte sie es nicht gehört. »Willst du mich nicht endlich hereinbitten?« Ohne eine Antwort abzuwarten, schob sie Amy mit ihrem Schirm zur Seite und drängte sich an ihr vorbei ins Haus. »Hier sieht es immer noch so heruntergekommen aus wie früher. Wo steckt dein Vater?«

»In der Küche«, sagte Amy und streckte Tante Hester hinter ihrem Rücken die Zunge raus.

Als ihre Tante die Küche betrat, stand Amys Vater am Tisch, den er gerade für den Tee vorbereitet hatte. »Wir haben uns lange nicht gesehen, Hester.« Er deutete auf einen Stuhl. »Nimm doch bitte Platz.«

Sie setzte sich und Amys Vater befahl der Teekanne mit einem Wackeln seines Zeigefingers, Tante Hesters Tasse zu füllen. »Dein Besuch überrascht mich«, sagte er, nachdem er und Amy ebenfalls saßen. »Als wir uns das letzte Mal gesehen haben, sind wir nicht unbedingt als Freunde auseinandergegangen.«

»Wir sind noch nie Freunde gewesen, Rufus«, entgegnete Tante Hester spitz. »Doch lassen wir die Vergangenheit ruhen.« Ihre eisblauen Augen wandten sich Amy zu. »Wo ist der Zucker?«

Hastig beugte sich Amy über den Tisch, um nach der Zuckerdose zu greifen.

Tante Hester rümpfte die Nase. »Wie ich sehe, hat sich also nichts geändert. Noch immer beherrschst du nicht einmal ...«

»Genug«, unterbrach Amys Vater sie streng. »Vergiss nicht, das ist unser Haus und du bist hier nur Gast.«

Tante Hesters Lippen wurden schmal. »Lass nur, Kind«, presste sie hervor. »Ich mache das selber.«

»Hier ist sie schon.« Amy reckte ihr die Hand mit der Zuckerdose entgegen. Tante Hester schnaufte leise. Plötzlich zuckte ihr Finger, woraufhin die Dose Amys Griff entschlüpfte und zu ihr herübergeschwebt kam. »Siehst du, so gehört sich das.«

Amys Wangen färbten sich rot. Sie war sich sicher, dass Tante Hester das nur getan hatte, um sie zu demütigen. Ihr Vater dachte wohl ganz ähnlich. Sein Gesicht hatte sich verfinstert. »Auch noch etwas Milch, Hester?« Im nächsten Moment hüpfte das Milchkännchen wie ein aufgescheuchtes Kaninchen über den Tisch, wobei es einen Großteil seines Inhalts über die Tischdecke vergoss.

Tante Hester warf ihm einen vernichtenden Blick zu. »Das war unnötig, Rufus.«

»Das Gleiche wollte ich gerade zu dir sagen.« Er sah Tante Hester durchdringend an. »Was willst du von uns?«

»*Ich* soll von *euch* etwas wollen?« Tante Hester zog in gespieltem Erstaunen die buschigen Brauen hoch.

»Lass das Theater«, sagte Amys Vater. »Ich kenne dich gut genug, um dich zu durchschauen. Sag, was du willst, oder geh! Aber verschwende nicht länger unsere Zeit!«

Plötzlich lächelte Tante Hester. Es war jene Art von Lächeln, bei dem einem eisige Schauder über den Rücken laufen. »Also gut, kommen wir zum eigentlichen Grund meines Hierseins. Es geht um deine Tochter, Rufus. Schon seit Jahren wird über sie in der Stadt geredet. Das hat mich bisher nicht weiter gestört, da kaum einer von unseren verwandtschaftlichen Banden weiß. Allerdings dringt dieses üble Geschwätz inzwischen bis in meine Kreise vor. Und das ist etwas, das ich nicht so einfach hinnehmen kann. Es beschmutzt den makellosen Namen meiner Familie.«

»Und das wollen wir natürlich nicht«, bemerkte Amys Vater zynisch.

»In der Tat.« Tante Hester nippte an ihrem Tee, während Amy sie mit einem dicken Kloß im Hals musterte und sich fragte, auf welche Gemeinheit sie wohl hinauswollte. »Schließlich hat deine Heirat mit meiner Schwester seinerzeit bereits genug Schaden angerichtet«, fuhr ihre Tante fort.

»Das reicht!« Amys Vater schlug mit der Faust so hart auf den Tisch, dass die Teetassen bedrohlich klirrten. »Bist du etwa nur gekommen, um uns zu beleidigen?«

»Nicht nur«, erwiderte Tante Hester kühl und reckte das spitze Kinn vor. »Ich möchte dir einen Vorschlag unterbreiten, der diesen Gerüchten ein für alle Mal ein Ende setzen dürfte.« Sie warf Amy einen nicht zu deutenden Blick zu. »Ich habe ein angesehenes Internat ausfindig gemacht, das bereit wäre, meine Nichte trotz ihres, nun ja, Defizits aufzunehmen. Es ist zwar abgelegen, aber Amy bekäme dort eine hervorragende Ausbildung, soweit es ihre eingeschränkten Fähigkeiten zulassen, und ich müsste mir nicht länger Sorgen um meinen Ruf machen. Selbstverständlich würde ich für alle anfallenden Kosten aufkommen.« Sie schürzte die Lippen. »Nun, Rufus, ich finde, das ist ein mehr als großzügiges Angebot, wenn man bedenkt, was mir mein Geld bedeutet.«

Amy schlug das Herz bis zum Hals. Das konnte Tante Hester unmöglich ernst meinen! Amy wollte auf keinen Fall fort von ihrem Vater. Ängstlich musterte sie sein Gesicht. Es war völlig reglos. Nichts verriet, was er gerade dachte. Natürlich hatte er es nie leicht mit ihr gehabt. Keine Schule war je bereit gewesen, Amy zu unterrichten, deshalb hatte er sich neben seiner Arbeit auch noch um ihre Ausbildung kümmern müssen. »Papa, bitte, ich möchte nicht ...«

»Still!« Er hatte mahnend den Zeigefinger erhoben und Amy wagte es nicht, ein weiteres Wort zu sagen. Langsam beugte ihr Vater sich über den Tisch und sein Blick bohrte sich in den von Tante Hester. »Wie kannst du es wagen, mir einen solchen Vorschlag zu unterbreiten? Ich liebe Amy. Sie ist alles für mich. Ich würde sie nie und nimmer fortschicken. Oh, Hester, wärst du nicht die Schwester meiner Frau, ich würde dich ...«

Das ungestüme Läuten der Türglocke schnitt ihm das Wort ab.

Tante Hester zog fragend die rechte Augenbraue hoch. »Wer mag das wohl sein?« Dann bedachte sie Amys Vater mit einem spöttischen Lächeln. »Ausgerechnet jetzt, wo diese Unterhaltung interessant zu werden versprach. Schließlich wollte ich schon immer wissen, wie du wirklich über mich denkst, liebster Rufus.«

Wieder erklang die Türglocke. Wer immer es war, es ging ihm nicht schnell genug. Denn nun bollerte er auch noch mit den Fäusten gegen die Tür. »Aufmachen!«, rief eine zornige Stimme.

Amy zuckte zusammen.

»Ich gehe wohl besser nachschauen«, sagte ihr Vater mit merkwürdig besorgter Miene.

Hochverrat

Amys Vater war vom Tisch aufgestanden, als etwas mit solcher Wucht gegen die Haustür krachte, dass das Splittern des Holzes bis in die Küche zu hören war.

»Papa!«, schrie Amy erschrocken.

»Verdammt, was soll das?« Wütend eilte ihr Vater davon.

»Wo willst du hin?«, rief Tante Hester, als Amy von ihrem Stuhl aufsprang und ihm nachlief. »Bleib hier, Kind!«

Im Flur wäre Amy fast mit ihrem Vater zusammengeprallt. »Was ist los, Papa?«

Er antwortete nicht.

Amy schob sich an ihm vorbei und starrte mit aufgerissenen Augen auf die Haustür, die einen ziemlich erbärmlichen Anblick bot. Ihre Überreste hingen schief in den Angeln und zischten und dampften wie ein feuchtes Stück Stoff, das man ins Feuer geworfen hatte. Sie schlug die Hand vor den Mund. Jemand hatte einen Zauber auf ihre Haustür losgelassen. Dabei verbot das Gesetz es aufs Strengste, Magie zu zerstörerischen Zwecken einzusetzen.

Ein Mann, groß und breit wie ein Bär, erschien in der aufgebrochenen Tür. Er trug eine schwarze Uniform, die sich über einen gewaltigen Bauch spannte und auf deren Brust das königliche Wappen prangte: ein großer schwarzer Stern auf samtblauem Hintergrund, umringt von dreizehn kleinen weißen Sternen. Ein Polizist. Und hinter seinen massigen Schultern waren die Köpfe weiterer Polizisten zu erkennen. Als er Amys Vater sah, blieb er stehen. »Sind Sie Rufus Tallquist?«

Amys Vater nickte leicht. »Ja, ja, der bin ich. Aber ...«

»Was zum Teufel geht hier vor?«, rief Tante Hester, die aus der Küche gestürmt kam. Hoch erhobenen Hauptes baute sie sich vor dem Polizisten auf. »Wer sind Sie überhaupt? Und was wollen Sie von meinem Schwager?«

Amy starrte sie ungläubig an. Seit wann setzte Tante Hester sich für ihren Vater ein?

Der Polizist trat jedoch einfach an ihr vorbei,

hob die fleischige Hand, die groß wie eine Bärenpranke war, und deutete damit anklagend auf Amys Vater. »Rufus Tallquist, hiermit verhafte ich Sie wegen Hochverrats!«

Amy starrte ihren Vater an. Hochverrat? »Was ... was meint er damit, Papa?« Ihre Stimme zitterte.

»Sie müssen sich irren«, brach es aus Amys Vater heraus. »Ich habe nichts Unrechtes getan.«

Der Polizist gab ein unwilliges Grunzen von sich. »Das sagen sie alle!« Er klopfte auf die Brusttasche seiner Uniform. Papier knisterte. »Ich habe hier einen Haftbefehl gegen Sie. Alles andere interessiert mich nicht.« Er wandte sich um. »Worauf wartet ihr noch?«, bellte er zwei Polizisten an. »Nehmt ihn schon in Gewahrsam!«

»Papa«, hauchte Amy.

Er wandte ihr das Gesicht zu. Es war bleich. Seine Lippen zitterten und in seinen Augen stand Angst. Entsetzliche Angst. Sie schlang die Arme um ihn und vergrub ihr Gesicht in seinem Jackett. »Nein, nein, nein«, schluchzte sie. »Lassen Sie ihn in Ruhe! Er hat noch nie jemandem etwas Böses getan!«

Hände packten sie grob an den Schultern und zerrten sie von ihrem Vater weg. Amy wehrte sich, schrie und strampelte mit den Füßen, aber der fette Polizist war einfach zu stark. Hilflos musste sie mit ansehen, wie sie ihren Vater abführten. Kurz bevor er aus ihrem Blickfeld verschwand, drehte er sich noch einmal um. »Hab keine Angst, Amy. Das kann nur ein schreckliches Missverständnis sein. Wir sehen uns schon bald wieder.« Seine Mundwinkel zuckten, als versuchte er zu lächeln. Dann zogen die Polizisten ihn auch schon mit sich fort.

Das Einzige, woran Amy in diesem Moment denken konnte, war, dass auf Hochverrat die schlimmste aller Strafen stand: der Tod. Ihre Unterlippe begann zu beben. Draußen wurde eine Tür zugeschlagen. Im nächsten Moment waren Hufgeklapper und das Rattern der davonrollenden Gefängniskutsche zu hören.

Erst jetzt ließ der fette Polizist Amy los. Rasch trat er zwei Schritte von ihr zurück, als fürchtete er, sie könnte wieder anfangen, um sich zu schlagen.

»Was wird jetzt aus dem Mädchen?«, erkundigte sich Tante Hester in vorwurfsvollem Ton. »Sie können sie ja wohl kaum alleine hier zurücklassen.«

»Sie sind nicht ihre Mutter?«, fragte der Polizist.

»Meine Schwester ist vor einigen Jahren verstorben.«

»Ihre Tante, hm.« Er kratzte sich am Kopf. »In

dem Fall schlage ich vor, dass das Mädchen bei Ihnen wohnt.«

»Das geht nicht«, protestierte Tante Hester schrill. »Ich kann Kinder nicht aus... Ich meine, ich kenne mich nicht mit ihnen aus.«

Der Polizist zuckte die Achseln. »Jemand muss sich um die Kleine kümmern, das haben Sie selbst gesagt. Aber ich muss jetzt weiter. Die Pflicht ruft.« Damit drehte er sich um und stapfte aus der noch immer qualmenden Haustür.

Tante Hesters Kopf fuhr herum. »Ich wusste ja, dass dein Vater zu nichts taugt. Aber Hochverrat?« Sie kniff die dünnen Lippen zusammen, womit sie wohl Missbilligung zum Ausdruck bringen wollte. Dabei sah es vielmehr danach aus, als versuchte sie, ein Lächeln zu verbergen.

Amy stand einfach nur da und brachte keinen Ton heraus. Tränen kullerten ihr über die Wangen. Das alles konnte nur ein grässlicher Albtraum sein, aus dem sie jeden Augenblick wieder erwachen würde.

»Jetzt hör schon auf zu heulen«, fuhr Tante Hester sie an. »Ich kann das nicht ausstehen. Außerdem könntest du ruhig ein wenig mehr Dankbarkeit zeigen, schließlich bin ich bereit, dich bei mir wohnen zu lassen. Nun ja, zumindest bis zum Ende der Gerichtsverhandlung. Sobald dein Vater dann verurteilt ist und ich zu deinem neuen Vormund ernannt werde, schicke ich dich auf dieses Internat. Etwas mehr Strenge wird dir guttun.«

Amy sah mit tränenverschleiertem Blick zu ihr auf. Fünf Jahre lang hatten sie sich nicht gesehen, trotzdem hatte ihre Tante bisher kein einziges freundliches Wort für sie übrig gehabt. Selbst jetzt war sie noch gemein zu Amy, wo ihr gerade das Schlimmste zugestoßen war, das sie sich hatte vorstellen können. Plötzlich runzelte Amy die Stirn. Warum war ihre Tante überhaupt so wütend? Eigentlich müsste sie doch frohlocken, wo ihrem Plan, Amy aus der Stadt zu schaffen, nun nichts mehr im Wege stand.

»Himmel, worauf wartest du noch?«, fragte Tante Hester ungehalten. »Geh schon nach oben und pack deine Sachen!«

Amy gehorchte ohne Widerworte. Stufe für Stufe schleppte sie sich hinauf ins Obergeschoss. Ganz dumpf und taub fühlte sie sich in ihrem Inneren, als wäre sie mit einem riesigen Wattebausch ausgestopft. Mechanisch hob sie die Hand, um die Tür zu ihrem Zimmer zu öffnen. Kaum war sie drinnen, warf sie sich aufs Bett und vergrub schluchzend das Gesicht in den Kissen. Von unten drang Tante Hesters unangenehme Stimme zu ihr herauf. »Was machst du denn so lange da oben? Ich habe nicht den ganzen Tag Zeit!«

Der verzauberte Garten

Tante Hester wohnte im Pfauenpark, einer vornehmen Wohngegend auf der anderen Seite der Stadt, die nur den wohlhabendsten und einflussreichsten Familien vorbehalten war, den Angehörigen uralter Adelshäuser und mächtiger Kaufmannsfamilien und natürlich den Ministern und Ratgebern des Königs. Nachdem sie das Haus verlassen hatten, rief Tante Hester eine Droschke herbei. Ratternd rollte ein Einspänner heran, der von einem schwarzen Pferd gezogen wurde. Mit einem Wink seines Fingers brachte der Kutscher zunächst Amys Koffer unter, anschließend half er ihr und ihrer Tante einzusteigen. Er selbst kletterte zurück auf den Kutschbock und ließ die Peitsche knallen. Wiehernd setzte sich das Pferd in Bewegung.

Die Droschke ruckelte über das unebene Kopfsteinpflaster, dass man seekrank hätte werden können. Doch Amy nahm das kaum wahr. Mit leerem Blick starrte sie auf die Häuser und Menschen, an denen sie vorüberfuhren. Wie trist und traurig die Welt ihr mit einem Mal vorkam. Überall sah sie zerlumpte Kinder, die in den Zugängen düsterer Hinterhöfe spielten oder vorübereilende Passanten um Geld anbettelten. Es gab so viele arme Menschen in dieser Stadt. Zwar waren sie alle magisch begabt, doch was nützte es ihnen, wenn sie kein Geld besaßen, um auf die Schule zu gehen oder um sich einen Hauslehrer zu leisten, der sie in Magie unterrichtete? Daher beherrschten die meisten von ihnen nur unbedeutende Zaubertricks, aber nichts, was ihnen hätte helfen können, ihrem traurigen Schicksal zu entrinnen. Und doch war es so viel mehr, als Amy je in ihrem Leben können würde. Das war alles so ungerecht! Die ganze Welt war ungerecht!

Amy wischte sich über die Augen. Sie hatte so schreckliche Angst um ihren Vater. Und wie sehr sie ihn vermisste, obwohl sie erst kurz voneinander getrennt waren!

Die Droschke fuhr auf eine breite Straße hinaus, auf der noch andere Kutschen unterwegs waren und die zu beiden Seiten von kleinen, eleganten Geschäften gesäumt wurde. Frauen flanierten in prächtigen Kleidern und mit Schirmen, die sie vor der ungewöhnlich warmen Oktobersonne schützten, die Gehwege entlang. Und die Männer trugen elegante dunkle Anzüge und Zylinder. Dies war eindeutig eines der reicheren Viertel der Stadt.

Amy kam nur selten hierher, daher lenkten sie die vielen Dinge, die es zu sehen gab, ein wenig von ihrer Traurigkeit ab. Besonders die zahlreichen bunten Wimpel und Flaggen mit dem Wappen der königlichen Familie, die an Häusern und von Straßenlaternen hingen, zogen ihre Aufmerksamkeit auf sich. Sie flatterten aufgeregt im Wind und erinnerten an die bevorstehende Krönung. Seit Wochen war die Stadt mit den Vorbereitungen dafür beschäftigt.

»Ist es nicht furchtbar?«, beschwerte sich Tante Hester aus heiterem Himmel. Vielleicht, weil es ihr einfach unmöglich war, längere Zeit zu schweigen, ohne dann und wann etwas Gehässiges von sich zu geben. »In zwei Wochen wird Prinz Henry zum König gekrönt. Ein Kind von gerade mal siebzehn Jahren. Er weiß doch gar nicht, was es überhaupt heißt, zu regieren.«

Amy konnte es nicht glauben. Wie konnte ihre Tante sich nur über so etwas aufregen, wo doch gerade erst ihr Vater verhaftet worden war?

»Was ist? Hat es dir die Sprache verschlagen?«

Tante Hester schüttelte entnervt den Kopf. »Ich finde, wir brauchen einen richtigen König. Jemanden mit Erfahrung, der weiß, was er will. Und nicht so einen Grünschnabel.« Sie funkelte ihre Nichte an. »Ist es nicht so?«

Amy nickte, um ihre Ruhe zu haben. Ein Streit mit ihrer Tante war das Letzte, was sie jetzt gebrauchen konnte. Dafür hatte sie einfach nicht mehr die Kraft.

Der Fluss tauchte zu ihrer Rechten auf, ein breiter Strom von mattgrauer Farbe, der die Stadt in der Mitte teilte. Lastkähne glitten langsam auf ihm dahin. Und da war auch eines dieser neumodischen Dampfschiffe, die man seit einiger Zeit immer öfter sah. Amy krauste die Nase, als der Wind drehte und den Geruch von Abwässern und totem Fisch herüberwehte. Den »Preis des Fortschritts« hatte ihr Vater diesen Gestank einmal genannt.

Plötzlich machte die Straße einen Schlenker und vor ihnen ragten die schwarzen Türme der alten Festung auf. In früheren Zeiten war sie der Sitz des Königs gewesen, heute diente sie nur noch als Gefängnis für Diebe, Verräter und Mörder. Dorthin mussten sie auch Amys Vater gebracht haben. Alleine bei dem Gedanken daran füllten sich ihre Augen erneut mit Tränen. Doch Amy zwinkerte sie fort. Vor Tante Hester wollte sie auf keinen Fall mehr weinen. Sie würde nur wieder etwas Gemeines sagen.

Bald darauf hielt die Droschke vor einem prächtigen Haus, das auf einem freien Platz am Ende einer Straße stand. Es war weiß wie frisch gefallener Schnee und um ein Vielfaches größer als das Haus, in dem Amy mit ihrem Vater wohnte. Amy mochte es nicht, obwohl sie wusste, dass auch ihre Mutter hier aufgewachsen war. Das Haus war ihr unheimlich. Aus dem Dach ragten viele spitze Giebel, die wie die Zähne eines hungrigen Wolfes aussahen. Der Anblick ließ sie frösteln.

»Worauf wartest du noch?«, nörgelte Tante Hester und stieß sie fast aus der Droschke.

Erst jetzt fiel Amy auf, dass der Kutscher ihr die Hand hinhielt. Nachdem auch ihre Tante aus der Kutsche geklettert war, zog sie ihre Geldbörse, um den Mann zu bezahlen. Amy nutzte die Gelegenheit, um sich ein wenig umzuschauen. Früher, als ihre Mutter noch gelebt hatte, waren sie Tante Hester gelegentlich besuchen gefahren. Allerdings lag das schon so lange zurück, dass Amy sich kaum daran erinnern konnte.

Sie blickte die Straße entlang. Dort standen noch mehr Häuser. Zwar nicht ganz so imposant wie das von Tante Hester, aber dennoch beeindruckend. Die meisten lagen hinter den uralten

Kastanien verborgen, die zu beiden Seiten der Straße wuchsen.

Unter einem der Bäume entdeckte Amy einen Mann, der zu ihr herüberstarrte. Er trug einen indigoblauen Anzug und einen ebensolchen Zylinder. Sobald er jedoch bemerkte, dass Amy ihn gesehen hatte, eilte er davon.

»Was tust du da, Kind?«, wollte Tante Hester wissen.

Amy drehte sich um. »Nichts«, sagte sie und hatte den Fremden im selben Augenblick vergessen.

»Warum trödelst du dann herum?« Tante Hester verdrehte die Augen. »Nun beweg dich schon!«

Amy hievte den Koffer hoch, der vor ihr auf dem Kopfsteinpflaster stand. Puh, warum hatte sie nur so viel eingepackt? Mit vor Anstrengung hochrotem Kopf folgte sie ihrer Tante ins Haus.

Das Erste, was Amy auffiel, war die ungeheure Stille. Wie ein lebendiges Wesen füllte sie das ganze Haus aus. Ein lauernder Jäger, der sich auf jedes noch so kleine Geräusch stürzen würde, um es zu verschlingen und damit diese unnatürliche Ruhe aufrechtzuerhalten. Amy schauderte. Es war, als hätte man ein Museum betreten. Nein, schlimmer noch: einen Friedhof. Und tatsächlich kam auch niemand angelaufen, um sie zu begrüßen.

»Wer wohnt hier sonst noch?«, fragte Amy eingeschüchtert.

»Nur wir zwei«, sagte Tante Hester.

Amy sah sie ungläubig an. Ihre Tante war ungeheuer reich und trotzdem hatte sie nicht einmal ein Hausmädchen?

»Heutzutage kann man sich auf niemanden mehr verlassen«, sagte Hester, als hätte sie Amys Gedanken erraten. »Wenn man will, dass die Dinge richtig gemacht werden, erledigt man sie am besten persönlich.« Sie deutete auf Amys Koffer. Mit einem Ruck befreite er sich aus ihrer Umklammerung und schwebte zur Garderobe.

»Das hätte ich auch selber machen können«, sagte Amy und erntete dafür ein herablassendes Lächeln von ihrer Tante. »Ja, natürlich.«

Amy wurde rot. »Ich meine, ich hätte den Koffer hintragen können. Die Garderobe ist nur drei Schritte entfernt.«

»Deine Gegenwart ist mir auch so schon unangenehm genug, ohne dass ich mir von dir deine Unfähigkeit ständig vor Augen halten lassen muss«, erwiderte Tante Hester und schritt durch den Flur davon. »Wo bleibst du denn?«, rief sie, ohne überhaupt nachgesehen zu haben, ob ihre Nichte ihr nicht bereits folgte.

Amy starrte ihr wütend und traurig zugleich nach. »Vielleicht hält es auch einfach niemand mit dir aus und deshalb wohnst du ganz alleine hier!«, hätte sie ihrer Tante am liebsten hinterhergeschrien.

Kurze Zeit später saßen sie im Wohnzimmer und Tante Hester erklärte ihr die Hausregeln. Die erste und wichtigste lautete, dass Amy niemals alleine das Haus verlassen durfte. Zweitens war es ihr verboten, außerhalb der Küche oder des Esszimmers zu essen, es sei denn, ihre Tante ordnete es an. Und auf den Vitrinenschränken und den Fenstern hatten weder Nasen- noch Fingerabdrücke etwas zu suchen. Überhaupt sollte Amy am besten für alles um Erlaubnis fragen. Selbst wenn sie nur in den Garten gehen wollte. Amy seufzte in sich hinein. Warum sperrte ihre Tante sie nicht gleich in eine Besenkammer und warf den Schlüssel fort?

Im nächsten Moment tat Tante Hester etwas, das so gar nicht zu ihr passen wollte: Sie zauberte ein Fotoalbum herbei. Darin befanden sich viele Schwarz-Weiß-Bilder von ihr und Amys Mutter. Und dann sagte ihre Tante das erste und einzige Mal in ihrem Leben etwas Nettes zu Amy. »Dieses Foto zeigt deine Mutter, als sie in deinem Alter war. Ich hatte ganz vergessen, wie ähnlich ihr euch seid. An dem Tag, als das Foto gemacht wurde, unternahmen wir einen Ausflug ...« Sie brach mitten im Satz ab. »Ist ja auch egal.« Die Wärme, die ihrer Stimme einen Moment lang Leben eingehaucht hatte, war wieder erloschen.

Amy hätte gerne noch mehr über die Kindheit ihrer Mutter erfahren, wusste jedoch, dass es zwecklos gewesen wäre, zu fragen.

Tante Hester schnippte mit den Fingern, damit die nächste Seite aufschlug. »Das sind deine Mutter und ich als junge Frauen.« Sie sagte das in einem Tonfall, als verlese sie eine Anklage. »Sieh nur, wie sie lächelt. Damals war sie noch glücklich – und dann traf sie deinen Vater, diesen Versager.«

Amy glaubte sich verhört zu haben. »Mein Vater ist kein Versager«, sagte sie aufgebracht.

»Und warum sitzt er dann im Gefängnis?«

Amy presste die Lippen zusammen, damit ihr nicht die Worte entschlüpften, die ihr auf der Zunge brannten. Doch plötzlich runzelte sie die Stirn. Ja, warum war ihr Vater überhaupt verhaftet worden? Der Polizist hatte zwar etwas von Hochverrat gesagt, aber nicht, was genau er getan haben sollte. »Wann kann ich meinen Vater besuchen?«, fragte Amy, die plötzlich das Gefühl hatte, unbedingt mit ihm reden zu müssen.

Tante Hester gab ein Glucksen von sich, als hätte ihre Nichte etwas besonders Komisches gefragt. »Überhaupt nicht.«

»Aber ...«

»Du kannst dir ja wohl denken, dass seine Gerichtsverhandlung nicht beginnen wird, bevor die Krönungsfeierlichkeiten vorüber sind. Das ist das Einzige, was die Menschen in dieser Stadt im Moment interessiert«, erklärte Tante Hester in bissigem Tonfall. »Bis dahin darf er auch keinen Besuch empfangen.«

»Woher willst du das wissen?«, protestierte Amy. »Wir haben es nicht einmal versucht.«

»Weil es zwecklos wäre.«

Amy reckte angriffslustig das Kinn vor. »Das sagst du nur, weil du ihn nicht magst!«

»Weißt du was, Kind? Du hast recht. Und wie recht du hast. Aber das hat nichts damit zu tun, dass auch ich nichts an unseren Gesetzen ändern kann.« Tante Hesters Mundwinkel zogen sich zu einem gehässigen Lächeln auseinander. »Und selbst wenn ich es könnte, würde ich meinen Einfluss nicht an jemanden wie ihn verschwenden.«

Amy sprang so plötzlich auf, dass ihr Stuhl nach hinten wegkippte. Polternd schlug er zu Boden. »Ich hasse dich!«

Tante Hester erhob sich ebenfalls von ihrem Stuhl. Ihre rechte Braue war ein Stück nach oben gerückt und nun blickte sie voller Verachtung auf Amy herab. »Du bist nichts weiter als ein lästiger Quälgeist.« Sie schnaubte. »Ich verstehe nicht, warum sie überhaupt an dir interessiert ist. Was ist so Besonderes an dir?«

»Was ... was meinst du?«, fragte Amy erschrocken. »Wer ist an mir interessiert?«

»Warum kannst du nicht wie deine Mutter sein?«, fuhr Tante Hester vorwurfsvoll fort, anstatt ihr zu antworten. »Sie war so begabt. Was alles aus ihr hätte werden können. Stattdessen heiratete sie deinen Vater und wurde mit einem Kind wie dir gestraft.«

Amys Magen krampfte sich zusammen. Wie konnte Tante Hester nur so etwas sagen? Ihre Mutter hatte sie geliebt. Ganz bestimmt. Amy blickte ihrer Tante in die Augen und erkannte in der gleichen Sekunde, dass das längst nicht alles war. Dass sie gerade erst angefangen hatte, sich in Rage zu reden.

»Ich begreife es nicht!«, schrie Tante Hester los und zitterte dabei vor Wut am ganzen Körper. »Womit hat unsere Familie bloß eine Missgeburt wie dich verdient?« Ihre Nasenflügel blähten sich auf. »Ein Mensch, der nicht zaubern kann. Pah, das ist wider die Natur! Und wie willst du überhaupt in dieser Welt bestehen, wenn du nicht einmal die einfachsten Zauber beherrschst? Bestimmt kannst du nicht einmal alleine dein Zimmer aufräumen, was? Von mir brauchst du jedenfalls nicht zu erwarten, dass ich dir hinterherputze.«

»Das ist auch gar nicht nötig. Ich komme sehr gut alleine zurecht. Und wenn ich sauber machen will, nehme ich einen Besen. Ganz einfach.« Heiße Tränen rannen Amy über die Wangen. »Einen Besen«, wiederholte sie schluchzend. »Und ich bin keine Missgeburt!« Sie drehte sich um und stürmte davon.

Amy lief durch viele Zimmer voll edler Möbel und kostbarer Teppiche. An die meisten Räume hatte sie nicht die geringste Erinnerung. Wo war nur der Ausgang? Dieses Haus war so riesig und verwinkelt wie ein Labyrinth. Vielleicht hatte Tante Hester es auch verhext, um Amy für immer darin einzusperren. Da stand sie plötzlich vor einer Tür, hinter der eine düstere Kellertreppe lag. Ein modriger Geruch kroch ihr entgegen, als würde etwas schon viel zu lange dort unten vor sich hin faulen. Angewidert warf Amy die Tür zu und öffnete eine andere. In diesem Zimmer befand sich nichts weiter als ein Piano.

Flirrendes Sonnenlicht fiel durch eine Terrassentür, die hinaus in einen weitläufigen Garten führte. Dieser Garten war so wunderschön, dass er Amy für einen Moment alles andere vergessen ließ. Wie in Trance öffnete sie die Terrassentür und trat hinaus. Die Luft war erfüllt vom Summen vieler Insekten. Amy schnupperte. Es roch nach Vanille, Rosen und Lavendel. Und nach etwas, für das sie keinen Namen wusste, das aber ein so friedliches Gefühl in ihr auslöste, wie man es nur hat, kurz nachdem man aus einem glücklichen Traum erwacht ist.

In dem Garten wuchsen Pflanzen, wie Amy sie noch nie zuvor gesehen hatte. Da war ein gewaltiger Strauch, um einiges größer als sie selbst, der über und über mit blassblauen Blüten besetzt war. Als der Wind hindurchwehte, sah er wie eine sprudelnde Fontäne aus. Amy fuhr sich über die Stirn. Sie schwitzte. In diesem Garten war es viel wärmer als in der übrigen Stadt. Das konnte nur bedeuten, dass er verzaubert war. Vermutlich hatte Tante Hester das getan, damit sie nicht zu viel Arbeit mit ihm hatte. Denn jemand wie sie machte sich bestimmt nicht gerne die Finger schmutzig.

Plötzlich hörte Amy leises Kichern.

Sie ging um den Blütenstrauch herum und entdeckte einen Teich mit goldgelben und roten Seerosen. Eine Bank stand an seinem Ufer. Amy ging hin und setzte sich. Alles hier war so friedlich, so schön, so …

Sie vergrub das Gesicht in den Händen. Wie konnte sie nur diesen Garten bestaunen, während ihr Vater in einer dunklen, feuchten Zelle hockte, in der es bestimmt von Ratten, Spinnen und Kakerlaken wimmelte?

»Geht es dir nicht gut?«, fragte eine Stimme.

Hastig rieb sich Amy über die Augen, dann wandte sie sich um. Vor ihr stand ein Junge mit strohblondem Haar und lächelte sie schüchtern an.

Finn

»Ich bin Finn«, sagte er und setzte sich zu Amy auf die Bank. Er konnte kaum älter als sie selbst sein. »Und wer bist du?«

»Amy, äh, Amy Tallquist.« Was machte dieser Finn im Garten ihrer Tante?

»Bist du zu Besuch hier?«

Amy schüttelte zuerst den Kopf, dann nickte sie.

Finn zog verwundert eine Braue hoch. »Was denn jetzt? Ja oder nein?«

»Ich werde nur so lange hier wohnen, bis mein Vater wieder zurückkommt.« Und das wird er!, fügte sie in Gedanken hinzu.

»Dann ist er also verreist?«

»Er ist ...« Sie schüttelte ärgerlich den Kopf.

Warum ließ sie es zu, dass dieser fremde Junge sie ausfragte? »Was tust du überhaupt hier?«

»Ich arbeite für Meister Chang«, sagte er wie selbstverständlich. »Er ist der beste Gärtner der Welt. Ich bin so froh, dass er mich als Lehrling genommen hat. Das ist eine Ehre. Ja, wirklich!« Seine hellbraunen, fast schon bernsteinfarbenen Augen leuchteten vor Stolz. »Meister Chang hat diesen Garten ganz alleine angelegt. Unglaublich, nicht wahr?«

Amy sah ihn verwirrt an. »Ich dachte, hier wohnt niemand außer meiner Tante.«

»Wir wohnen auch nicht im Haus«, sagte Finn. »Am Ende des Gartens versteckt sich ein kleiner Schuppen. Das ist unser Zuhause.« Er neigte den Kopf zur Seite und musterte Amy neugierig. »Warum hast du vorhin geweint?«

Amy wich seinem Blick aus und riss überrascht die Augen auf. Zwischen den Seerosen im Teich tummelten sich winzige Nixen mit Fischschwänzen und kleine blaue Wassermänner mit Dreizacken, die sie zuvor nicht bemerkt hatte. Gebannt beobachtete Amy, wie ein Wassermann einer Nixe etwas ins Ohr flüsterte, woraufhin diese hinter vorgehaltener Hand zu kichern begann. Es war das gleiche Kichern, das sie hierher gelockt hatte.

»Du magst wohl nicht darüber reden, was?«,

hakte Finn nach und erinnerte Amy daran, dass er ihr eine Frage gestellt hatte.

Tatsächlich hatte sie keine Lust dazu, und darum musste sie ihn irgendwie auf andere Gedanken bringen. »Hast du schon die Wasserleute gesehen? Woher kommen …?«

»Meister Chang hat sie mitgebracht. Weiß auch nicht, woher er sie hat«, unterbrach er sie. »Was ist jetzt?«

Dieser Finn war wirklich hartnäckig. »Ich kann nicht«, sagte Amy leise und starrte auf ihre zitternden Hände, mit denen sie kleine Fussel von ihrem Kleid zupfte.

»Du hast es ja nicht einmal versucht«, sagte Finn.

Amy warf ihm einen säuerlichen Blick zu. Bei ihrem Vater half das immer, wenn er etwas tat, das ihr nicht gefiel. Finn dagegen wirkte nicht im Mindesten eingeschüchtert. »Ich bin ein guter Zuhörer«, fuhr er munter fort. »Meister Chang sagt das auch immer und der hat wirklich viel zu erzählen.«

Ich geb's auf, dachte Amy. Finn würde nicht eher Ruhe geben, bis er alles wusste. Nur: Konnte sie ihm trauen? Vielleicht war er ja ein Spion ihrer Tante. Aber selbst wenn es so wäre, was konnte sie ihm schon erzählen, das Tante Hester nicht über sie wusste? »Du bist eine Nervensäge.«

Finn grinste. »Ich weiß.«

Amy holte tief Luft und kämpfte gegen die Tränen an, die wieder in ihr aufzusteigen drohten. »Es ist wegen meinem Vater. Er wurde heute Morgen verhaftet.« Mit einem Mal sprudelten die Worte nur so aus ihr heraus und wollten nicht eher versiegen, als bis sie die ganze Geschichte erzählt hatte. Finn hörte geduldig und mit ernster Miene zu, ohne sie ein einziges Mal zu unterbrechen. Als Amy endlich fertig war, fühlte sie sich sogar ein ganz kleines bisschen besser.

»Also deshalb bist du so traurig.«

»Und weil ich mich mit meiner Tante gestritten habe«, sagte Amy. »Sie hasst mich!«

Finns Mund klappte auf, aber kein Wort kam ihm über die Lippen. Zum ersten Mal schien er sprachlos.

»Es ... es ist, na ja, weil ich nicht zaubern kann. Nicht mal ein winziges bisschen. Ich bin eben zu nichts nutze.« Amy zuckte hilflos die Schultern.

»Das meinst du nicht ernst! Jeder kann doch zaubern!«

»Ich aber nicht.« Sie funkelte ihn an. »Dabei habe ich alles versucht. Immer wieder habe ich geübt und geübt, doch es ist nie etwas passiert. Als ich noch klein war, hat es meine Eltern fast zur Verzweiflung getrieben, dass ich nicht mal die allereinfachsten Zaubertricks lernte. Und sie haben sich so bemüht.« Amy wandte den Blick ab, weil ihr erneut die Tränen kamen, und fuhr kaum hörbar fort: »Kannst du dir vorstellen, wie schlimm es für mich war, zusehen zu müssen, wie all die anderen Kinder in meinen Augen kleine Wunder vollbrachten, während mir klar wurde, dass ich anders war als sie, dass ich das alles niemals würde tun können? Und dass das der Grund war, warum ihre Eltern sie von mir fernhielten?«

Finn berührte sie zaghaft an der Schulter. »Tut mir leid, das habe ich nicht gewusst.«

»Wie solltest du denn auch?«, murmelte Amy. Sie schluckte. »Meine Tante hat eben doch recht. Ich bin eine Missgeburt, jawohl.«

Finn prustete los.

Amy zuckte zusammen und lief puterrot an. Selbst die Spitzen ihrer Ohren verfärbten sich. »Das ist überhaupt nicht komisch«, zischte sie beleidigt.

»Ist es auch nicht«, gab Finn ihr recht, nachdem er sich wieder beruhigt hatte. »Aber dich deshalb gleich als Missgeburt zu beschimpfen ... Das ist echt fies! Dann kannst du eben nicht zaubern. Na und? Und um ehrlich zu sein, habe ich ein ganz ähnliches Problem.«

»Wirklich?«, fragte Amy hoffnungsvoll.

Finn nickte. »Ich bin der mieseste Zauberer der Stadt.«

Amy musterte ihn skeptisch.

»Ganz bestimmt«, sagte er überzeugt. »Ich wurde nie in Magie unterrichtet. Natürlich schnappt man mit der Zeit auch auf der Straße den ein oder anderen Zauberspruch auf, aber während meine Freunde sie mit Leichtigkeit erlernten, wollten sie mir nie gelingen. Das Einzige, was ich wirklich kann, ist Trugbilder heraufzubeschwören.«

Amy sah ihn verblüfft an. »Trugbilder?«

»Dinge, die real aussehen, es aber nicht sind. Sie zu rufen, kostet mich sehr viel Kraft. Zudem halten sie nicht besonders lange.« Er verzog missgelaunt das Gesicht. »Tja, das ist auch nicht wirklich besser.«

Amy grinste plötzlich. Es war das erste Mal, dass sie jemandem begegnete, der auch Probleme mit der Zauberei hatte.

»Meister Chang hat mir inzwischen sogar verboten, bei der Gartenarbeit zu zaubern«, erzählte Finn bereits weiter. »Ich habe nämlich mal versucht, mit Magie eine umgefallene Schubkarre wieder aufzustellen. Das hättest du sehen müssen! Die hat plötzlich gebockt wie ein wildes Pferd.« Er lächelte verlegen. »Zu allem Übel hat sie Meister Chang auch noch gebissen. Muss ziemlich wehgetan haben, so grün, wie er angelaufen ist.«

Amy lachte auf. »Und ich dachte, dieser Garten steckt voller Magie.«

»Tut er ja auch.« Finn schnaubte. »Meister Chang hat versucht, es zu verhindern. Deine Tante wollte jedoch nicht auf ihn hören. Sie glaubt wohl, dass die Dinge nur dann richtig gelingen, wenn auch etwas Magie drinsteckt. Also hat sie einen Zauber über den Garten gesprochen, damit es hier wärmer ist und auch öfter regnet.« Er verdrehte die Augen. »Als ob eine Gießkanne es nicht auch getan hätte.«

»Das ist so typisch für sie.«

»Ich glaub, ich weiß etwas, das dich aufmuntern wird«, sagte Finn. »Hier im Garten wächst eine seltene Blume. Sie heißt Mondfeuer, weil sie nur bei Vollmond blüht. Und das ist schon in vier Tagen. Da musst du unbedingt dabei sein!«

»Hm, ich weiß nicht, dann müsste ich mich ja nachts aus dem Haus schleichen. Wenn mich meine Tante dabei ...« Amy verstummte. Was interessierte sie, was Tante Hester dachte? Ihr war es schließlich auch egal, wie sich Amy fühlte. »Und wie sieht dieses Mondfeuer aus?«

Finn überlegte kurz. »Es ist eine große silberblaue Blüte und aus ihrer Mitte züngelt eine elfenbeinfarbene Flamme, die wie brennendes Mondlicht aussieht. Und sie singt. Na ja, zumindest hört es sich so an, wenn der Wind die Blütenblätter streift. Dann erfüllt ein sanftes und helles Klingeln die Luft.«

»Das klingt schön.«

Finn lächelte. »Nur mit der Nase sollte man der Blüte nicht zu nahe kommen. Das kann ziemlich wehtun.«

»Warum das?«, fragte Amy.

»Die Elfenbeinflamme ist kalt wie Eis. Glaub mir, ich weiß, wovon ich spreche.« Er rieb sich die Nasenspitze. Amy kicherte.

»Leider blüht das Mondfeuer nur wenige Stunden lang«, sagte Finn kurz darauf ein wenig traurig. »Sobald am Morgen die Sonne aufgeht, welkt sie und zerfällt zu Staub. Ist man jedoch dabei, wenn sich die Blüte öffnet, darf man sich etwas wünschen. Keine Ahnung, ob es wirklich wahr wird. Meister Chang glaubt jedenfalls fest daran.«

»Versprich mir, mich zu holen, wenn es so weit ist, ja?«, bat Amy ihn aufgeregt. Sie wusste schon ganz genau, was sie sich wünschen würde.

Finn nickte. »Dann treffen wir uns Donnerstag gegen Mitternacht hier am Teich.«

»Abgemacht.« Ein Schatten huschte über Amys Gesicht. »Ich muss jetzt leider gehen. Je eher ich mich meiner Tante stelle, desto schneller hab ich es hinter mir.«

Straßengaukeleien

Tante Hester hatte ihre Nichte zur Strafe ohne Abendessen auf ihr Zimmer geschickt. Amy war das egal, da sie nach dem heutigen Tag sowieso keinen Bissen herunterbekommen hätte. Erstaunlicherweise hatte ihre Tante ansonsten kein weiteres Wort mehr über ihren Streit vom Nachmittag verloren.

Amy lag in ihrem Bett und starrte an die von schwarzen Schatten überzogene Zimmerdecke. So vieles hatte sie heute verloren, aber vielleicht auch einen neuen Freund gewonnen. Finn war ganz sicher kein Spion ihrer Tante. Dafür wirkte er viel zu nett. Sie drehte sich auf die Seite. Milchig weißes Mondlicht fiel durch den Vorhang und tauchte das Zimmer in ein Mosaik aus hellen und dunklen Flecken. So fremd war ihr das Haus, und erst recht dieses Zimmer. Es roch so gar nicht nach ihr und damit nach Zuhause. Dafür lag ein Geruch nach Zitrone und scharfem Essig in der Luft, der leicht in der Nase zwickte. Tante Hester musste einen Putzfimmel haben!

Amys Blick glitt zu der exotischen Palme, die in einer Ecke des Zimmers stand. Bei diesem gespenstischen Licht sahen ihre Blätter wie eine riesige schwarze Hand aus, die aus dem Boden wuchs, um nach ihr zu greifen. Sie stöhnte. Genau gegenüber von ihrem Bett ragte ein wuchtiger Kleiderschrank auf. Das war auch nicht viel besser. Denn seine Umrisse erinnerten Amy an den fetten Polizisten.

Plötzlich saß sie kerzengerade in ihrem Bett. Warum hatten die Polizisten nach der Verhaftung ihres Vaters eigentlich nicht das Haus durchsucht? Für eine Verurteilung brauchten sie schließlich Beweise oder Zeugen. Von beidem hatte der dicke Polizist nichts gesagt. Amy kratzte sich an der Nase. Da stimmte doch etwas nicht! Sie beschloss, gleich morgen früh mit Tante Hester darüber zu reden.

Nach dem Aufstehen ging Amy hinunter ins Esszimmer, wo ihre Tante bereits auf sie wartete. Zum Frühstück gab es eine Scheibe Brot und einen Löffel Erdbeerkonfitüre, dazu wässrigen Tee. Das ist alles?, dachte Amy mit knurrendem Magen. Sie hoffte nur, dass das Mittagessen nicht genauso karg ausfiel. Andererseits würde es erklären, warum Tante Hester ein solches Klappergestell war.

»Heute Nachmittag wirst du deinen Hauslehrer, Mr Fraud, kennenlernen«, sagte Tante Hester unvermittelt. »Er wird dich auf den Unterricht im Internat vorbereiten.«

Amy legte das Messer beiseite, mit dem sie ihr Brot bestrichen hatte. Eine steile Falte bildete sich auf ihrer Stirn. Wie hatte Tante Hester so schnell einen Hauslehrer für sie finden können? Amys Vater war jahrelang vergeblich auf der Suche nach einem gewesen, der bereit gewesen wäre, sie zu unterrichten. Hatte Hester so großen Einfluss? Oder war das noch so ein merkwürdiger Zufall wie der, dass ihr Besuch ausgerechnet auf den gestrigen Tag gefallen war? Ein wenig trotzig bemerkte Amy: »Bisher hat mein Vater mich immer unterrichtet.«

Ihre Tante rümpfte die Nase. »Das erklärt so einiges.«

»Ach ja?« Unter dem Tisch ballte Amy die Hände zu Fäusten. Aber dieses Mal würde sie sich nicht so leicht von ihrer Tante provozieren lassen. Sie schluckte ihren Zorn hinunter und lenkte das

Gespräch auf ein anderes Thema. »Ist dir aufgefallen, dass die Polizisten gestern nicht einmal unser Haus durchsucht haben?«

»Es ist nicht unsere Aufgabe, uns in die Arbeit der Polizei einzumischen«, wies Tante Hester sie zurecht. »Und warum kannst du nicht endlich einmal von etwas anderem reden als immer nur von deinem Vater?« Sie schnaubte und griff nach der Serviette, um sich die Lippen abzutupfen. Amy bemerkte sofort, dass ihre Finger leicht zitterten. »Ich habe für heute zehn Uhr eine Kutsche bestellt«, fuhr sie fort. »Wir werden einkaufen fahren. In diesen unmöglichen Kleidern kann ich dich nicht länger herumlaufen lassen. Was würden meine Nachbarn dazu sagen, wenn sie dich so sähen? Außerdem benötigst du eine neue Garderobe für deinen Internatsaufenthalt. Dort pflegt man einen gewissen Stil.«

Amy senkte betreten den Blick. »Was ist das überhaupt für ein Internat?«, fragte sie kaum hörbar.

»Das wirst du noch früh genug erfahren.«

Die Droschke sah genauso aus wie die vom Vortag. Sie brachte Amy und ihre Tante in die Carrodsgasse, die berühmteste Einkaufsstraße der Stadt. Dort bekam man alles, was man wollte, und dazu noch in den erlesensten und kostbarsten

Ausführungen. Ob es um seltene Zauberbücher ging, exotische Delikatessen aus fernen Ländern oder elegante und edle Stoffe, in der Carrodsgasse war man immer richtig.

Amy war deswegen schon ganz aufgeregt. Ihr Vater hatte es sich nie leisten können, dort mit ihr einkaufen zu gehen. Ihr Vater ... Was wusste Tante Hester über ihn, das sie ihr verheimlichte? Als Amy beim Frühstück versucht hatte, mit ihr über seine Verhaftung zu reden, hatten die Hände ihrer Tante vor Nervosität gezittert. Kannte sie etwa den Grund, warum er wegen Hochverrats angeklagt werden sollte? Amy musste daran denken, wie Tante Hester mit ihr das Fotoalbum durchgeschaut hatte. Für einen kurzen Moment war sie zu einer anderen Person geworden. Vielleicht verbarg sich tief in ihrem Inneren ein weicher Kern, der Amy nur schützen wollte und ihr deshalb die Wahrheit verschwieg?

Amys Eingeweide krampften sich zusammen. Aber wenn das stimmte, war ihr Vater schuldig. Hatte er darum ein solches Geheimnis um seine letzte Arbeit gemacht? War er in Wirklichkeit in ein Verbrechen gegen die Krone verwickelt?

Die Kutsche rollte durch ein tiefes Schlagloch und schreckte Amy aus ihren Gedanken. Sie warf ihrer Tante einen unauffälligen Blick zu. Deren Gesicht war maskenhaft starr. Ihre blauen Augen schimmerten wie Eis. Konnte so jemand einen weichen Kern haben? Plötzlich drehte Tante Hester den Kopf in Amys Richtung. Rasch wandte sie sich ab und tat so, als beobachte sie die Spaziergänger, an denen sie vorüberfuhren.

Die Carrodsgasse war ein schmales Sträßchen, eingequetscht zwischen hoch aufragenden Backsteinbauten, die in ihrem Erdgeschoss winzige, aber exklusive Geschäfte beherbergten. Fasziniert huschte Amys Blick über die vielen Schaufenster und Auslagen vor den Ladenlokalen, während sie das Sträßchen entlanggingen. Alles war unglaublich teuer. Es gab Kleider, die mehr kosteten, als ihr Vater in einem ganzen Monat verdiente.

Kutschen fuhren hier nicht, dafür war einfach nicht genug Platz. Auch konnte Amy nirgendwo einen der vielen Straßenverkäufer mit ihren Bauchläden voll Krimskrams entdecken, die man sonst überall in der Stadt antraf. Dafür gab es hier viele kleine Straßencafés, in denen Scharen vornehm gekleideter Frauen saßen, die wie aufgeregte Gänse miteinander schnatterten. Einem der Tische kamen sie so nahe, dass Amy einen Teil des Gespräches mitbekam.

»Hast du es schon gehört?«, sagte eine kleine rundliche Frau zu ihrer Freundin. »Lady Penelope Winterhall hat sich für die Krönungszeremonie von Prinz Henry ein ganz besonderes Kleid schneidern lassen. Es ist durchsetzt mit Goldfäden und kostbaren Perlenstickereien.« Sie gab einen Laut der Entrüstung von sich. »Was denkt sie sich nur dabei? Will sie dem Prinzen etwa die Schau stehlen?«

»Sie verhält sich, als wäre es ihr Mann, der an diesem Tag zum König gekrönt wird«, pflichtete ihre Freundin ihr bei. »Auf der anderen Seite ist Lord Winterhall der engste Berater des zukünftigen Herrschers. Da kann sie ja wohl schlecht in einem Kartoffelsack ...« Der Rest des Satzes ging in dem schrillen Gekicher eines benachbarten Damenkränzchens unter.

Volle drei Stunden schleppte Tante Hester Amy gnadenlos von einem Geschäft zum anderen. Bald war sie von den Schuhen bis zum Hut vollständig neu eingekleidet. Das Ganze hätte Amy sicher einen Riesenspaß bereitet, hätten ihre Füße nicht so fürchterlich geschmerzt. Denn Tante Hester hatte von ihr verlangt, die neuen Schuhe gleich anzubehalten, damit sie sich wegen Amy nicht vor der Schneiderin zu schämen brauchte, die sie als Nächstes aufgesucht hatten.

»Nun lass dich nicht so ziehen«, keifte Tante Hester, »schließlich tue ich das alles nur für dich.«

»Ich kann nicht mehr«, beklagte sich Amy.

»Himmel, Kind, ich muss nur noch in dieses Geschäft dort vorne, dann sind wir mit unseren

Einkäufen fertig.« Tante Hester deutete auf einen Laden, über dessen Eingang ein altes Weinfass hing, das leicht im Wind schaukelte. In goldenen Buchstaben stand darauf: »Gibbons Weinhandlung – Edle Tropfen aus aller Welt«.

Amy blieb stehen. »Kann ich draußen warten?«

Ihre Tante zögerte. »Aber bleib in der Nähe und stell keinen Unfug an. Verstanden?« Sie ließ ihre Hand los und verschwand in dem Weingeschäft.

Ein paar Meter weiter hatte Amy einen Straßengaukler entdeckt, der magische Kunststücke vorführte. Der junge Mann hatte tiefschwarzes Haar mit blauen Spitzen. Passend zu seinen Haarspitzen trug er einen dunkelblauen Umhang. Amy hatte sofort das Gefühl, dass er sie an jemanden erinnerte. In dem Moment erhob sich ein gläserner Spatz aus der Hand des Gauklers. Mit klirrenden Flügeln stob er davon, nur um an einer nahen Straßenlaterne in Hunderte kleiner Splitter zu zerschellen, die sich noch im Fall in purpurne Regentropfen verwandelten.

Amy klatschte begeistert und warf zwei Pennys in einen eingebeulten blauen Zylinder. Der Gaukler verneigte sich. »Darf ich mich vorstellen?« Er reichte Amy seine Karte. Sie bestand aus einem silbrig glitzernden Papier mit goldenem Schriftzug. »Cornelius Lionheart«, las Amy laut. »Gaukler und Illusionist.«

»Das bin ich«, bestätigte der junge Mann vergnügt. »Du kannst mich aber Cornelius nennen, das tun alle.« In der nächsten Sekunde hielt er eine violette Rose in der Hand, die er Amy überreichte. Sie nahm sie entgegen und erst da fiel ihr auf, dass seine Karte unbemerkt aus ihren Fingern entschwunden war, als hätte sie niemals existiert. Ob die Rose denn echt ist?, fragte sie sich und schnupperte an ihr, woraufhin die Blüte wie eine Seifenblase zerplatzte. Lachend rieb sich Amy übers Gesicht.

»Magie kann etwas so Wunderbares sein«, sagte der Gaukler heiter, doch dann verfinsterte sich sein Gesicht. »Allerdings kann sie auch für furchtbare Dinge missbraucht werden. Wirklich furchtbare Dinge, sage ich dir.« Er seufzte.

»Ist alles in Ordnung?«, fragte Amy.

Er machte eine ausladende Handbewegung. »Sieh sie dir nur an, die Reichen und Vornehmen. So stolz sind sie auf ihr edles Geblüt, dass sie jemanden wie mich nicht mal eines Blickes würdigen. In ihren Augen bin ich ein Frevler, der seine Fähigkeiten dazu benutzt, die Magie ins Lächerliche zu ziehen. Dabei versuche ich nur, sie daran zu erinnern, dass die Zauberei weniger wichtig ist als ein Lachen. Aber das verstehen sie nicht oder sie wollen es nicht verstehen. Für sie bedeutet Magie Einfluss und Wohlstand. Je mächtiger einer ist, desto weiter wird er es in dieser Gesellschaft bringen. Die Armen werden diese Chance niemals haben. Sie können es sich nicht leisten, die großen Schulen des Landes zu besuchen, wo die wirklich mächtigen Zauber gelehrt werden.« Er schüttelte betrübt den Kopf. »Gibt es etwas Traurigeres, als zusehen zu müssen, wie die Menschen die Magie dazu benutzen, ihre eigene Stärke und ihren Reichtum nur noch weiter zu vermehren, anstatt mit ihr jenen zu helfen, die es bitter nötig hätten?«

Was für ein seltsamer Gaukler, dachte Amy. Sie hatte sich von ihm Aufmunterung erhofft, stattdessen klagte er über die Ungerechtigkeit der Welt. Als ob sie davon in den vergangenen Tagen nicht schon genug am eigenen Leib hätte erfahren müssen.

»Zum Glück sind nicht alle Menschen so«, sagte Cornelius nun wieder breit lächelnd. Amy nickte verwirrt, woraufhin der Gaukler ein amüsiertes Glucksen von sich gab. »So, wie du dreinschaust, musst du mich ja für völlig verrückt halten. Vermutlich wünschst du dir sogar gerade, dass du nie ein Wort mit mir geredet hättest.« In seinen Augen blitzte es schalkhaft.

Das tat Amy tatsächlich. »Ich muss jetzt ...«

Die Explosion eines Knallfrosches verschluckte das letzte Wort ihres Satzes. Erschrocken sah

Amy auf den Zylinder des jungen Gauklers, der in Flammen stand. Zwei vornehm gekleidete Jungen – höchstens ein paar Jahre älter als sie selber – liefen grölend davon. Niemand stellte sich ihnen in den Weg. Alle taten so, als hätten sie nichts bemerkt. Cornelius schnippte mit den Fingern und das Feuer erlosch. Doch es war zu spät. Die Flammen hatten bereits große, schwarze Löcher in den Zylinder gefressen.

»Tut mir leid für dich«, sagte Amy.

Cornelius zuckte die Achseln. »Mit der Zeit gewöhnt man sich daran, ein Außenseiter zu sein. Findest du nicht?«

»Was?« Amy starrte den Gaukler entgeistert an. Er konnte doch unmöglich wissen, dass sie keine Zauberkräfte besaß. Bevor sie ihn fragen konnte, was genau er damit meinte, hatte er schon wieder das Thema gewechselt. »Ich werde wohl einen neuen brauchen.« Er bückte sich nach den Überresten seines Zylinders, als er mitten in der Bewegung verharrte. Ruckartig hob er den Kopf, als hätte ihn jemand gerufen. Ein lauernder Ausdruck trat in seine Augen. »Ich muss fort!«

Irritiert wandte Amy den Kopf in die Richtung, in die er sah. Da waren eine Frau und zwei Männer, die aus der Masse der Spaziergänger herausstachen. Sie waren ganz in Schwarz gekleidet. Ihre Gesichter dagegen waren weiß und maskenhaft, als wären sie aus Porzellan gefertigt. Als ihre Blicke Amy trafen, überkam sie ein Frösteln. Bibbernd schlang sie die Arme um ihren Oberkörper und fragte kaum hörbar: »Wer sind die?«

»Achte auf dich, Amy. Und mach keine Dummheiten! Ich weiß, was du vorhast. Lass es, du bringst dich dadurch nur in Gefahr!« Die Stimme des Gauklers war kaum mehr als ein Raunen in ihrem Ohr, als hätte der Wind sie aus weiter Ferne zu ihr getragen.

Amy drehte sich nach ihm um. Cornelius war fort. Jetzt erst wurde ihr bewusst, dass er sie beim Namen genannt hatte, obwohl sie sicher war, ihn nicht erwähnt zu haben. Seltsam.

Nachdenklich machte sie sich auf den Rückweg zu Gibbons Weinhandlung. Was hatte der Gaukler damit gemeint, als er sagte, er wisse, was sie vorhabe? Amy strich sich im Gehen eine schwarze Locke aus der Stirn. »Ich habe doch gar nichts vor!« Kaum hatte sie es laut ausgesprochen, wusste sie auch schon, dass es nicht stimmte. Während Tante Hester sie von einem Geschäft zum anderen geschleift hatte, hatte Amy die ganze Zeit über nur ein einziger Gedanke beschäftigt: Was würde jetzt aus ihrem Vater werden? Von ihrer Tante konnte er jedenfalls keine Hilfe erwarten. Also musste Amy selbst etwas unternehmen. Ja, genau. Sie musste Beweise für seine

Unschuld finden. Nie und nimmer war er ein Verräter. Egal, was Tante Hester sagte oder über ihn zu wissen glaubte.

Auf einmal war Amy ganz aufgeregt. Sie hatte auch schon eine Idee, wo sie mit ihrer Suche anfangen konnte. Allerdings würde sie sich dafür heimlich aus dem Haus schleichen müssen. Aber das würde sie schon hinbekommen.

Amy lächelte still vor sich hin, als sie das Weingeschäft erreichte. Von Tante Hester war weit und breit nichts zu sehen. Also warf Amy einen Blick in das Schaufenster. Ein paar eingestaubte und uralt aussehende Weinflaschen lagen dort in mit rotem Samt ausgeschlagenen Holzkästen.

Plötzlich schrak sie zusammen. Aus dem Schaufenster stierte sie das Spiegelbild eines maskenhaft weißen Gesichtes an. Es war das der unheimlichen Frau, vor der Cornelius geflohen war. »Was wollen Sie von mir?«, flüsterte Amy mit bebender Stimme.

Schweigen.

Langsam drehte Amy sich um, aber da war niemand.

Der seltsame Mr Fraud

Amy und ihre Tante waren gerade erst vom Einkaufen zurückgekehrt, als es an der Haustür läutete. Es war Mr Fraud, Amys Hauslehrer, ein dürrer kleiner Mann, der für seine schmächtige Erscheinung einen viel zu großen Kopf hatte. Was den Eindruck erweckte, als stecke mehr Wissen darin, als eigentlich hineinpasste. Amy wollte ihm zur Begrüßung die Hand reichen, aber Mr Fraud lächelte nur höflich und scheuchte sie in ein nahe gelegenes Zimmer, in dem bereits alles für den Unterricht vorbereitet war. Ohne lange Vorrede packte Mr Fraud seine Bücher aus und begann mit Amys Unterweisung.

Es war schrecklich. Auf einen zweistündigen, unendlich langweiligen Ausflug in die Geschichte folgte eine Stunde Algebra, die Amy wie fünf vorkam. Den Unterricht bei ihrem Vater fand sie so viel spannender, obwohl er unablässig Magie benutzte. Wenn sie sich mit der Vergangenheit beschäftigten, beschwor er stets Abbilder besonders interessanter Fundstücke herauf, deren Originale man sonst nur im Museum bewundern konnte, wo sie hinter dicken Glasscheiben verstaubten. Und in Geografie benutzte er eine verzauberte Landkarte. Tippte man eine Ortschaft darauf an, öffnete sich ein magisches Fenster, sodass man direkt in die ausgewählte Stadt hineinblicken konnte.

Mr Fraud dagegen arbeitete ausschließlich mit seinen Büchern, aus denen er unentwegt zitierte. Und das mit einer Stimme, die so monoton war, dass Amy sich immer wieder selbst in den Arm zwicken musste, um nicht einzuschlafen. Ein paar Mal hatte sie sogar den Eindruck, dass Mr Fraud selbst nur mit Mühe ein Gähnen zurückhielt. Erstaunlicherweise schien er genauso wenig Freude am Unterricht zu haben wie Amy.

Obwohl Mr Fraud wie der größte Langweiler der Welt wirkte, jagte der Blick seiner wässrig grauen Augen Amy eine Gänsehaut über den Rücken. Ständig ruhten sie auf ihr, als wäre sie ein wertvoller Besitz, den man keinen Moment unbeaufsichtigt lassen durfte, sodass sie sich fast wie Mr Frauds Gefangene fühlte. Erst als sie eine Pause einlegten, wurde ihr Hauslehrer etwas lebhafter, wenn auch nicht unbedingt angenehmer.

»Mir ist zu Ohren gekommen, dass du nicht zaubern kannst«, sagte er geradeheraus. »Ist das wahr?«

Amy lief rot an. »Ja, Sir.«

»Interessant.«

»Sie finden es nicht schlimm?«, fragte Amy überrascht.

»Wenn es nach mir ginge, gäbe es auf dieser Welt überhaupt keine Magie«, erwiderte Mr Fraud unerwartet schroff. Im nächsten Moment lächelte er jedoch, als wollte er damit das Gesagte abmildern. »Sie hat eben nicht nur Gutes hervorgebracht, musst du wissen.«

Amy nickte. Etwas Ähnliches hatte sie heute schon einmal gehört.

»Das mit deinem Vater tut mir leid«, wechselte Mr Fraud übergangslos das Thema. »Das war sicherlich ein Schock für dich.«

Tante Hester ist ein Tratschmaul, dachte Amy und fühlte einen zornigen Stich im Herzen. Mich möchte sie aus der Stadt jagen, weil sie um ihren guten Ruf fürchtet, und dabei trägt sie selber noch zu dem ganzen Gerede bei!

»Hochverrat ist nichts, was man auf die leichte

Schulter nehmen sollte, hm.« Mr Fraud wirkte mit einem Mal sehr nachdenklich. »Ich frage mich ...« Er sah Amy unverwandt an, woraufhin sie leicht erschauderte. »Er ist doch ein angesehener Reporter bei der *Royal Post,* nicht wahr? Und er hat der Polizei schon viele Male geholfen. Von so jemandem erwartet man doch nicht, dass er etwas Ungesetzliches tut.«

Amy nickte leicht. Worauf wollte ihr Lehrer hinaus? Oder war er einfach nur neugierig?

»Bestimmt hat es etwas damit zu tun, woran er zuletzt gearbeitet hat.« Er musterte Amy forsch aus zusammengekniffenen Augen. »Was denkst du?«

»Ich weiß es nicht, Sir«, antwortete Amy vorsichtig. »Er hat mir nichts darüber erzählt.«

»Rein gar nichts?«, hakte Mr Fraud wissbegierig nach.

Amy schüttelte den Kopf.

Mr Fraud schürzte kurz die Lippen, als dächte er über ihre Antwort nach. Schließlich zuckte er die Schultern und führte Amy für die letzte Unterrichtsstunde ins Musikzimmer, in dem das verwaiste Klavier stand, das sie gestern entdeckt hatte. »Kannst du darauf spielen?«, wollte er wissen.

»Nein, Sir.«

»Spielst du überhaupt ein Instrument?«

Amy schüttelte den Kopf.

Mr Fraud wirkte bestürzt. »Das ist sehr bedauerlich.« Seine rechte Hand verschwand in der Innenseite seines Jacketts und fischte ein großes weißes Taschentuch hervor, mit dem er über den Hocker wischte, der vor dem Klavier stand.

Amy hatte dieses Verhalten in den letzten Stunden mehrmals bei ihm beobachtet. Bevor Mr Fraud sich setzte oder etwas anfasste, säuberte er es erst sorgfältig, als fürchtete er, sich daran schmutzig zu machen oder sich mit einer Krankheit zu infizieren. Nachdem er Platz genommen hatte, schwebte seine Hand mit dem Taschentuch für einen Moment über den Tasten des Klaviers, als wollte er auch sie abwischen. Doch dann steckte er es unverrichteter Dinge wieder ein.

»Ich werde dir jetzt etwas vorspielen«, sagte Mr Fraud. »Ich möchte, dass du dich hinter mich stellst und mich genau dabei beobachtest. Vielleicht lernst du ja noch was.« Er zögerte kurz, als müsse er sich zwingen, seine langen schlanken Finger auf die Tasten zu senken. Sobald er jedoch angefangen hatte zu spielen, ging eine Verwandlung mit Mr Fraud vor sich. Seine Gestalt straffte sich mit einem Mal, wodurch er größer und herrischer wirkte. Und er spielte gut. Sogar besser als gut. Er entlockte dem Klavier Töne, von denen Amy nie gedacht hätte, dass es sie tatsächlich geben könnte, und er verwob sie zu einer Melodie, so wunderschön und mitreißend, dass sie Amy die Tränen in die Augen trieb.

Überraschend brach Mr Fraud ab. »Nein, das ist zu gut, viel zu gut«, ermahnte er sich selbst und wechselte zu einem anderen Klavierstück. Es war einfacher, weniger vollkommen, und dennoch perfekt gespielt.

Amy war enttäuscht. Sie verstand Mr Fraud nicht. Fürchtete er sich vor seiner eigenen Begabung? Oder davor, dass er sie vor Amy preisgegeben hatte? Sie starrte auf seinen Hinterkopf, als könne sie so seine Gedanken lesen. Warum kam es ihr plötzlich so vor, als hätte alle Welt Geheimnisse vor ihr? Nachdenklich zupfte sie an einer ihrer Locken, als sie eine Bewegung an der Terrassentür wahrnahm.

Finn stand dort, hatte die Nase platt ans Glas gedrückt und blickte zu ihnen herein. Als er Amy erkannte, winkte er sie zu sich. Sie schüttelte den Kopf und deutete auf Mr Fraud, der zum Glück so sehr in sein Klavierspiel versunken war, dass er nichts bemerkte. Finn machte ein fragendes Gesicht. Er wollte wohl wissen, ob sie sich später sehen würden. Amy blickte an ihm vorbei in den Garten. Es hatte bereits zu dämmern begonnen. Bald würde es Abendessen geben und danach ließ Tante Hester sie bestimmt nicht mehr vor die

Tür. Sie zog eine gequälte Grimasse und formte ein Nein mit den Lippen.

Finns Mundwinkel sackten nach unten. Er winkte ihr noch einmal zu – sehr viel kürzer als vorhin. Dann wandte er sich ab und verschwand zwischen zwei Hagebuttenbüschen. Amy sah ihm besorgt nach. Hoffentlich war er nicht sauer auf sie.

»Was tust du da?« Mr Fraud hatte sein Klavierspiel unterbrochen und blickte sie fragend an.

»Ich? Nichts, Sir«, sagte Amy. »Ich ... ich dachte nur, da wäre etwas im Garten gewesen. Ich muss mich wohl geirrt haben.«

Ein Buch im Buch

Am Dienstag begann Mr Fraud um neun Uhr mit dem Unterricht. Um Punkt zwölf legte er eine erste Pause ein. Wie auf ein geheimes Zeichen hin öffnete sich die Tür und Tante Hester trat ein. Vor ihr schwebte ein Tablett mit zwei Tellern dünnem Gemüseeintopf, den Mr Fraud ablehnte.

Sobald Amy von dem Eintopf gekostet hatte, wünschte sie, sie hätte es ebenfalls getan. Das Gemüse war versalzen und schmeckte nach Fisch, obwohl keiner drin war. Amy musste jeden Bissen mühsam hinunterwürgen. Was blieb ihr sonst übrig? Sie hatte Hunger und etwas anderes würde sie von Tante Hester nicht bekommen.

Nach dem Mittagessen setzte Mr Fraud den

Unterricht fort. Er wollte von Amy wissen, wie gut sie im Vorlesen war. Wahllos griff er ein Buch aus einem der vielen Regale, die sich entlang der Wände reihten, und legte es vor Amy auf den Tisch. Es war die Geschichte eines Waisenjungen, der Hunger und Prügel erleiden musste und gezwungen war, für eine Diebesbande zu arbeiten. Eine Dreiviertelstunde lang ließ Mr Fraud sie laut aus dem Buch vorlesen. Gelegentlich verbesserte er ihre Betonung, ansonsten lauschte er geradezu gebannt der Geschichte. »Wie grausam Menschen sein können, nicht wahr?«, sagte er, nachdem Amy das Buch zugeschlagen hatte. »Was glaubst du? Wird es ein gutes Ende mit dem Waisenjungen nehmen?«

»Das wäre nur gerecht, bei all den schlimmen Dingen, die ihm passiert sind«, sagte Amy.

Mr Fraud lachte inbrünstig. Tränen liefen ihm über die Wangen. Genauso abrupt, wie er in Gelächter ausgebrochen war, verstummte er wieder. Sein Blick wurde hart und kalt, als er sich zu Amy vorbeugte, um ihr direkt in die Augen zu sehen. »Eine Welt, in der Menschen das Sagen haben, wird nie gerecht sein.«

Als der Unterricht an diesem Tag endete, schwirrte Amy der Kopf von all den Dingen, die Mr Fraud ihr erzählt hatte. Erneut hatte er eine Lektion nach der anderen heruntergeleiert. Und sobald das letzte Wort verklungen war, hatte Amy das Gefühl, alles wieder vergessen zu haben.

Gleich nach dem Abendessen ging sie auf ihr Zimmer. Sie war so müde, dass sie nur ganz kurz an Finn dachte, der auch heute vergebens auf ihren Besuch gewartet hatte. Todmüde fiel sie ins Bett und war gleich darauf eingeschlafen.

In dieser Nacht träumte Amy von ihrem Vater. Sie sah ihn vor sich, wie er in einer kleinen Gefängniszelle zusammengekauert auf einem Lager aus schimmligem Stroh schlief. Ein eiskalter Wind pfiff durch das vergitterte Fenster und ließ ihn frösteln. Die grauen Steinwände waren so feucht, dass schleimige Algen darauf wucherten. Amy trat auf ihn zu, um ihm tröstend über die Stirn zu streicheln, aber ihre Hand glitt durch ihn hindurch, als wäre er ein Gespenst. Er wimmerte im Schlaf und rief ihren Namen. »Ich bin hier, hier bei dir«, antwortete Amy verzweifelt. »Wach doch auf, Papa!« Er hörte sie nicht, wälzte sich unruhig von einer Seite zur anderen. Wie krank er aussah! So blass. Und sein ganzer Körper zitterte, als würde er von Schüttelfrost geplagt. Oder von wilden Fieberträumen. Amy sank neben ihm auf die Knie und schluchzte. Sie wollte ihm so gern helfen und konnte es nicht. »Bitte, bitte«, flehte sie. »Gib nicht auf, Papa! Alles wird wieder gut!«

Amy weinte immer noch, als sie längst aufgewacht war. Obwohl es nur ein Albtraum gewesen war, spürte sie noch immer das Entsetzen, das diese Bilder in ihr ausgelöst hatten. Es fühlte sich wie die schlimmsten Bauchschmerzen an, die sie je gehabt hatte. Als hätte jemand einen gewaltigen Knoten in ihre Eingeweide gemacht, der sich langsam immer fester zusammenzog. So konnte es nicht weitergehen!

Amy richtete sich auf, schlang die Arme um die Beine und stützte das Kinn auf die Knie. Schweigend starrte sie in die Dunkelheit ihres Zimmers, die ihr nach dem Traum noch bedrückender schien als sonst. Sie musste ihren Vater aus dem Gefängnis holen.

Amy dachte an die letzten Wochen vor seiner Verhaftung zurück. Er hatte herauszufinden versucht, wer die dreizehn Engelsstatuen aus der Kathedrale gestohlen hatte. Mehr hatte er ihr nicht über seinen letzten Fall erzählen wollen; wahrscheinlich hatte er es für zu gefährlich gehalten. Das war die einzig logische Erklärung. Er liebte sie schließlich, und darum hätte er niemals etwas so Dummes getan, dass er dafür ins Gefängnis geworfen werden konnte. Was war also wirklich passiert?

Amy kratzte sich an der Nase. Konnte er herausgefunden haben, wer die Diebe der Engel waren? Vielleicht war er unvorsichtig gewesen und die Verbrecher hatten es gemerkt. Und damit ihm keiner glaubte, waren sie ihm einfach zuvorgekommen und hatten ihn bei der Polizei als Verräter angeschwärzt.

Amy hob den Kopf. Ihre Augen glänzten. Genau so musste es gewesen sein!

Jetzt war sie schon mal einen Schritt weiter. Dumm nur, dass sie ihren Vater nicht einfach nach den Dieben fragen konnte. Andererseits war Amy sich sicher, dass er ihr nichts verraten würde, weil er viel zu viel Angst hätte, dass ihr etwas zustoßen könnte. Aber es gab noch eine andere Möglichkeit, an diese Antworten heranzukommen. Sie war Amy während ihres Einkaufs in der Carrodsgasse eingefallen: das Notizbuch ihres Vaters. Darin schrieb er immer alles über seinen neuesten Fall auf. Und da die Polizisten nicht einmal ihr Haus durchsucht hatten, musste es noch dort sein.

Der Unterricht am Mittwoch war genauso furchtbar wie der an den Tagen davor. Langeweile ohne Ende. Noch schlimmer war, dass Amy sich nach wie vor wie eine Gefangene in Mr Frauds Nähe fühlte. Dass ihre Lektionen vom Morgen bis zum frühen Abend andauerten, sodass ihr kein bisschen Freizeit mehr blieb, verstärkte dieses Gefühl noch. Allmählich kam Amy der Verdacht, dass Tante Hester Mr Fraud nur deshalb eingestellt hatte, damit sie keinen Augenblick des Tages unbeaufsichtigt blieb.

Ihr war nicht entgangen, dass ihre Tante in den vergangenen Tagen mehr Stunden außer Haus verbracht hatte, als sie bei jemandem wie ihr erwarten würde. Allerdings verlor sie ihrer Nichte gegenüber kein Wort darüber, was sie in dieser Zeit unternahm. Nur einmal hatte Amy zufällig ein Gespräch zwischen Tante Hester und Mr Fraud belauschen können, in dem sie den Hauslehrer darüber informierte, dass sie zu einem wichtigen Besuch zu Lord Winterhall müsse. Amy hatte ihren Ohren zunächst nicht trauen wollen. Lord Winterhall war Erster Minister des Reiches und damit der zweitmächtigste Mann gleich nach dem König. Und ihre Tante war mit ihm befreundet! Wie leicht wäre es da für sie, sich bei ihm für ihren Vater einzusetzen. Aber damit durfte sie bei Tante Hester nicht rechnen.

Was haben wir ihr nur getan, dass sie uns so sehr hasst?, fragte sich Amy bitter. Dann straffte sie die Schultern und konzentrierte sich wieder auf Mr Frauds Unterricht. Sie war nicht auf die Hilfe ihrer Tante angewiesen, sie würde ihren Vater alleine retten.

Am Donnerstag war es so weit. Als es mittags zum Nachtisch ein Schüsselchen mit Haferbrei gab, stand Amys Plan fest. Der Brei war so grau und schleimig, dass ihr alleine vom Hinsehen schlecht wurde. Tapfer aß sie ihn auf. Doch kaum hatte sie den letzten Bissen hinuntergewürgt, krümmte sie sich plötzlich vor Schmerzen. »Mir ist schlecht, Mr Fraud«, stöhnte sie und schlang die Arme um den Bauch.

Mr Fraud zog eine Braue hoch. »Bei den Kochkünsten deiner Tante wundert mich das nicht. Vielleicht solltest du dich besser hinlegen.«

Das ging ja leicht, freute sich Amy, als Mr Fraud das Zimmer verließ, um Tante Hester zu holen. Die war jedoch überhaupt nicht begeistert von der Neuigkeit. »Das geht sicher ganz schnell wieder vorbei«, sagte sie gereizt.

»Es ... es tut so weh«, widersprach Amy mit schmerzverzerrter Miene. »Au! Aua!«

Tante Hester musterte sie mit einem durchdringenden Blick. Amy rechnete bereits fest damit, dass sie ihr Theater durchschaut hatte, als ihre Tante ein genervt klingendes Seufzen von sich gab und grummelte: »Du gehst auf dein Zimmer, wo du für den Rest des Tages bleibst. Und wehe, ich bekomme mit, dass du spielst, anstatt im Bett zu liegen.« Sie wandte sich Mr Fraud zu.

»Ihre Dienste werden für heute nicht mehr benötigt. Sie können gehen.«

Er nickte und verließ den Raum.

Tante Hester begleitete Amy auf ihr Zimmer, um ganz sicherzugehen, dass sie sich auch wirklich ins Bett legte. Anschließend zog sie die Vorhänge zu und ging ohne ein weiteres Wort hinaus. Selbst ein »Gute Besserung!« brachte sie nicht über die Lippen.

Amy hatte keine Ahnung, wie viel Zeit vergangen war, als sie unten die Eingangstür zuschlagen hörte. Ihre Tante war also aus dem Haus. Auf diese Gelegenheit hatte Amy gewartet. Rasch zog sie sich an, nahm einen Mantel aus dem Kleiderschrank und eilte nach unten. Die Haustür war abgeschlossen. Davon ließ Amy sich jedoch nicht aufhalten. Sie lief ins Esszimmer und schlüpfte aus einem der Fenster. Im Vorgarten ging sie hinter einem verblühten Fliederbusch in Deckung. Von Tante Hester war schon nichts mehr zu sehen.

Amy überquert rasch den freien Platz, auf dem das Haus ihrer Tante stand, und wurde erst langsamer, als sie unter die Kastanienbäume am Straßenrand eintauchte. In ihrem Schatten fühlte sie sich sicher. Sie wollte auf jeden Fall vermeiden, dass Tante Hester von ihrem kleinen Ausflug erfuhr.

Der Weg nach Hause war viel länger, als Amy es sich vorgestellt hatte. Und das Geld, um einen Kutscher zu bezahlen, hatte sie nicht. Also musste sie laufen. Amy zog den Mantel enger. Sie fröstelte ein wenig. Der Herbst machte sich immer stärker bemerkbar, trotz des anhaltend schönen Wetters.

Nach einiger Zeit gelangte Amy in eines der ärmeren Viertel der Stadt. Die Häuser wirkten heruntergekommen und schäbig – genauso wie die Bewohner dieser Gegend, finstere Gestalten, die in schattigen Hauseingängen lungerten und Amy teils neugierige, teils hasserfüllte Blicke hinterherschickten. Erst jetzt wurde ihr bewusst, dass sie für dieses Abenteuer viel zu vornehm gekleidet war. Alles Tante Hesters Schuld, dachte Amy. Sie hatte ihr ja unbedingt die neuen Kleider kaufen müssen, nur damit sie sie nicht vor ihren Nachbarn blamierte.

Amy ging schneller. Sie eilte an stinkenden Müllhaufen vorüber, die sich zu beiden Seiten der Straße türmten und aus denen unablässiges Rascheln und Scharren drang. Ratten. Amy schüttelte sich. Plötzlich sprang hinter einem der Müllhaufen eine Gruppe von drei Lumpenkindern hervor. Ausgemergelte Geschöpfe mit schmutzigen Gesichtern und großen hungrigen Augen. Die Hoffnung auf Arbeit musste ihre Familien in die Stadt getrieben haben, nachdem man im Sommer mit dem Bau des gewaltigen Abwassersystems begonnen hatte, das dem grässlichen Gestank abhelfen sollte, der über allem lag, seit die neuen Fabriken ihre Abwässer in den Fluss leiteten.

Amy konnte den dreien ansehen, dass sie etwas vorhatten. Für die Lumpenkinder war sie jemand, an dem sie ihren Frust und ihre Enttäuschung auslassen konnten. Hilfe suchend blickte sie sich um. Kein Erwachsener war in der Nähe. Jetzt blieb ihr nur noch eins: Flucht. Sie lief so schnell, dass die Absätze ihrer Stiefel auf dem Straßenpflaster klackerten. Die Lumpenkinder folgten ihr und riefen ihr Beschimpfungen nach:

»Reiche Schnepfe!«

»Dumme Gans!«

»Eingebildete Ziege!«

Dann schickten sie ihr auch noch einen Fluch hinterher, der matschige und mit grünem Pelz überzogene Kartoffelschalen auf sie herabregnen ließ. Amy schrie angeekelt auf und erntete Gelächter dafür, das jedoch schon bald hinter ihr zurückblieb.

Keuchend bog Amy in eine verwinkelte Gasse, die so eng war, dass sich die Dächer der gegenüberstehenden Häuser fast berührten. Sie blieb stehen und lauschte. Stille. Die Lumpenkinder hatten wohl aufgegeben. Erleichtert atmete Amy auf. Allerdings fühlte sie sich in dieser düsteren Gasse nicht viel besser. Es stank so erbärmlich, als wäre hier vor Kurzem ein Tier verendet. Amy verzog bei dieser Vorstellung das Gesicht und eilte weiter.

Nach wenigen Metern stand sie vor einem umgekippten Holzfass, das nach altem Fisch roch. Amy zog ihr Kleid bis zu den Knien hoch und sprang darüber. Auf der anderen Seite musste sie kurz mit dem Gleichgewicht kämpfen. Das war der Moment, in dem sie die Schritte hörte. Sie kniff die Augen zusammen, um bei dem schummrigen Licht besser sehen zu können. Weder vor noch hinter ihr war jemand. Und auch die Schritte waren wieder verstummt. Du bist nur aufgeregt, Amy, sagte sie sich. Und jetzt hörst du schon Gespenster!

Als sie aus der Gasse schlüpfte, stolperte sie prompt in einen Schwarm Tauben hinein, der aufgeschreckt davonstob. Instinktiv schlug Amy die Hände vors Gesicht und wartete, bis das Geflatter um sie herum aufgehört hatte. Als sie anschließend wieder aufsah, stellte sie fest, dass sie sich auf der breiten Hauptstraße befand, über die sie erst am Sonntag mit der Droschke gefahren war. Amy konnte sogar den Fluss sehen.

Sie lächelte.

Von hier aus war es nicht mehr allzu weit bis nach Hause. Sie hastete los und ... Lautes Hupen ließ sie mitten im Schritt erstarren. Ihr Herz schien für einen Moment auszusetzen und in ihrem linken Ohr klingelte es, als hätte jemand mit einer Trompete hineingetrötet. Was der Wahrheit recht nahe kam: Amy starrte mit weit aufgerissenen Augen auf die riesige, knatternde Maschine auf vier Rädern, die nur einen halben Meter vor ihr stehen geblieben war und aus der es brummte und knurrte, als wäre eine wütende Meute Hunde unter der Motorhaube eingeschlossen.

Das muss ein Automobil sein, dachte Amy erschrocken. Ihr Vater hatte ihr davon erzählt und gesagt, dass er glaubte, dass sie eines Tages die Kutschen ersetzen würden. Hoffentlich würde es dazu bloß niemals kommen.

»Was ist nun, junges Fräulein?«, rief der Fahrer. »Hast du da Wurzeln geschlagen? Husch, husch, aus dem Weg!«

Amy – blass wie eine Wand – stolperte zur Seite. Auf dem Gehsteig blieb sie wieder stehen und starrte fasziniert und entsetzt zugleich mit wild klopfendem Herzen dem schwarzen Ungetüm hinterher, das knurrend davonruckelte.

Über eineinhalb Stunden war Amy bereits unterwegs. Ihr war längst klar, dass sie es sicher niemals rechtzeitig zurückschaffen würde, bevor Tante Hester nach Hause kam. Sie hätte auf der Stelle umkehren müssen, aber dazu war sie nicht bereit. Es würden vielleicht Wochen vergehen, bevor sich ihr das nächste Mal eine solche Gelegenheit böte. Lieber nahm sie eine von Tante Hesters Schimpftiraden in Kauf.

Als Amy endlich vor dem kleinen Häuschen stand, in dem sie noch bis vor Kurzem gewohnt hatte, schnürte der Anblick ihr die Kehle zu. Hier war sie glücklich gewesen. So glücklich, wie man eben sein kann, wenn man seine Mutter schon so früh wie Amy verloren hatte. Aber es war wenigstens ein Zuhause gewesen, in dem sie geliebt und nicht als Missgeburt beschimpft wurde. Und nun drohte sie es für immer zu verlieren.

Amy näherte sich der Haustür. Sie war mit Holzbrettern vernagelt. Bestimmt war Tante Hester dafür verantwortlich. Zumindest konnte Amy so sicher sein, dass das, was sie suchte, sich noch im Haus befand. Dafür stellte sich ihr ein völlig anderes Problem: Wie sollte sie hineinkommen? Ihr Schlüssel nutzte ihr jetzt nichts mehr. Sie rüttelte an den Brettern. Doch die saßen viel zu fest. Auch die Fenster waren alle geschlossen. Vielleicht würde sie hinterm Haus mehr Glück haben. Ihr Vater ging zum Arbeiten gerne in den kleinen Garten und manchmal – wenn er tief in Gedanken versunken war – vergaß er beim Reinkommen, die Terrassentür richtig zu schließen. Amy versuchte sich daran zu erinnern, ob er am

Sonntag auch im Garten gewesen war. Oder nur in seinem Arbeitszimmer. Sie wusste es nicht mehr. Zu viel war an diesem Tag passiert.

Amy lief um das Haus herum und hörte in der Ferne das Schlagen einer Kirchturmuhr. Vier Mal. So spät schon! Sie musste sich beeilen. Der Rückweg würde länger dauern, weil sie einen Umweg nehmen musste. Auf keinen Fall wollte sie den Lumpenkindern noch einmal begegnen.

Amy hatte Pech. Die Terrassentür war fest verschlossen. Da half auch kein Rütteln und Schimpfen. Kurzerhand hob sie einen der kleineren Kräutertöpfe auf, die auf der Terrasse standen, und schleuderte ihn gegen die Tür. Das Glas zersprang und machte dabei einen Höllenlärm. Hoffentlich hatten die Nachbarn nichts gehört!

Amy raffte ihr Kleid zusammen und stieg durch die eingeschlagene Tür. Sie musste vorsichtig sein, um sich an den scharfen Scherben nicht zu verletzen, die an einigen Stellen wie gläserne Haifischzähne aus dem Holzrahmen ragten. Sobald sie drin war, lief sie in den vorderen Bereich des Hauses, wo das Arbeitszimmer ihres Vaters lag. Es war ein kleiner Raum voll dunkler schwerer Möbel. Auf dem Boden stapelten sich Bücher und Zeitungsberge, sodass Amy aufpassen musste, wohin sie trat. Ihr Ziel war der große Schreibtisch vor dem Fenster. So etwas Wichtiges wie sein Notizbuch bewahrte ihr Vater sicher dort auf. Als sie sich setzte, fiel ihr Blick auf die aufgeschlagene Zeitung vom Sonntag. Einen der Artikel hatte ihr Vater mit einem fetten Kreuz aus schwarzer Tinte markiert.

Neugierig begann Amy zu lesen.

Mysteriöse Entführungsfälle

Wie nun bekannt wurde, sind in den vergangenen drei Wochen einundzwanzig Frauen und Männer spurlos aus ihren Häusern und Wohnungen verschwunden. Zunächst vermutete die Polizei die Tat einer organisierten Verbrecherbande, die mit diesen Entführungen Lösegeld von den Familien der Opfer erpressen wollte. Jedoch sind bis zum jetzigen Zeitpunkt keine derartigen Forderungen gestellt worden.

Gegen die Entführungstheorie der Polizei spricht außerdem, dass nur wenige der verschwundenen Personen wohlhabenden Familien angehören. Ob es eine Verbindung zwischen den Entführungsopfern gibt, ist noch unklar.

Allerdings erreichte uns kurz vor Redaktionsschluss noch eine offizielle Stellungnahme aus dem Schloss. Lord Winterhall, Erster Minister und engster Berater von Prinz Henry, teilte uns darin mit, dass man alles unternehmen werde, um diese armen Menschen zu finden, und wenn jeder Stein im Königreich einzeln umgedreht werden müsse.

Komisch, dachte Amy. Wieso hatte sie bisher nichts von diesen Entführungen gehört? Immerhin waren einundzwanzig Menschen spurlos verschwunden. So etwas gehörte eigentlich auf die Titelseite. Stattdessen ging dieser Artikel völlig zwischen den Berichten über die Vorbereitungen für die Krönungsfeierlichkeiten unter. Nun gut, vielleicht wollte man ja vermeiden, dass eine Panik unter der Bevölkerung ausbrach.

Amy konzentrierte sich nun auf die oberste Schublade des Schreibtisches und zog sie auf. Briefpapier und ein paar Umschläge. Das war alles. Mit der nächsten und übernächsten hatte sie auch kein Glück. »Mist«, murmelte Amy und knallte die letzte Schublade erbost zu. Kein Notizbuch.

Ein erschreckender Gedanke kam ihr. Was war, wenn ihr Vater es bei sich getragen hatte, als er verhaftet wurde? In diesem Fall wären seine Aufzeichnungen für sie verloren, und schlimmer noch: Sie wären in den Händen seiner Ankläger! Vielleicht hatte er es aber auch nur gut versteckt. Sie ließ den Blick durch das Zimmer schweifen. So viele Schränke mit Schubladen, Türen und kleinen Nischen … Wo sollte sie bloß anfangen?

Amy brauchte eine weitere Stunde, um das Notizbuch zu finden. Der Zufall kam ihr dabei zu Hilfe. Sie hatte gerade mehrere Bücher aus einem Regal genommen, um zu sehen, ob sich dahinter etwas verbarg, als ihr eines aus der Hand rutschte und zu Boden fiel. Als Amy es wieder aufheben wollte, purzelte das schwarze Notizbüchlein ihres Vaters heraus.

Das Gesicht am Fenster

Amy starrte auf das Buch, das sie gerade aufgehoben hatte. Es war hohl. Ihr Vater hatte ein Loch in die Seiten geschnitten, um darin seine Aufzeichnungen zu verstecken. Ein Buch in einem Buch – darauf wäre sie nie gekommen, und wahrscheinlich auch kein Polizist, selbst wenn sie die Wohnung durchsucht hätten. Amy bückte sich nach dem Notizbüchlein und setzte sich damit an den Schreibtisch. Als sie die erste Seite aufschlug, zitterten ihre Finger, so aufgeregt war sie.

Eine winzige, verschnörkelte Handschrift in schwarzer Tinte zog sich über die ganze Seite. Amy begann zu lesen. Doch die ersten Seiten enthielten nur Notizen zu früheren Zeitungsartikeln ihres Vaters: über einen Bankraub, den er geholfen hatte aufzuklären, oder die Funktionsweise von Dampfschiffen und Automobilen, die den meisten Menschen rätselhafter erschienen als die großen Pyramiden der Pharaonen.

Amy musste bis zur Mitte vorblättern, bis sie auf einen Text über den Diebstahl der dreizehn Engelsstatuen stieß. Sie beugte sich vor. Es handelte sich bei den Einträgen um Augenzeugenberichte. Ihr Vater hatte eine Reihe von Männern und Frauen befragt, die in unmittelbarer Nähe der Kathedrale wohnten. Alle erzählten von dem gleichen Phänomen, das sie in der Nacht des Diebstahls geweckt hatte: Ein unheimlicher Wind, erfüllt von wispernden Stimmen, war durch die Straße gefegt, genau auf das Tor der Kathedrale zu. Mit einem Donnerschlag hatte er sie aufgesprengt. Dann war es plötzlich still geworden. Unheimlich still. Und Nebel war aufgezogen, dick wie Mehlsuppe, sodass man nicht mehr hatte erkennen können, was draußen auf der Straße vor sich ging. Wenig später war dann die Polizei eingetroffen, aber da waren die Engelsstatuen bereits spurlos verschwunden.

Amy hob den Kopf und blickte nachdenklich aus dem Fenster. Was hatte es mit diesem unheimlichen Wind und diesem seltsamen Nebel auf sich? Das roch verdächtig nach Magie. Sie sah wieder auf das Notizbuch. Was war das? Ihr Vater hatte zwei Anmerkungen rechts neben den Text gekritzelt, so klein, dass sie ihr zunächst nicht aufgefallen waren. An der Stelle, wo es um den Wind ging, stand das Wort »Fluch«. Weiter unten hatte er »Ablenkungsmanöver« neben die Passage geschrieben, wo es um den Nebel ging.

Sie blätterte weiter.

Auf der nächsten Seite fand sich die uralte Legende, die davon berichtete, wie dreizehn Engel einst zu den Beschützern der königlichen Familie wurden. Jeder kannte sie. Auch Amy hatte sie schon oft gehört. Warum hatte sich ihr Vater also die Mühe gemacht, sie in sein Notizbuch zu schreiben? Es musste etwas zu bedeuten haben. Vielleicht war es eine andere Version der Sage, die niemand kannte?

Amy begann zu lesen.

Vor über tausend Jahren bestieg der erste König den Thron. Er hatte zwölf Kinder, die er sehr liebte, und er war so ein weiser und gütiger Herrscher, dass dreizehn Engel ausgesandt wurden, um über ihn und seine Kinder zu wachen. Die Engel sollten sie vor allem Leid und Unglück bewahren, denn der König war ohne Frau und die Kinder ohne Mutter, da die Königin bei der Geburt des letzten Kindes gestorben war. So wurden die Engel zu den Hütern der königlichen Familie und sie brachten ihnen

Glück und Wohlstand. Und wann immer der König oder eines seiner Kinder in Not geriet, griffen die Engel ein, um ihnen beizustehen.

Amy war enttäuscht. Diese Geschichte war nicht anders als die, die sie schon kannte. Seit vielen Generationen erzählten die Menschen sie sich, ohne zu wissen, ob all das wirklich einmal passiert war. Sie war auch der Grund, warum der Thron in der Kathedrale seit jeher von dreizehn steinernen Engeln bewacht wurde. Die Statuen sollten an die Legende erinnern, ihre Gegenwart bei der Krönung jedes neuen Königs seine Regentschaft mit Glück und Wohlstand segnen.

Amy knabberte an ihrer Unterlippe. Waren die Statuen deshalb gestohlen worden? Als Warnung an Prinz Henry, dass seine Herrschaft alles andere als glücklich verlaufen würde? Was könnten die Diebe damit bezwecken? Plötzlich richtete sie sich auf. Ob sie Prinz Henry dazu bringen wollten, dass er auf den Thron verzichtete? Aber das würde ja bedeuten, dass viel mehr als nur ein gewöhnlicher Diebstahl hinter dem Verschwinden der Engel steckte. Eine Verschwörung!

Amy schluckte. Wenn das stimmte, war ihr Vater etwas wirklich Großem auf der Spur gewesen. Kein Wunder, dass man ihn aus dem Weg haben wollte.

Amy ließ sich zurück auf den Schreibtischstuhl sinken. Niemals hätte sie vermutet, dass es bei dieser Sache um so etwas Ernstes gehen könnte. Sie begann am ganzen Körper zu zittern. Eine Verschwörung. Himmel! Wer weiß, wer alles darin verwickelt war! Und bestimmt waren diese Leute gefährlich. Alleine würde sie mit denen nie fertig werden. Und dabei wollte sie ihren Vater doch nur aus dem Gefängnis befreien. Ihre Augen wurden feucht. Nicht, Amy, ermahnte sie sich selbst. Reiß dich zusammen! Sie holte tief Luft und merkte, wie das Zittern langsam nachließ. Gut so, dachte sie. Versuch erst einmal herauszufinden, um was es bei dieser Verschwörung geht. Dann kannst du immer noch entscheiden, was du tust.

Amy zog das Notizbuch ihres Vaters zu sich heran. Was könnte ihr Vater mit »Fluch« gemeint haben? War der Wind verflucht gewesen, der das Tor der Kathedrale aufgesprengt hatte? Da fiel ihr ein, dass sie einmal gehört hatte, dass manche Flüche sogar toten Dingen Leben einhauchen konnten. So wie bei diesen Mumien in den Pyramiden der Pharaonen. Vielleicht hatten die Diebe auf diese Weise die Engelsstatuen aus der Kathedrale fortgeschafft.

Das bringt doch alles nichts, dachte Amy im nächsten Augenblick gereizt. Was nützte es ihr, zu wissen, wie die Engel verschwunden waren, wenn sie nicht die Namen derer kannte, die dafür verantwortlich waren? Nur, wie sollte sie die herauskriegen? Dafür musste sie erst einmal wissen, wer einen Vorteil davon hatte, wenn Prinz Henry abdankte. Das bedeutete wiederum, dass sie mit jemandem reden musste, der sich am Königshof auskannte.

Amy verdrehte die Augen. Es gab nur einen Menschen, den sie danach fragen konnte: ihre Tante. Und dieses Mal musste sie Amy zuhören, ob sie wollte oder nicht, schließlich ging es um eine Verschwörung gegen den zukünftigen König. Amy presste die Lippen zusammen. Erst einmal würde sie Tante Hester dazu bringen müssen, ihr zu glauben, und dafür brauchte sie Beweise.

Amy begann das Notizbuch zu durchforsten. Möglicherweise enthielt es Namen und Hinweise. Doch schon bald musste sie feststellen, dass ihr Vater in dieser Hinsicht sehr zurückhaltend gewesen war. Entweder aus Vorsicht, falls sein Notizbuch in die falschen Hände geraten sollte, oder weil es ihm schlicht an Verdächtigen gemangelt hatte. Dafür stieß Amy auf einen weiteren interessanten Eintrag:

Ich habe es schon immer gewusst und dank der Hilfe meines alten Freundes Klytus habe ich endlich den Beweis für meine Theorie ge-

funden: Die Geschichte der Engel geht noch weiter.

Es gibt einen Teil aus dem Leben des ersten Königs, den die Menschen vergessen haben. Vielleicht auch vergessen wollten. Denn nicht alles, was er getan hat, war gütig und weise. In Klytus' Bibliothek habe ich eine uralte Schriftrolle entdeckt, in der die Geschichte des Königs und der Engel zu Ende erzählt wird.

Leider ist sie in einem seltenen Dialekt geschrieben, der heute nicht mehr gesprochen wird. Aber Klytus glaubt, ihn übersetzen zu können. Ich hoffe, er wird es rechtzeitig schaffen. Die Krönung des Prinzen ist nicht mehr fern. Und wenn ich mit meiner Vermutung richtig liege, schwebt er in höchster Gefahr.

Amy frohlockte. Sie hatte also recht. Es gab eine Verschwörung. Doch was meinte ihr Vater damit, dass die Geschichte der Engel noch weiterging? Und was hatte das mit dem Diebstahl zu tun? Oh, verdammt! Sie suchte Antworten, aber was sie fand, waren nur noch mehr Fragen.

Sie blätterte zur nächsten Seite weiter. Leer. Genauso wie die über- und überübernächste. Nicht doch, dachte Amy bestürzt. Das konnte unmöglich alles gewesen sein. Für so einen mageren Verdacht hätten die Verschwörer sich bestimmt nicht die Mühe gemacht, ihn ins Gefängnis werfen zu lassen.

Enttäuscht und wütend zugleich pfefferte Amy das Notizbuch zur Seite. Jetzt hatte sie schon gegen Tante Hesters Regeln verstoßen und riskierte gewaltigen Ärger – und wofür? Für eine Menge schwammiger Andeutungen. Damit würde sie ihre Tante nie und nimmer überzeugen können.

Amys Blick fiel erneut auf die Zeitung, die noch immer aufgeschlagen vor ihr lag. Plötzlich wurden ihre Augen schmal. Hatte ihr Vater den Artikel über die entführten Menschen etwa deshalb markiert, weil ihr Verschwinden mit der Verschwörung in Verbindung stand? Vielleicht waren sie ihr ebenfalls auf die Spur gekommen? Himmel, wenn das stimmte, dann war ihr Vater nicht das einzige Opfer dieser Verräter!

Amy war von ihrem Stuhl aufgesprungen. »Ich hab keine Wahl! Ich muss Tante Hester dazu bringen, dass sie den Prinzen vor der Verschwörung warnt.«

Im nächsten Moment entfuhr ihr ein spitzer Schrei. Durch das Fenster hinter dem Schreibtisch starrte sie ein schneeweißes Gesicht an mit kirschroten Lippen und Augen so schwarz wie die Nacht. Die Frau mit dem Porzellangesicht. Und sie sah wütend aus. Unglaublich wütend!

Ein betrunkener Pirat

Amy griff sich das Notizbuch, drehte sich um und floh aus dem Arbeitszimmer. Sobald sie die Tür hinter sich zugeworfen hatte, blieb sie erst einmal stehen. Sie war zwar nur ein paar Schritte gelaufen, trotzdem keuchte sie, als wären es hundert gewesen. Wie schon bei ihrer ersten Begegnung in der Carrodsgasse konnte Amy sich auch jetzt nicht richtig erklären, warum der Anblick der Frau sie so sehr in Panik versetzte. Ihr kaltes, starres Gesicht, die teuflischen dunklen Augen hatten sicherlich etwa damit zu tun. Aber das war nicht alles. Diese Frau strahlte das Böse aus wie eine Kerzenflamme das Licht.

Amy schauderte.

Es konnte kein Zufall sein, dass die Frau mit

dem Porzellangesicht ausgerechnet beim Haus ihres Vaters auftauchte. Ob Amy ihre Schritte in der düsteren Gasse gehört hatte? Der Straßengaukler Cornelius hatte sich offensichtlich vor ihr gefürchtet, demnach mussten sie sich kennen. Amy biss sich auf die Unterlippe. Ob die beiden ebenfalls in die Verschwörung verwickelt waren? Möglicherweise war die Frau eine Spionin, die jedem hinterherschnüffelte, der zu einer Gefahr für die Verräter werden konnte.

»Ich bin so dumm gewesen. Ich hätte vorsichtiger sein müssen«, schimpfte Amy. Jetzt, wo die Frau sie mit dem Notizbuch ihres Vaters gesehen hatte, musste ihr klar geworden sein, dass Amy über alles Bescheid wusste. Damit war sie nun selbst in Gefahr. Sie schluckte. Hatte der Gaukler sie davor warnen wollen? Aber wie hätte er ihren Plan erahnen können, wo sie doch zu diesem Zeitpunkt noch gar nicht gewusst hatte, was sie als Nächstes tun würde? Sie schloss für einige Sekunden die Augen. Ihr Kopf brummte von den vielen Fragen.

In Ordnung, Amy, sagte sie zu sich selbst. Das Wichtigste ist jetzt, dass du es an dieser Frau vorbei aus dem Haus schaffst!

Amy lief zu der eingeschlagenen Terrassentür und stieg vorsichtig nach draußen. Inzwischen war es so spät, dass es bereits zu dämmern begann.

Vorsichtig blinzelte sie um die Ecke des Hauses. Die Frau war nicht zu sehen. Vielleicht stand sie immer noch vor dem Fenster und wartete darauf, dass Amy in das Arbeitszimmer zurückkehrte. Oder sie versuchte durch den Vordereingang ins Haus zu kommen. Amy schlich durch den schmalen Durchgang, der das Haus von dem der Nachbarn trennte. Die letzten Meter bis zur Straße schob sie sich eng an die Mauer gepresst vor. Ihre Knie zitterten vor Anspannung und kleine Schweißperlen standen auf ihrer Stirn.

Ganz ruhig, dachte sie.

Amy zählte bis drei, hielt die Luft an und schielte vorsichtig um die Ecke. Die Frau war nicht mehr da. Amy wollte sich schon die Augen reiben, weil sie fürchtete zu träumen. Wohin war sie verschwunden?

Amy suchte die Straße ab. Da ging ein junges Pärchen Arm in Arm spazieren. Ansonst war keine Menschenseele zu sehen. Sollte die Frau mit dem Porzellangesicht es ihr wirklich so leicht machen? Amy wollte es nicht glauben. In den Augen der Frau hatte ein solcher Hass gestanden, dass sich Amy gewundert hatte, dass sie ihr nicht wie ein wildes Tier durch das Glas entgegengesprungen war.

Plötzlich war da ein Geräusch direkt hinter Amy. Oh, nein, sie hat mich reingelegt!

Als nicht sofort etwas passierte, nahm Amy all ihren Mut zusammen und wandte sich mit einem Ruck um. Aber da war nur eine kleine, grau getigerte Katze, die ihre Krallen an der Regentonne am Ende des Hofes wetzte.

Amy lachte vor Erleichterung. Allerdings hielt die nicht lange vor. Ihr war nämlich eingefallen, wohin die Frau gegangen sein konnte. Warum sollte sie sich selbst mit Amy abmühen, wenn sie es genauso wie bei ihrem Vater machen konnte? Sie brauchte Amy einfach nur bei der Polizei als Hochverräterin anzuschwärzen. Schon wäre sie zum Schweigen gebracht. Denn wer würde an Amys Unschuld glauben, wenn bereits ihr Vater wegen des gleichen Verbrechens im Gefängnis saß?

Das darf nicht passieren, dachte Amy. Ich muss gleich mit Tante Hester sprechen!

Sie rannte los.

Als sie das Ende der Straße erreichte, keuchte sie schwer. Den halben Tag lief sie nun schon kreuz und quer durch die Stadt und allmählich machte sich Erschöpfung in ihr breit. Sie hatte Hunger, außerdem Dutzende von Blasen durch die neuen Stiefel. Und das Seitenstechen fühlte sich an, als würde ihr jemand einen spitzen Finger in die Rippen bohren. Wenn sie sich vorstellte, dass das noch zwei Stunden so gehen würde, bevor sie endlich bei Tante Hester ankäme, wäre sie am liebsten einfach ohnmächtig geworden. Sie war so müde, dennoch musste sie auf dem schnellsten Weg zu ihrer Tante.

Amy hob die Hand und begann aufgeregt zu winken. Sofort war das Knallen einer Peitsche zu hören und eine Droschke setzte sich ruckelnd in Bewegung. Neben dem Kutscher hing eine Laterne, die in der Dämmerung wie das feurige Auge eines Zyklopen glühte. Amy lief der Kutsche entgegen. »Sie … müssen mich auf … auf … dem schnellsten Weg … nach Hause bringen«, rief sie atemlos.

Der Kutscher hielt an und beäugte Amy skeptisch. »Warum ist eine junge Dame wie du noch so spät alleine unterwegs?«

»Das ist meine Sache«, sagte Amy schnippisch, die keine Lust auf lange Erklärungen hatte.

»Hm, und wohin soll's gehen?«

»Zum Pfauenpark.«

Der Kutscher rieb sich nachdenklich das stoppelbärtige Kinn. »Das ist auf der anderen Seite der Stadt. Hast du überhaupt Geld?«

Amy zögerte. »Nein, hab ich nicht. Aber meine Tante wird Sie bezahlen, sobald wir bei ihrem Haus sind.«

Der Kutscher lachte laut auf. »Weißt du eigentlich, wie oft ich solche Geschichten zu hören bekomme? Seh ich wirklich so dumm aus, als ob ich auf einen derartig alten Trick hereinfallen würde?« Er schüttelte ärgerlich den Kopf. »Ich kenn das Spielchen nur zu gut. Sobald wir am Ziel sind, springst du raus und machst dich aus dem Staub. Und ich kann zusehen, woher ich mein Geld bekomme. Nicht mit mir!« Er schwang die Peitsche.

»Bitte, Sir, Sie müssen mir glauben!«

Der Kutscher hielt in der Bewegung inne. Nun neigte er den Kopf zur Seite und musterte Amy mit einem tückischen Grinsen. »Jemand, der solche Kleider trägt, nennt mich ›Sir‹? Junge Dame, du musst noch viel lernen, wenn du mich aufs Kreuz legen willst.«

Amy starrte ihm wütend nach. Dann eben nicht, dachte sie. Obwohl es noch nicht ganz dunkel war, ging der Mond bereits über der Stadt auf. Wenigstens ist Vollmond, stellte sie erleichtert fest. Er würde ihr unterwegs ein wenig Licht spenden. Denn nur die Hauptstraßen verfügten über Gaslaternen, die nach Einbruch der Nacht entzündet wurden. Nun fielen ihr auch wieder Finn und die Blüte des Mondfeuers ein. Der Gedanke versetzte ihr einen Stich. Höchste Zeit, heimzukehren.

Allmählich begannen sich die Straßen zu leeren, als die Stadtbewohner vor der Dunkelheit und der aufziehenden Kälte in ihre warmen, behaglichen Häuser flohen. Amy beneidete sie darum. Der Wind zerrte an ihrem Haar und ließ sie frösteln. Auch der Mantel, den sie eng um sich geschlungen hatte, schützte sie kaum. Wenn sie nur nicht so müde gewesen wäre, hätte sie die Kälte bestimmt leichter ertragen können. So fühlten sich ihre Füße an, als steckten sie in Stiefeln aus Blei. Jeder Schritt fiel ihr schwerer und schwerer. Am liebsten hätte sie sich irgendwo hingehockt, um sich eine kleine Verschnaufpause zu gönnen. Sie wagte es jedoch nicht, weil sie danach erst recht nicht mehr die Kraft gefunden hätte, weiterzugehen. Und dabei lag noch eine volle Stunde Fußmarsch vor ihr.

Die meisten Straßen und Gässchen wirkten um diese Zeit wie ausgestorben. Nicht mal ein Streuner kreuzte ihren Weg. Es war einsam wie auf einem Friedhof. Als die Nacht vollends über die Stadt hereinbrach und der Mond wie ein großes, silbrig weißes Auge über den Dächern stand, wünschte sich Amy wie noch nie im Leben, zaubern zu können. Die vielen dunklen Hauseingänge, an denen sie vorübermusste und in denen sonst jemand herumlungern konnte, machten ihr Angst. Wenn sie nur ein Irrlicht herbeirufen könnte, das ihr den Weg erleuchten würde!

Sehnsüchtig starrte sie hinauf zu den Fenstern der Häuser, hinter denen orangerote Kaminfeuer flackerten. Warm und behaglich schien es dort drinnen zu sein. Vor allen Dingen mussten diese Menschen nicht fürchten, von einer Frau verfolgt zu werden, die wie das pure Böse wirkte. Wo war sie da nur hineingeraten?

Amy vergrub die Hände tiefer in den Taschen ihres Mantels. Warum ich?, fragte sie sich. Warum mein Vater? Wir haben nie jemandem etwas getan! Doch es gab Hoffnung. Wenn Tante Hester den Prinzen erst gewarnt hatte, würde er wissen, dass sie keine Verräter waren, und dann würde auch ihr Vater bald wieder frei sein.

»Da bist du ja«, sagte eine raue Stimme.

Amy fuhr zusammen. Vor ihr stand ein alter Mann mit kahlem Schädel und einem verfilzten Backenbart. Er trug die schäbige Kleidung eines Seemanns und stank grauenvoll nach billigem Rum. Eine leuchtend blaue Augenklappe, die sein linkes Auge bedeckte, war der einzige Farbklecks an ihm.

»Was wollen Sie?« Amys Stimme bebte, was nicht nur an der Kälte lag.

Der Alte stieß ein kehliges Lachen aus.

Amy wich zurück. »Sind . . . sind Sie ein Pirat?«

»Hab ich dich nicht gewarnt?« Er kam ihr entgegengehinkt. »Hab ich dir nicht gesagt, dass du dich nicht einmischen sollst?«

»Sie müssen mich verwechseln. Ich kenne Sie nicht einmal.«

»Unsinn, du dummes Gör, ich weiß sehr gut, wer du bist«, fauchte der Alte sie an. »Du hast dir Ärger eingebrockt. Mächtigen Ärger. Du weißt es nur noch nicht. Herrgott, Amy, warum hast du nicht auf mich gehört?«

Amy hob abwehrend die Hände, als er noch näher kam. »Sie sind ja verrückt. Lassen Sie mich in Ruhe!«

Seine Hand schoss vor, krallte sich in den Kragen ihres Mantels und zog sie so dicht an sich heran, dass sie selbst bei diesem schwachen Licht seine gelblich braunen Stummelzähne erkennen konnte. »Flieh!«, zischte er und kleine, stinkende Speicheltröpfchen trafen Amy überall im Gesicht. »Flieh dorthin, wo dich keiner finden kann!«

Amy war gelähmt vor Angst. Ihr Mund war halb zu einem Schrei geöffnet, aber sie brachte keinen Ton heraus. Sie konnte nur in das eine Auge des Alten starren, in dem die Wut wie ein Stück tiefroter Kohle glühte. »Ich hätte es besser wissen müssen«, knurrte er leise. »Jetzt ist es zu spät … jetzt steckst du schon mittendrin in dieser Sache.«

Amy nahm ihren ganzen verbliebenen Mut zusammen und presste hervor: »Wenn Sie mich nicht sofort loslassen, schreie ich.«

Der Alte lachte wieder. »Nur zu. Aber du weißt hoffentlich, dass du dann erst recht jene auf deine Spur bringen wirst, denen du zu entkommen versuchst. Ja, ich weiß, dass du auf der Flucht bist und dass dir die Zeit zwischen den Fingern zerrinnt.« Er schüttelte Amy wütend. »Dummes Kind, *sie* kennt kein Erbarmen. Mit niemandem. Für *sie* zählt nur, dass sie ihr Ziel erreicht. Und dafür ist *sie* bereit, alles zu tun. Begreifst du, was das bedeutet?«

»Die Frau ... die Frau mit ...«

»Ja, von ihr rede ich!«

»Woher wissen Sie von ihr?«

»Still!«, zischte er sie an und legte den Kopf zur Seite, als lausche er auf etwas. »Es wird Zeit, zu verschwinden!« Er ließ Amy so plötzlich los, dass sie zurückstolperte und auf ihrem Hintern landete. Er selbst hinkte hastig in die Dunkelheit davon.

Amy blieb verwirrt und ängstlich auf dem kalten Boden hockend zurück. Da hörte sie, was der Alte bereits Augenblicke zuvor vernommen hatte: Schritte. Viele Schritte, die von den Häuserwänden widerhallten. Dann tönte eine Trillerpfeife durch die Nacht. Polizisten, dachte Amy und wollte bereits erleichtert aufatmen. Doch dann fiel ihr ein, dass sie womöglich im Auftrag der Frau mit dem Porzellangesicht kamen. Amy sprang auf. Sie ignorierte die Müdigkeit und die schmerzenden Blasen und rannte, so schnell sie ihre Füße trugen.

Amys Gabe

Amy lief auf die schneeweiße Villa am Ende der Straße zu. Plötzlich blieb sie stehen und blickte sich schwer atmend um. Alles ruhig. Ihre Verfolger hatte sie abgeschüttelt und auf dem Platz vor dem Haus zeigte sich keine Menschenseele.

Amy lächelte. Puh, das war knapp gewesen!

Sie hatte die Hand gerade nach dem messingfarbenen Türklopfer ausgestreckt, als die Tür unerwartet aufschwang. Vor ihr stand Tante Hester. Sie hatte die Stirn in Furchen gelegt, wodurch ihre buschigen Augenbrauen noch bedrohlicher als sonst wirkten. »Da bist du ja«, sagte sie mit verkniffenen Lippen.

»Ich muss dir was Wichtiges erzählen«, keuchte Amy.

»Sei still«, schnappte Tante Hester, schlang ihre dürren Finger um Amys Oberarm und zerrte sie grob ins Haus.

»Ich weiß, dass du furchtbar wütend bist. Aber es ist wirklich wichtig. Du musst mir zuhören, bitte!«

Tante Hester gab ihr einen unsanften Stoß. »Ins Wohnzimmer mit dir!«

Ihre Tante verhielt sich genau so, wie Amy es erwartet hatte. »Du verstehst nicht …«

»Nun sei endlich still«, fauchte Tante Hester, während die Zornesröte ihr in die sonst so bleichen Wangen stieg. »Du hast mir schon mehr als genug Ärger gemacht, treib es nicht auf die Spitze! Oder willst du dir eine Ohrfeige einfangen?«

Amy starrte sie mit schreckensweiten Augen an. Dass Tante Hester richtig fies sein konnte, war nichts Neues. Doch so unbeherrscht hatte Amy sie noch nie erlebt.

Als sie ins Wohnzimmer kamen, stellte sie überrascht fest, dass ihre Tante Besuch hatte. In einem roten Samtsessel vor dem Kamin saß ein kleiner, glatzköpfiger, dicker Mann mit einem großen schneeweißen Schnurrbart, der ihn wie ein fettes Walross aussehen ließ. Obwohl Amy sicher war, dem Mann noch nie zuvor begegnet zu sein, kam ihr sein Gesicht vertraut vor. Bevor ihr einfiel, woher, bemerkte sie eine weitere Person im Raum, eine Frau. Sie war groß und schlank, trug ein schwarzes Kleid und blickte durch das Fenster in den Vorgarten. Sie wandte Amy den Rücken zu.

»Hat dir dein Vater kein Benehmen beigebracht?«, zischte Tante Hester hinter ihr. »Mach gefälligst einen Knicks vor Lord Winterhall!«

Lord Winterhall? Amy starrte den dicklichen Mann mit halb geöffnetem Mund an. Doch plötzlich grinste sie. Besser hätte sie es gar nicht antreffen können. Nun konnte sie sogar Lord Winterhall persönlich von der Verschwörung erzählen. Amy machte eine hektische Verbeugung.

Tante Hester stöhnte. »Was sagte ich? Einen Knicks, Kind, einen Knicks. Damen verbeugen sich nicht!«

Amy ignorierte den Rüffel. »Ich muss Ihnen ganz dringend etwas sagen, Eure Lordschaft«, platzte sie heraus. »Es gibt eine Verschwörung. Ja, ich weiß, wie verrückt das klingt. Aber es ist wahr! Ich war gerade zu Hause, also im Arbeitszimmer meines Vaters, und habe . . .«

»Still«, fuhr Tante Hester ihr ins Wort. »Niemand hat dir erlaubt zu sprechen!«

»Warum lassen Sie das Mädchen nicht ausreden, werte Hester?« Die Stimme erinnerte an das Klirren von eisverkrusteten Ästen, die sich im Winterwind aneinanderreiben. Amy jagte ein Schauder über den Rücken. Sie sah zu der Frau am Fenster, die sich langsam umdrehte. Bei ihrem Anblick gefror Amy das Blut in den Adern. Das war *sie.* Die Frau mit dem Porzellangesicht.

»Nein«, wimmerte Amy. »Bitte nicht!«

Die Bewegungen der Frau wirkten wie die eines Geistes, als sie sich an Lord Winterhalls Seite begab. Leicht, fast schwerelos und von einer schauderhaften Eleganz, die grenzenlosen Hochmut erkennen ließ. Der einzige Laut, den sie beim Gehen verursachte, war das Rascheln ihres tiefschwarzen Kleides. »Das ist Lady Lucia Morningstar«, sagte Tante Hester in einem noch respektvolleren Ton als dem, mit dem sie bereits Lord Winterhall vorgestellt hatte. »Begrüße sie!«

Doch die Frau mit dem Porzellangesicht schien auf solche Höflichkeiten keinen Wert zu legen, stattdessen forderte sie von Amy: »Erzähle uns, was du herausgefunden hast!«

Amy schaute Hilfe suchend zu ihrer Tante auf. Doch sobald sie in ihr kaltes, gefühlloses Gesicht geblickt hatte, wusste Amy, dass sie sie auf keinen Fall vor dieser Frau beschützen würde. »Warum hast du dich auch nicht an die Regeln gehalten?«, sagte Tante Hester mitleidlos. »Du hättest es so gut haben können. In ein paar Wochen wärst du auf das Internat gewechselt. Ich wäre dich für immer losgeworden und du hättest dort ein privilegiertes Leben genießen können. Wir wären beide glücklich gewesen. Nun hast du dir mit deinem Herumgeschnüffel alles kaputt gemacht.«

»Meine gute Hester«, mischte sich Lucia ein. »Sie waren es, die ihre Pflicht vernachlässigt hat. Das sollten Sie nicht vergessen! Ich hatte Sie gebeten, das Mädchen keinen Moment unbeaufsichtigt zu lassen. Zumindest, bis wir unser Ziel erreicht haben. Was danach aus ihr geworden wäre, hat mich nie gekümmert. Aber dieser einfachen Aufgabe waren Sie anscheinend nicht gewachsen.«

Tante Hester schnaubte leise. »Ich verstehe nicht, wozu. Dass wir ihren Vater loswerden mussten, leuchtet mir noch ein. Er hat seine Nase in Dinge gesteckt, die ihn nichts angehen. Aber Amy? Von ihr drohte uns nicht die geringste Gefahr. Sie kann ja noch nicht einmal zaubern.«

»Ich habe meine Gründe, und die gehen Sie nichts an, Hester.« Lucia starrte Amys Tante so unverwandt mit ihren boshaften schwarzen Augen an, dass diese beklommen den Blick senkte. »Ich habe Ihnen Ansehen und Ruhm versprochen – und auch Macht. Das ist Ihre Belohnung. Dafür erwarte ich, dass Sie meine Wünsche bedingungslos respektieren. So lautet unsere Abmachung, und die haben Sie ja hoffentlich nicht vergessen.«

Tante Hester schluckte hörbar. »Nein … nein, natürlich nicht.« Abwehrend hob sie beide Hände.

»Du hast das meinem Vater angetan?«, brach es aus Amy heraus. »Du hast ihn ins Gefängnis werfen lassen?« Sie starrte ihre Tante vorwurfsvoll an. Wie hatte sie ihre eigene Familie nur so hintergehen können? So hilflos, verloren und alleine wie in diesem Moment war sich Amy nicht einmal vorgekommen, als sie ihren Vater abgeführt hatten. Traurig, verzweifelt und sogar wütend war sie gewesen und diese Wut hatte ihr letztlich die Kraft gegeben, weiterzumachen. Jetzt war nur noch hoffnungslose Leere in ihr. Als hätte jemand alle Lebenskraft, alle Wärme und Zuversicht aus ihr herausgesaugt. Ihr Blick wechselte zu der Frau mit dem Porzellangesicht und dann zu Lord Winterhall. Diese drei Menschen würden für den Tod ihres Vaters verantwortlich sein. Er sollte die Strafe erleiden, die eigentlich ihnen gebührte: den wahren Verrätern!

»Das brauchst du ja jetzt nicht mehr.« Tante Hester griff in Amys Manteltasche und zog das schwarze Notizbuch heraus.

Amy versuchte erst gar nicht, sich zu wehren. Gegen drei Erwachsene hatte sie keine Chance.

»Was ist jetzt, junges Fräulein?« Lord Winterhall hatte eine hohe, leicht quäkende Stimme, in der eine Spur jener Arroganz mitschwang, die man von einem Mann seiner Stellung erwartete.

Amy sah ihn finster an. Als zweitmächtigster Mann im Königreich war er vermutlich der Kopf der Verschwörung. Wenn sie jetzt zaubern könnte, würde sie eine fette Kröte aus ihm machen. Nichts anderes hätte er verdient.

»Du wolltest uns vorhin etwas Wichtiges erzählen. Nun fahre auch fort!« Lord Winterhall wedelte auffordernd mit einer fleischigen Hand.

Amy blickte sich unauffällig um. Das einzige Hindernis zwischen ihr und der Tür war ihre Tante. Wenn sie es geschickt anstellte, konnte sie unter ihren Händen hinwegtauchen und …

»Das solltest du erst gar nicht versuchen«, sagte die Frau mit dem Porzellangesicht. »Ich wäre bei dir, bevor du den zweiten Schritt gemacht hättest.«

Amy erstarrte. Niemals zuvor war ihr ein unheimlicherer Mensch begegnet. Konnte diese Lucia etwa Gedanken lesen? Just in diesem Moment verzogen sich die kirschroten Lippen zu einem Lächeln, das Amy eine Gänsehaut über den Rücken jagte.

»Wir müssen endlich herausfinden, wie viel sie über unsere Pläne weiß.« Lord Winterhall war mit einer Behändigkeit aus seinem Sessel aufgesprungen, die Amy bei seinem Körperumfang nicht erwartet hätte. Allerdings war er nur einen Kopf größer als sie, was sie höchstwahrscheinlich zum Lachen gebracht hätte, wäre die Situation nicht so verteufelt ernst gewesen. »Übernehmen Sie das, Hester«, sagte er im befehlsgewohnten Tonfall.

»Selbstverständlich, Euer Lordschaft.« Tante Hester baute sich vor Amy auf. »Rede schon!«

Amy kniff trotzig die Lippen zusammen und ließ keinen Zweifel daran, dass sie nichts sagen würde. Auf keinen Fall würde sie mit diesen Verrätern zusammenarbeiten. Um etwas aus ihr herauszubekommen, würden sie sie schon foltern müssen.

Tante Hester schien nichts dagegen zu haben. Wie Schraubstöcke legten sich ihre Hände auf Amys Schultern und drückten so fest zu, dass sich ihre spitzen Finger schmerzhaft in ihre Haut bohrten. Nur mit Mühe konnte Amy einen Aufschrei unterdrücken.

»Bist du noch bei Sinnen?«, grollte Tante Hester. »Weißt du überhaupt, mit wem du es hier zu tun hast? Lucia könnte dich ...«

»Zügeln Sie Ihre Zunge, Hester«, ermahnte sie die Frau mit dem Porzellangesicht. »Wir wollen ihr doch nicht noch mehr verraten, als sie ohnehin schon weiß.«

Tante Hester nickte entschieden. »Also gut, wenn sie nicht freiwillig reden will, werde ich sie eben zwingen.«

»Ja, ja, tun Sie das«, drängte Lord Winterhall, der wie ein aufgescheuchtes Wiesel vor dem Kamin auf und ab lief. Seine kleinen, aschegrauen Augen bohrten sich in Amys Blick. »Vor allen Dingen müssen wir herausfinden, ob sie mit jemandem gesprochen hat. Was für eine Katastrophe!« Er schlug die Hände über dem Kopf zusammen. »Unser ganzer schöner Plan ist in Gefahr.«

»Nun reißen Sie sich schon zusammen.« Im Gegensatz zu Lord Winterhall und Tante Hester wirkte Lucia wie die Ruhe selbst. »Falls das Mädchen mit jemandem gesprochen hat, können wir das nicht mehr ändern. Dieses Problem ließe sich allenfalls im Nachhinein aus der Welt schaffen. Nur brauchen wir dazu erst Antworten.«

»Sieh mich an, junges Fräulein.« Tante Hester schüttelte Amy, bis sie ihr das Gesicht zuwandte. Ein einzelnes Wort, das sie nicht verstand, entschlüpfte den Lippen ihrer Tante. Sofort spürte Amy eine Woge aus Magie, die auf sie einströmte. Mit einem Mal füllte ein hoher Summton ihre Ohren, als umschwirrte sie ein unsichtbarer Bienenschwarm, der nach einem Eingang in ihren Kopf suchte.

»Es funktioniert nicht«, stöhnte Tante Hester, deren Gesicht vor Anstrengung verzerrt war. »Der Zauber dringt nicht zu ihr vor.«

»Sie müssen sich mehr Mühe geben!«, schrie Lord Winterhall, der die Hände zu Fäusten geballt hatte und wie ein wütendes Kind mit dem Fuß aufstampfte.

Das Summen wurde lauter und klang jetzt zornig, aber auch eine Spur verzweifelt in Amys Ohren. Dann verstummte es plötzlich. Tante Hesters Gestalt erschlaffte. Ihre Hände rutschten von Amys Schultern und ihre Knie knickten ein. Vermutlich wäre sie gefallen, hätte Lord Winterhall sie nicht gestützt. »Es ... es geht nicht«, flüsterte Tante Hester mit entkräfteter Stimme. »Ich komme einfach nicht zu ihr durch.«

»Sie müssen einen Fehler gemacht haben«, murmelte Lord Winterhall entgeistert. »Ich habe noch von keinem Fall gehört, in dem ein Wahrheitszauber nicht gewirkt hätte.« Mit weit aufgerissenen Augen starrte er Amy an, als wäre sie ein exotisches Tier. »Wie kann das sein, Lucia? Niemand ist so mächtig.«

»Sie kann ja nicht einmal zaubern.« Tante Hester löste sich von Lord Winterhall. »Selbst die einfachsten Dinge beherrscht sie nicht.« Sie schwankte immer noch gefährlich. Ihr Stolz ließ es jedoch nicht zu, weiterhin von ihm gestützt zu werden.

»Wie kann sie sich also gegen meinen Zauber schützen? Ich verstehe das nicht.«

Lucias kalte, schwarze Augen fixierten Amy mit solcher Intensität, dass sie das Gefühl hatte, diese Frau könne bis in die geheimsten Winkel ihrer Seele blicken. »Es ist also wahr«, murmelte sie. »Mir waren diese Gerüchte zuvor schon zu Ohren gekommen und dennoch wollte ich sie nicht glauben.« Eine neuerliche Woge aus Magie drang auf Amy ein. Dieses Mal ging sie jedoch von der Frau mit dem Porzellangesicht aus. Wieder glitt sie wirkungslos an ihr ab. Und für den Bruchteil eines Augenblicks glaubte Amy so etwas wie Furcht in Lucias Zügen zu erkennen, bevor sie wieder so kühl und maskenhaft starr wie eh und je wurden, sodass Amy sich fragte, ob sie es sich nicht eingebildet hatte.

»Wie kann das sein?«, wollte Lord Winterhall wissen. »Wie kann sie sich gegen unsere Magie behaupten, obwohl sie selber keine beherrscht?«

»Oh, das kann sie gar nicht.« Lucia drehte sich langsam zu ihm um. »Sehen Sie, Euer Lordschaft, die Menschen haben gelernt, die Magie dieser Welt wie ein Schwamm in sich aufzusaugen und für ihre Zwecke einzusetzen. Die einen sind besser darin, die anderen schlechter. Amy hingegen ist wie eine Tasse, die auf dem Kopf steht, sodass nichts hineinpasst. Deshalb kann sie keine Magie aufnehmen und wirken, und deshalb kann man auch keine Magie gegen sie verwenden. Sie perlt einfach von ihr ab.«

Amy hatte ihr gebannt gelauscht. So sehr sie Lucia auch verabscheute: Sie war der erste Mensch, der eine Erklärung dafür hatte, warum Amy so war, wie sie war. Doch plötzlich runzelte sie die Stirn. Was die Frau mit dem Porzellangesicht gerade gesagt hatte, konnte nicht richtig sein. Die Lumpenkinder hatten ihr doch einen Fluch hinterhergeschickt und der hatte gewirkt. Andererseits hatten sie ihn nicht direkt gegen sie eingesetzt, sondern nur einen Schauer aus fauligen Kartoffelschalen auf sie herabregnen lassen. Darin musste der Unterschied liegen.

»Es gibt noch einen anderen Weg, sie zum Sprechen zu bringen«, ereiferte sich Tante Hester, die anscheinend wieder zu Kräften gekommen war. Ohne Vorwarnung schlug sie ihrer Nichte ins Gesicht.

Amy schrie vor Schmerz auf und drückte die Hand auf ihre linke Wange, die wie Feuer brannte. »Warum bist du nur so gemein zu mir?«, fragte sie schluchzend.

»Weil du uns im Weg bist«, sagte Tante Hester verbissen. »Was wir hier tun, geschieht zum Besten von uns allen. Versteh doch, der Prinz ist gerade einmal siebzehn Jahre alt, ein halbes Kind noch. Er ist nicht fähig, ein so großes und mächtiges Reich zu regieren. Mit ihm auf dem Thron werden unsere Nachbarn uns für Schwächlinge halten, und so dürfte es nicht lange dauern, bis ihre Armeen bei uns einfallen, um unser Land unter sich aufzuteilen. Darum brauchen wir jemanden, der stark ist. Eine Führungspersönlichkeit wie Lord Winterhall. Das musst du ...«

»Wir verschwenden bloß unsere Zeit«, fiel ihr Lucia ins Wort. »Lassen Sie uns das Mädchen für ein paar Tage ohne Essen und Trinken wegsperren, das wird sie schon zum Reden bringen.«

»In ein paar Tagen könnte es längst zu spät sein«, empörte sich Lord Winterhall. Er sah Lucia hoffnungsvoll an. »Könnten Sie sie nicht zwingen ...?«

»Nein.« Der Klang ihrer Stimme war so schneidend, dass nicht nur Amy, sondern auch ihre Tante und der Lord zusammenzuckten. »Es ist mir nicht möglich. Nicht ohne Magie.«

Amy sah von ihr zu den anderen beiden. Wer war diese Lucia, dass Tante Hester und selbst Lord Winterhall sich von ihr anherrschen ließen?

»Aber wenn sie nun jemandem von der Verschwörung erzählt hat, könnte der Prinz schon bald alles erfahren«, erwiderte Lord Winterhall behutsam. »Vielleicht sollten wir früher ...«

»Der Zeitplan muss eingehalten werden«, erklärte Lucia bestimmt. »Es gibt einen Feind, der noch weitaus gefährlicher ist als dieses kleine Mädchen. Und darum können wir es uns nicht leisten, unvorsichtig zu werden. Habe ich mich klar genug ausgedrückt?«

Lord Winterhall nickte widerwillig. »Wie sollen wir dann verhindern, dass der Prinz es herausfindet?«

»Sorgen Sie einfach dafür, dass er mit niemandem redet, der nicht auf unserer Seite steht. Und lassen Sie keine Fremden zu ihm vor.«

»Wie soll ich das bitte anstellen?«, schnaubte Lord Winterhall. »Ich kann dem zukünftigen König wohl kaum vorschreiben, was er zu tun und zu lassen hat.«

»Sagen Sie ihm, es sei eine Vorsichtsmaßnahme, die bis zur Krönung beibehalten werden müsste«, erwiderte Lucia. »Er wird es schon verstehen. Jemand wie er hat schließlich nicht nur Freunde.«

Lord Winterhall lächelte tückisch. »Ein guter Vorschlag.«

»Und nun zu ihr.« Lucia deutete mit ausgestrecktem Zeigefinger auf Amy. »Hat dieses Haus einen Keller?«

»Das schon – allerdings ist er nicht im besten Zustand«, erklärte Tante Hester. »Sehr zugig und feucht.«

»Umso besser. Ist er denn sicher?«

Tante Hester warf Amy einen flüchtigen Blick zu, den diese nicht zu deuten wusste. »Jedenfalls sicher genug, um ein Mädchen wie sie für ein paar Tage festzuhalten.«

»Ausgezeichnet.« Lucia hatte Amy am Kinn gepackt, um ihr besser ins Gesicht blicken zu können. Ein freudloses Lächeln verzerrte ihr sonst so starres Gesicht. »In ein paar Tagen wird sie darum betteln, uns sagen zu dürfen, was wir wissen wollen. Hunger und Durst haben noch jeden zum Reden gebracht!«

Tante Hesters Geheimnis

Ein überwältigender Geruch nach Moder und Fäulnis entstieg dem dunklen Kellerloch und ließ Amy schaudern.

»Du kommst hier nicht eher heraus, bis du uns gesagt hast, was wir wissen wollen«, erklärte Tante Hester herrisch.

Amy wollte ihr eine trotzige Antwort geben. Dass sie darauf bis in alle Ewigkeit warten könne. Aber ihr Hals fühlte sich so rau und trocken an, dass sie keinen Ton herausbekam.

»Nimm die hier mit«, sagte Lucia und hielt ihr eine brennende Kerze hin.

Was war das? Hatte die Frau mit dem Porzellangesicht plötzlich Mitleid mit ihr?

»Wieso tun Sie das?«, empörte sich Lord Winterhall. »Sie waren schließlich diejenige, die sie in dieses Loch sperren wollte.«

»So wird es noch viel quälender für sie werden«, erwiderte Lucia und lächelte Amy an – ein Lächeln, das sie wie ein eisiger Winterhauch frösteln ließ. »Stellen Sie sich nur vor, Lord Winterhall, wie es sein muss, in diesem dreckigen Kellerloch zu hocken. Zerfressen von Furcht und Hoffnungslosigkeit müssen Sie dabei zusehen, wie die Kerze immer weiter herunterbrennt, sodass Sie schon bald in absoluter Schwärze sitzen werden. Und Sie können nichts dagegen tun. Nichts.«

»Der reinste Albtraum«, hauchte Lord Winterhall und bedachte Amy mit einem gehässigen Blick.

Ein letztes Mal sah Amy ihre Tante Hilfe suchend an, aber Hester zeigte weder Reue noch Mitleid. »Worauf wartest du noch?«, fragte sie ungeduldig.

Die Kellertür wurde so heftig hinter Amy zugeworfen, dass der Windzug die Kerzenflamme gefährlich flackern ließ. Amy starrte nach unten. Im orangegelben Schein der Kerze konnte sie abgenutzte Holzstufen erkennen, die hinab in die Finsternis führten. Nach wenigen Tritten beschrieb die Treppe einen Bogen, sodass Amy nicht sehen konnte, was sie an ihrem Ende erwartete.

Amys Herz tat einen heftigen Sprung, als hinter ihr der Schlüssel im rostigen Schloss kreischte. Jetzt war sie endgültig gefangen. Sie schluckte und blickte wieder in die vor ihr liegende Schwärze. Ihr fielen all die unheimlichen Geschichten über schaurige Wesen ein, die angeblich an solchen Orten hausten. Aber das waren ja nur Geschichten, oder nicht? Die Hand, die die Kerze hielt, begann zu zittern. Vielleicht sollte sie sich einfach hier oben hinsetzen und abwarten.

Aber dann schüttelte sie den Kopf. Das Schlimmste an der Angst war die Angst selbst. Sie flüsterte einem von Dingen zu, die in Wirklichkeit nicht da waren. Und man konnte sich davon nur befreien, indem man sich ihr stellte. Amy nahm all ihren Mut zusammen und trat einen Schritt vor. Die Treppe knarrte unter ihrem Gewicht. Sie ging tapfer weiter.

Plötzlich ertönte ein metallisches Scheppern, das sie aus der Dunkelheit ansprang.

Amy erstarrte. War da unten etwa noch jemand?

»Ha-hallo?«

Wieder das Scheppern. Dieses Mal lauter.

Amy lief wieder nach oben. Panisch rüttelte sie am Türknauf. Doch die Tür war fest verschlossen. Fast hätte Amy nach ihrer Tante geschrien. Im letzten Moment biss sie sich auf die Zunge. Diese Genugtuung wollte sie Hester nicht gönnen. Keinem von den dreien. »Verräter!« Wütend schlug sie mit der Faust gegen die Tür. Sie waren für das Unglück ihrer Familie verantwortlich. Für das Leiden ihres Vaters. Nein, diese Menschen würde sie niemals um Hilfe anflehen. Tausendmal lieber würde sie sich dem Grauen stellen, das dort unten auf sie lauerte.

Langsam drehte Amy sich von der Tür fort. Fünf – zehn – fünfzehn Minuten harrte sie aus und wartete darauf, dass ein abscheuliches Monster um die Ecke gestürzt käme, um sie mit seinen Klauen zu zerreißen. Doch nichts dergleichen passierte.

Unten im Keller war es still geworden. Und es war kalt. Wenigstens hatten sie ihr den Mantel gelassen. Amy seufzte leise. Wenn durch den Schrecken auch jegliche Müdigkeit verflogen war, konnte sie unmöglich für alle Ewigkeit hier oben stehen bleiben. Irgendwann würde sie sich ausruhen müssen.

Auf Zehenspitzen schlich sie die Stufen hinab.

Je tiefer Amy kam, desto scheußlicher wurde der Fäulnisgestank. Am Ende stand sie in einem niedrigen Raum mit einem gelbbraunen Lehmboden, dessen nasse Oberfläche im Kerzenlicht matt glänzte.

Amy sah Dutzende alter Möbel: Schränke, Kommoden, Stühle mit zerschlissenen Polstern.

Und haufenweise Kisten und Truhen aus Holz, die mit allem möglichen Zeug vollgestopft sein mussten.

»Hallo?«, wisperte sie in die Stille.

Plötzlich bemerkte sie aus dem Augenwinkel eine Bewegung. Amy zuckte zusammen. Aber es war bloß eine struppige graue Ratte, die auf einem ausgedienten Kochkessel hockte. Offensichtlich fühlte sie sich von Amy gestört. Mit einem Satz war sie hinter einer großen Holzkiste verschwunden, während der Deckel des Kessels metallisch schepperte.

Amy atmete auf. Jetzt wusste sie wenigstens, woher das Geräusch stammte.

Sie ging an einem Berg alter Kleidungsstücke vorbei, die ungeschützt auf dem feuchten Boden lagen, wo sie vor sich hin moderten. Gleich daneben standen mehrere Körbe, in denen einmal etwas Essbares gelagert haben musste, das dann aber in Vergessenheit geraten war und auf dem inzwischen munter ein flaumig grüner Teppich aus Schimmel spross. Amy rümpfte angewidert die Nase. Kein Wunder, dass es im Keller so stank.

Das also war ihr Gefängnis.

Mit hängenden Schultern ließ sich Amy auf die nächste Truhe sinken. Die Kerze stellte sie neben sich ab. Eine ganze Weile saß sie so da und starrte reglos vor sich hin. Sie fragte sich nicht länger, warum das alles ausgerechnet ihr passieren musste, sondern machte sich Vorwürfe, dass sie es angesichts all der vielen kleineren und größeren Hinweise nicht vorausgesehen hatte. Alleine dass Tante Hester sich vor dem Polizisten für ihren Vater eingesetzt hatte, hätte Amy misstrauisch stimmen müssen. Es war nichts weiter als schlecht gespieltes Theater gewesen. Und dass gleich am nächsten Tag ein Hauslehrer für Amy bereitgestanden hatte, deutete ebenfalls darauf hin, dass die drei alles von langer Hand geplant hatten. Wie hatte sie das nur übersehen können?

Andererseits war Amy in den vergangenen Tagen mit so vielen anderen Dingen beschäftigt gewesen, dass sie keine Zeit gefunden hatte, genauer über all das nachzudenken. Vielleicht hatte sie es auch einfach nicht sehen *wollen*, weil ihre Tante doch der einzige Mensch war, der ihr nach der Verhaftung ihres Vaters geblieben war. Dabei war Hester in Wahrheit nur zu Besuch gekommen, um die Überführung von Amys Vater ins Gefängnis zu überwachen. Und um Amy unter ihre Aufsicht zu nehmen. Natürlich nicht freiwillig, sondern auf Lucias Anordnung hin. Aus einem Grund, den Amy sich nicht erklären konnte, sah die Frau mit dem Porzellangesicht eine Bedrohung in ihr. Und wer war dieser »andere Feind«, von dem Lucia gesprochen hatte und vor dem sie sich sogar noch mehr fürchtete als vor ihr?

Eigentlich war das jetzt auch egal.

Amy lächelte bitter. Sie war eine Närrin gewesen, und jetzt würde sie den Preis dafür zahlen müssen! Ich habe versagt, Papa, dachte sie traurig. Ich wollte dir so gerne helfen und jetzt stecke ich selber in der Klemme.

Sie starrte auf den Boden, wo die Schatten der Kisten und Truhen im Schein der zuckenden Kerzenflamme wie ruhelose Geister tanzten, die sie zu verhöhnen schienen. Niemand wusste, dass sie hier unten im Keller eingesperrt war. Also würde auch niemand kommen, um sie zu retten. Plötzlich musste sie an ihre Begegnung mit dem alten Piraten denken. Hätte er nur nicht so böse und verrückt gewirkt! Vielleicht hätte sie ihm sonst zugehört. Wenigstens wusste sie durch ihn, dass es da draußen noch mehr Menschen gab, die über diese Verschwörung Kenntnis hatten. Das war zwar kein wirklicher Trost, aber es gab ihr die Hoffnung, dass die Verräter immer noch aufgehalten werden konnten. Auch wenn es dann schon zu spät für sie und ihren Vater sein mochte.

Amy schlug die Hände vors Gesicht und brach in Tränen der Verzweiflung aus. Ich verstehe es nicht, dachte sie wieder und wieder. Was haben

Papa und ich Tante Hester getan, dass sie uns so sehr hasst?

Es dauerte eine ganze Weile, bis sie sich wieder beruhigt hatte. Sie warf der flackernden Kerze einen mürrischen Blick zu. Warum konnte sie nicht still ... Amy riss die Augen auf. Das Flackern deutete auf einen Luftzug hin, und wo der herkam, musste es ein Fenster geben. Vielleicht war weiter hinten im Keller eins. Verborgen hinter all dem Zeug, das hier unten lagerte.

Neue Hoffnung machte sich in Amy breit. Sie nahm die Kerze und kletterte über einen Stapel Kisten hinweg. Dahinter türmten sich noch mehr. Sie quetschte sich durch einen engen Spalt zwischen den Kisten und stand vor einer Ziegelmauer. Einen Meter über ihr befand sich ein winziges vergittertes Kellerfenster, das mit Spinnweben und braunem Laub aus dem letzten Herbst verklebt war. Da passte nicht einmal ihr Kopf durch.

Amy nahm sich auch den Rest des Kellers vor, wobei sie sich durch allerhand Gerümpel kämpfen musste, bevor sie erschöpft und enttäuscht zu ihrer Kiste zurückkehrte. Es gab definitiv nur einen Weg aus diesem Keller und der war ihr versperrt. Bibbernd schlang sie die Arme um den Oberkörper. Durch die Sucherei war sie ins Schwitzen geraten und nun fror sie umso heftiger.

Ihr Blick huschte hinüber zu dem stinkenden

Kleiderberg. Vielleicht fand sich darunter etwas, womit sie sich ein Lager für die Nacht bauen konnte. Sie stand auf, um nachzusehen. Doch die Textilien stanken unerträglich nach Ratten und waren zudem pitschnass. Als Amy eines der Kleider mit spitzen Fingern anhob, riss es augenblicklich entzwei, so marode war der Stoff. Amy ließ es wieder los. Das Kleid musste einmal einem Mädchen gehört haben, das nicht viel älter als sie selbst gewesen sein konnte. Neugierig geworden, schob Amy die Fetzen mit dem Fuß auseinander. Ein paar Kinderschuhe und -hüte kamen zum Vorschein.

Tante Hester hatte nie eigene Kinder gehabt, was taten dann diese Sachen hier im Keller? Nun lief Amy zu einer der Truhen und schlug den Deckel auf. Puppen. In einer anderen Kiste entdeckte sie Holzspielzeug. Das wurde ja immer seltsamer! Amy kramte weiter und stieß schließlich auf eine schwarz angelaufene Silberschatulle. Der filigrane Verschluss klemmte, weshalb sie Mühe hatte, ihn zu öffnen. Als er nachgab, purzelten ein paar vergilbte Briefe heraus.

Die Kerze war bereits bis zur Hälfte heruntergebrannt, als Amy mit dem Lesen der Briefe fertig war. Langsam ließ sie den letzten in ihren Schoß sinken. Endlich verstand sie, was mit Tante

Hester los war. All die Sachen, die in diesem Keller verrotteten, hatten einmal Amys Mutter gehört. Andenken aus ihrer Kindheit. Tante Hester hatte sie hierher verbannt, weil sie schrecklich wütend auf ihre Schwester gewesen war, als diese vor so langer Zeit Rufus Tallquist geheiratet hatte.

Sie hasst uns, weil sie glaubt, dass wir ihr den einzigen Menschen genommen haben, der ihr etwas bedeutet hatte, dachte Amy betroffen.

In ihren Briefen, die Hester aber niemals abgeschickt hatte, flehte sie Amys Mutter an, Rufus Tallquist zu verlassen, weil er kaum Geld besaß und ihr niemals den Lebensstil würde bieten können, den sie gewohnt war. Nichts als Vorwände, dachte Amy, die ihre Tante endlich zu verstehen glaubte. In Wahrheit hatte sie die Heirat nur nicht gewollt, weil sie Furcht vor dem Alleinsein hatte. Wie sie selber schrieb, war sie nie so hübsch und beliebt wie ihre Schwester gewesen. Als diese Hochzeit schließlich stattfand, musste für Tante Hester eine Welt zusammengebrochen sein. Amy seufzte. Das war also der Grund, weshalb sie so verbiestert geworden war.

Plötzlich tat sie Amy sogar ein winziges bisschen leid.

Ihre Tante hatte sich den Verschwörern angeschlossen, weil sie ihr Reichtum und Macht versprochen hatten. Vielleicht glaubte sie sogar wirklich, dass Lord Winterhall einen besseren König als der junge Prinz Henry abgäbe. Aber etwas sagte Amy, dass es noch einen weiteren Grund gab: Tante Hester wollte nicht länger alleine sein, sie wollte wieder zu jemandem gehören. Wie verzweifelt musste sie gewesen sein, dass sie sich diesen Verrätern angeschlossen hatte. Amy ballte die Hände zu Fäusten. Warum war sie in all den Jahren nie zu ihnen gekommen, um mit ihnen zu reden? Dann wäre mit Sicherheit vieles anders gekommen.

In diesem Moment gab das Schloss der Kellertür ein protestierendes Quietschen von sich. Amy hob das Gesicht und blickte mit ausdrucksloser Miene in Richtung Treppe, die in pechschwarzer Dunkelheit lag. War das etwa Tante Hester? Oder die Frau mit dem Porzellangesicht? Vielleicht hatten sie schon die Geduld verloren und kamen, um Amy doch noch mit anderen Methoden zum Reden zu bringen. Das Knarren der Treppenstufen verriet, dass sich ihr jemand näherte. Wenn sie doch nur erkennen könnte, wer es war!

Mit klopfendem Herzen fragte Amy: »Wer ist da?«

Keine Antwort.

Eine schattenhafte Gestalt tauchte am Ende der Treppe auf. Für Tante Hester war sie zu klein.

»Mr Fraud?«, fragte Amy mit zittriger Stimme. »Sind Sie es, Sir?«

»Ich bin's, Finn.«

»O Finn.« Amy stürzte sich auf ihn und schlang die Arme um seinen Hals. »Woher wusstest du, dass ich hier bin?«

»Sag jetzt nicht, du hast unsere Verabredung vergessen«, erwiderte er und versuchte, sich mit rosig glühenden Wangen aus ihrer Umarmung zu befreien. »Wir wollten uns heute um Mitternacht am Teich treffen.«

»Das Mondfeuer, natürlich! Daran hatte ich in der Aufregung nicht mehr gedacht.«

»Als du nicht aufgetaucht bist, bin ich zum Haus geschlichen, weil ich dachte, du hättest verschlafen«, erklärte Finn. »Dann sah ich im Wohnzimmer Licht und bin hin zum Fenster. Ich glaubte zuerst, ihr hättet Besuch. Aber du hast so ängstlich dreingeschaut. Und dann hat dich deine Tante auch noch geschlagen.« Aufmerksam musterte er Amy. »Was ist überhaupt los? Und wer waren die beiden? Die Frau war ja zum Gruseln, wenn du mich fragst, brrr.« Finn schüttelte sich.

»Das erzähle ich dir später. Lass uns erst mal von hier verschwinden.«

»Verschwinden? Wohin?«, wollte Finn wissen.

»So weit fort von diesem Haus wie nur möglich.« Amy zögerte. »Meine Tante ... Sie ist völlig verrückt geworden. Sie wollte mich hier unten verhungern lassen, wenn ich ihr nicht verrate, was ich über die Verschwörung weiß.«

»Verschwörung? Wovon redest du?« Finn blinzelte verwirrt. »Du ... du willst weglaufen?«

»Es geht nicht anders. Ich bin hier in großer Gefahr, außerdem braucht mich mein Vater.« Sie biss sich auf die Unterlippe. »Du musst natürlich nicht mitkommen, wenn du nicht willst. Die drei sind ja nur hinter mir her.«

»Das erklär mir mal genauer«, forderte Finn, der die Arme vor der Brust verschränkt hatte.

Amy schüttelte entschieden den Kopf. »Je weniger du weißt, desto besser. Und nun komm endlich!«

Die beiden schlichen die Kellertreppe nach oben. Inzwischen war es im ganzen Haus stockdunkel. Zum Glück hatte Amy die Kerze mitgenommen. »Meine Tante liegt sicher schon im Bett«, raunte sie Finn zu.

»Und jetzt?«

»Gehen wir in die Küche und packen alles Essbare ein, das wir finden.«

In der Vorratskammer entdeckte Finn einen Leinenbeutel, den er mit Brot und etwas Käse füllte. »Mehr ist leider nicht da«, sagte er achselzuckend.

»Dann muss das eben reichen.« Amy warf einen verstohlenen Blick über die Schulter. Wo das Licht der Kerze nicht hinfiel, schien sich die Düsternis umso stärker zusammenzuballen. »Gehen wir«, drängte sie. »Ich will endlich hier raus.«

Finn öffnete die Küchentür. Auf dem Gang war alles ruhig. Er tastete nach Amys Hand und zog sie mit sich. Vor der Haustür blieben sie stehen. Finn reichte ihr den Leinenbeutel mit den Vorräten und Amy übergab ihm die Kerze.

»Es tut mir leid«, sagte er betreten. »Ich kann nicht mit dir kommen. Das hier ist mein Zuhause. Und Meister Chang . . . Er ist wie ein Vater für mich.«

»Keine Sorge, ich verstehe schon«, sagte Amy. »An deiner Stelle würde ich auch nicht fortwollen. Und danke, dass du mich aus dem Keller befreit hast. Das werde ich dir nie vergessen.« Sie lächelte ihm kurz zu. »Pass bis zu meiner Rückkehr gut auf das Mondfeuer auf.«

»Wirst du denn zurückkommen?«, fragte Finn mit belegter Stimme. Er machte einen Schritt auf sie zu. »O Amy, weißt du überhaupt, wie gefährlich die Welt dort draußen ist? Du kannst dich nicht einmal wehren.«

»Na ja, beißen, kratzen und treten kann ich auch ohne Magie.« Sie zwinkerte ihm aufmunternd zu, obwohl sie in diesem Moment selbst eine Aufmunterung hätte gebrauchen können. »Keine Angst, ich komme schon klar. Ganz bestimmt!«

»Da wäre ich an deiner Stelle nicht so sicher, junges Fräulein.« Überall im Haus ließ Magie die Gaslampen entflammen, sodass der Eingangsbereich der Villa in grellgelbes Licht getaucht wurde. Amy kniff geblendet die Augen zusammen. »Tante Hester«, keuchte sie entsetzt.

Ihre Tante stand auf dem obersten Treppenabsatz, gekleidet in einen scharlachroten Morgenmantel, und fixierte Amy mit einem wütenden Blick aus ihren eisblauen Augen. »Ich wusste doch, dass ich etwas gehört hatte«, sagte sie verächtlich, während sie langsam die Treppe herabschritt. »Eigentlich hätte ich es mir denken können, dass du mit diesem dreckigen Gärtnerlümmel unter einer Decke steckst.«

»Er weiß nichts, überhaupt nichts!«, rief Amy zornig. »Er wollte mir nur helfen!«

Tante Hester stieß schnaubend die Luft aus.

»Lass wenigstens ihn gehen, bitte. Er weiß wirklich nicht ...«

Finns Blick wechselte verwirrt zwischen Amy und ihrer Tante. »Wovon sprecht ihr?«

»Sei still, Junge«, zischte Tante Hester, die das Ende der Treppe erreicht hatte. Ihr Kopf ruckte zu Amy herum. »Du weißt sehr genau, dass ich ihn nicht gehen lassen kann. Woher soll ich wissen, dass du mich nicht belügst?«

»Jetzt!«, rief Amy Finn zu und riss an der Haustür, die sich jedoch nur einen Spalt breit öffnen ließ. Viel zu eng, um sich hindurchzuquetschen! Amy rüttelte verzweifelt an dem Knauf.

Von der Treppe schallte boshaftes Gelächter zu ihnen herüber. »Die Mühe kannst du dir sparen. Niemand kann diese Tür öffnen, wenn ich es nicht will.«

Sie benutzt Zauberei, um uns hier festzuhalten, dachte Amy hilflos. Niedergeschlagen ließ sie den Türknauf los.

»Gutes Kind«, sagte Tante Hester mit einem spöttischen Lächeln. Dann wandte sie ihre Aufmerksamkeit Finn zu. Plötzlich lag ein gefährliches Funkeln in ihren Augen, wie bei einer Wildkatze, die besonders schmackhafte Beute gewittert hat. »Was meinst du, Amy?«, fragte sie bedrohlich leise. »Würdest du auch das Leben deines kleinen Freundes aufs Spiel setzen, nur um uns nicht zu verraten, ob du jemandem von der Verschwörung erzählt hast?«

»Du ... du würdest doch nicht ...«

»Und ob!«, fauchte Tante Hester. »Ich würde ...« Sie schrie auf und schlug die Hände vors Gesicht. Handtellergroße, schwarze Spinnen regneten auf Amys Tante herab. Innerhalb weniger

Augenblicke war sie vollständig mit den haarigen Krabblern bedeckt, die ihr übers Kleid, über die Haare und selbst durchs Gesicht wuselten. »Nehmt sie weg, nehmt sie weg!«, kreischte sie voller Ekel und Entsetzen.

Finn gab Amy einen Stoß. »Versuch's jetzt noch mal!«

Amy ruckte an der Tür, die sich widerstandslos öffnen ließ, jetzt, da ihre Tante abgelenkt war. Finn warf die Kerze fort und lief an Amy vorbei aus dem Haus. »Worauf wartest du noch? Schnell, bevor sie es merkt.«

»Warst du das?«, fragte Amy, als sie über den Platz vor dem Haus rannten.

»Deine Tante hasst Spinnen. Sie geht nur in den Garten, wenn Meister Chang vorher alles überprüft hat.« Finn grinste triumphierend. »Allerdings sind die Spinnen nur eine Illusion. Schon bald werden sie verpuffen.«

»Wie schade«, meinte Amy grimmig.

Wasserspeier und Abwasserkanäle

Amy würde dieses Tempo nicht mehr lange durchhalten. Die Blasen, die sie sich am Nachmittag geholt hatte, brannten, als würden sich mit jedem Schritt glühende Nadeln in ihre Zehen bohren. Sie versuchte, den Schmerz zu ignorieren, indem sie sich ganz auf Finn konzentrierte, der einige Schritte vor ihr durch die leicht abschüssige Gasse lief. Er war kaum mehr als ein Schemen in den Schatten der Häuser, die links und rechts von ihnen aufragten. Manchmal wusste sie nur deshalb, dass er noch vor ihr in der Dunkelheit war, weil sie den dumpfen Klang seiner Schritte hörte.

»Warte!«, rief Amy mit schwacher Stimme.

Finn blieb so unverhofft stehen, dass sie in ihn

hineinstolperte. »Was ist?«, fragte er ungeduldig.

»Ich ... ich kann nicht mehr«, stammelte Amy. »Ich bin ... bin schon den ganzen Tag ... ich ...« Keuchend brach sie ab.

»Wir können jetzt keine Pause machen. Wir müssen erst ein Ver...« Finn verstummte. »Hörst du das?«

Amy hielt den Atem an und neigte den Kopf zur Seite. Jetzt konnte sie es auch hören. Da war ein lauter werdendes Brausen. Und es schien über ihnen aus dem Himmel zu kommen. Amy musste an einen riesigen Insektenschwarm denken. Angsterfüllt blickte sie nach oben. Doch da war nichts. Nur der Mond. Und Rauch, der wie unförmige schwarze Gespenster aus vereinzelten Schornsteinen aufstieg. Vielleicht ist es nur das Rauschen unseres eigenen Blutes, das uns in den Ohren dröhnt, überlegte sie.

»Wir müssen weiter«, drängte Finn.

Amy brauchte sein Gesicht nicht zu sehen, um zu wissen, dass er Angst hatte. »Weißt du, was das ist?«

»Ich bin mir nicht sicher ...«

Das Brausen wurde immer lauter.

»Weiter!« Finn zerrte Amy mit sich.

Je näher das unheimliche Geräusch kam, desto mehr veränderte es sich. Mittlerweile klang es wie das schwerfällige Schnauben eines großen Tieres oder wie der Herbstwind, der sich in einer stürmischen Nacht an Hausecken reibt. Was immer dafür verantwortlich war, es konnte nicht mehr allzu weit entfernt sein. Im nächsten Augenblick kam es auch schon über die Dächer der Häuser geschwebt: ein gewaltiger Schatten mit Flügeln.

»LAUF!«, schrie Finn.

Amy versuchte verbissen, mit ihm Schritt zu halten, aber es ging nicht. Daran änderte auch der Schrecken nichts, den sie beim Anblick der bedrohlichen Gestalt über ihnen am Himmel empfand. Sie war schlicht am Ende ihrer Kräfte. Helle Flecken tanzten vor ihren Augen wie ein Strudel aus Sternen, der sich immer schneller und schneller drehte. Erschöpft blieb sie mit ihrer Stiefelspitze an einem hochstehenden Pflasterstein hängen und schlug der Länge nach hin. Mit geschlossenen Augen lag sie da, schwer atmend und zu schwach, um wieder auf die Beine zu kommen. Kleine spitze Kiesel bohrten sich in ihre linke Wange. Es kümmerte sie nicht, ebenso wenig wie das schwarze Etwas, das sie jeden Moment eingeholt haben würde. Bestimmt kam es von Tante Hester. Irgend so eine scheußliche Höllenkreatur, die sie mit ihrer Magie herbeigerufen hatte. Wenigstens war Finn in Sicherheit.

Ein schwacher Lufthauch streifte Amys Gesicht. Da war es auch schon. Es packte sie am Arm und ... »Nun steh schon auf, sonst hat es uns gleich«, schimpfte Finn verzweifelt.

Er ist zurückgekommen, dachte Amy erstaunt. Ein warmes Gefühl breitete sich in ihrem Bauch aus und gab ihr neue Kraft.

»Du schaffst das«, murmelte Finn und zog sie auf die Füße.

Zu spät!

Der Schatten hatte sie eingeholt und flog über sie hinweg, um ein Stück vor ihnen auf der Straße zu landen. Unter lautem Ächzen setzte die Kreatur auf dem Boden auf. Dann faltete sie ihre Schwingen zusammen, die dabei knirschten, als rieben zwei Ziegelsteine aneinander. Selbst am Boden und mit eingeschlagenen Flügeln war das Wesen fast doppelt so groß wie Amy. Es sah aus, als sei es einem Albtraum entschlüpft. Ein einzelner bleicher Mondstrahl hatte sich auf sein Gesicht verirrt und entblößte eine grausame Dämonenfratze mit Schlitzaugen, die unter einer gewölbten Stirn hervorschauten. Das Maul hatte es weit aufgerissen, sodass man lange Hauer erkennen konnte, die wie die Stoßzähne eines Ebers gebogen waren.

Finn starrte den Dämon ungläubig an. »Es ist ein Gargoyle!«

»Ein *was?*«, flüsterte Amy, ohne das Biest auch nur einen Moment lang aus den Augen zu lassen.

»Ein Wasserspeier.« Finn rückte ein Stück näher an Amy heran. »Eine Steinfigur, die normalerweise die Regenrinnen von Kirchen und Kathedralen ziert. Aber irgendwer hatte dieser da Leben eingehaucht.«

Tante Hester!, war Amys erster Gedanke. Gleich darauf runzelte sie die Stirn. Eine Steinfigur zu verhexen war etwas anderes, als Zuckerdosen und Tabletts durch die Luft schweben zu lassen. »Lucia!«, spie Amy den Namen der Frau mit dem Porzellangesicht aus. Gewiss war sie eine viel mächtigere Zauberin als ihre Tante. Doch wie war es Hester so schnell gelungen, sie über Amys Flucht zu informieren? Zauberei? Aber vielleicht war Lucia auch nie weit fort gewesen.

»Was sollen wir jetzt tun?«

»Ich weiß es nicht«, hauchte Finn.

»Warum hat er uns noch nicht angegriffen?«

Als hätte der Wasserspeier nur auf diese Frage gewartet, streckte er seine langen dürren Arme aus, was ihn wie einen Schlafwandler aussehen ließ. Gleichzeitig ertönte ein widerlich schmirgelndes Geräusch, das in den Ohren schmerzte. Sofort sprang Finn schützend vor Amy – was nicht nötig gewesen wäre, denn die Schritte des Wasserspeiers waren so langsam und behäbig, dass sie einfach nur zurückzuweichen brauchten. Tatsächlich bewegte er sich wie eine dieser mechanischen Aufziehpuppen, die man mit einem Schlüssel aufzog und die dann klappernd vorwärtsmarschierten.

»Da stimmt etwas nicht«, meinte Finn sofort. »Der Gargoyle ist bloß eine Ablenkung.«

»Was meinst du?«

»Er soll uns in Schach halten, bis deine Tante und ihre Freunde eintreffen.« Finn packte Amys Hand. »Wir laufen jetzt genau auf ihn zu und tauchen dann im letzten Moment unter seinen Armen weg.«

»Bist du verrückt?«, rief sie erschrocken.

»Die Straße ist breit genug. Außerdem ist er viel zu langsam.«

»Vielleicht will er uns nur in Sicherheit wiegen? Und wo willst du überhaupt hin?« Die ganze Zeit über waren sie durch die dunklen Straßen gelaufen, um sich möglichst weit von Tante Hesters Haus zu entfernen. Längst hatte Amy die Orientierung verloren und vermutlich ging es Finn nicht besser. Doch zu ihrer Überraschung sagte er: »Wir sind auf dem Weg zu den Docks. Ich kenne dort ein gutes Versteck.«

Sie schlüpften an dem Wasserspeier vorbei, und noch bevor er sich nach ihnen umgedreht hatte, waren sie schon ein gutes Stück weiter. Die Bestie stieß ein schrilles, zorniges Kreischen aus, das das ganze Viertel weckte. In den Häusern ringsum flammten Kerzen auf, Fenster wurden aufgerissen und verschlafene, aber ärgerlich klingende Stimmen klagten über die nächtliche Ruhestörung.

Mit seinem Schrei muss dieses Mistding Lucia verraten haben, wo wir sind, dachte Amy wütend. »Ist es noch weit?«

»Viel zu weit«, murmelte Finn und schnaubte. »Viel zu weit.«

Hinter ihnen erklang wieder der Flügelschlag des Wasserspeiers. Fliegen konnte er jedenfalls besser als laufen.

»Und ich kann dich nicht zu dem Versteck bringen, solange dieses Monster uns folgt. Es würde die anderen sofort herbeirufen!«

»Können wir es nicht abhängen?«, fragte Amy keuchend.

»Vergiss es«, brummte Finn. »Aus der Luft kann es genau beobachten, was wir tun.«

Nur meinetwegen stecken wir in diesem Schlamassel, dachte Amy beschämt. Wenn ich nur nicht so erschöpft wäre!

Die Pause, zu der sie der Wasserspeier gezwungen hatte, war nicht lang genug gewesen, um sich zu erholen. Schon jetzt spürte Amy, dass ihre Kräfte bald wieder erlahmen würden. War es da nicht besser, sofort aufzugeben? Dem Wasserspeier zu entkommen, war doch unmöglich. Das hatte auch Finn gesagt.

Und sogar die Stadt selbst schien sich gegen sie verschworen zu haben. Als sie das Ende der Gasse erreichten, standen sie plötzlich vor einer Straßensperre. Wenige Meter dahinter klaffte ein gigantisches schwarzes Loch zwischen den Häusern. Das musste einer der Schächte sein, durch die die Arbeiter zu den Abwasserkanälen gelangten, die unter der gesamten Stadt gebaut wurden.

Amy blickte sich nach einer Fluchtmöglichkeit um. Die Gasse besaß an dieser Stelle jedoch keine Abzweigung und die Häuser standen so dicht beieinander, dass sie wie unüberwindbare Mauern zu beiden Seiten aufragten.

Finn fluchte.

Über ihnen am Himmel zeichnete sich der tiefschwarze Umriss des Wasserspeiers vor dem Mond ab. Gleich würde er bei ihnen sein. Und ein zweites Mal würde er sicher nicht so dumm sein, sie entwischen zu lassen. Zudem war die Nacht weit fortgeschritten und Amy hatte noch nicht eine Minute geschlafen.

»Wir könnten die Gasse zurücklaufen und ...«

»Wir wissen nicht, wie nah Tante Hester und Lucia uns schon sind«, widersprach Amy, die sich die Arme rieb. Sie war durchgeschwitzt und fröstelte. »Wir würden ihnen direkt in die Arme laufen.«

»Was sollen wir denn sonst tun? Du willst doch nicht etwa aufgeben, oder?« Mit gerunzelter Stirn starrte er an ihr vorbei auf die Baugrube. »He, ich hab eine Idee!«, rief er und sprang über die Absperrung hinweg.

»Was hast du vor?«

»Komm mit, dann siehst du es.«

Der Wasserspeier landete auf einem nahen Haus. Dachpfannen zerbarsten unter seinem Gewicht. Die Bruchstücke stürzten hinab auf die Straße und zersprangen beim Aufschlagen auf das Pflaster in winzige, scharfkantige Splitter, die Amy um die Ohren flogen. Rasch kroch sie unter der Absperrung hindurch und folgte Finn zum Rand der Baugrube. Es gab hier Stapel von rotbraunen Ziegelsteinen, riesige Wannen, in denen die Arbeiter tagsüber Mörtel mischten, und ein Holzgerüst, dessen oberes Ende aus der finsteren Grube ragte.

»Du willst doch nicht etwa ...«

»Das ist unsere einzige Chance«, fiel Finn ihr ins Wort. Schon lief er über ein wankendes Brett hinüber zum Gerüst.

Hinter ihnen stieß der Wasserspeier einen markerschütternden Schrei aus.

»In den Abwasserkanälen können wir ihn abhängen«, rief Finn. »In den Schacht kann er uns unmöglich folgen. Dafür ist die Spannweite seiner Flügel viel zu groß. Und nun komm!«

Amy trat auf das Holzbrett. Es war schmal und federte bei jedem Schritt. Sie blickte nach unten. Wenn sie jetzt abstürzte, fiel sie in ein schwarzes Loch, dessen Boden sie nicht einmal sehen konnte. Sie würde sich beide Beine brechen, und das auch nur, wenn sie viel Glück hatte. Amy holte tief Luft und machte den nächsten Schritt. Ihre Knie zitterten.

»Gleich hast du es geschafft«, redete Finn beruhigend auf sie ein und streckte ihr beide Arme entgegen. »Nur noch …«

Der Wasserspeier stieß einen weiteren gellenden Schrei aus. Amy erschrak und verlor das Gleichgewicht. Sie schwankte zur Seite, sah eine Sekunde lang in den Abgrund und warf sich dann im allerletzten Moment nach vorne in Finns Arme. »Uff«, machte der und zog sie zu sich auf das Gerüst. »Da lang«, murmelte er und deutete auf eine Holzleiter.

Die beiden begannen mit dem Abstieg in die Grube. Plötzlich tauchte der Schatten des Wasserspeiers über ihnen auf. Kreischend kreiste er über dem Gerüst, machte jedoch keine Anstalten, etwas zu unternehmen. Er schien zu warten, vermutlich auf einen neuen Befehl von Lucia.

»Schneller«, keuchte Finn.

Je tiefer sie in die Baugrube hinabstiegen, desto dunkler wurde es um sie herum. Schon bald war Amy völlig blind und musste jeden Tritt der Leiter mit den Füßen ertasten. Wie weit ging es wohl noch hinunter? Trotz des kalten Winds, der an ihrer Kleidung zerrte, rann Amy der Schweiß in kleinen Bächen über die Stirn und ihr wild schlagendes Herz fühlte sich an, als wäre es auf die doppelte Größe angeschwollen. Immer wieder blickte sie nach unten, wo nichts als Finsternis war. Und wenn auch dort unten ein Monster auf sie lauerte? Vielleicht hatte Lucia noch andere Steinfiguren zum Leben erweckt. Kleine hässliche Kobolde oder zähnefletschende Dämonen, wie es sie über den Eingangsportalen von kleinen Kapellen oder berühmten Gildehäusern gab, machten möglicherweise schon über und unter der Stadt Jagd auf sie. Plötzlich kam ihr ein anderer, genauso erschreckender Gedanke. »Wie sollen wir uns in den Kanälen ohne Licht zurechtfinden?«, rief sie Finn zu.

»Keine Angst, ich werde für Licht sorgen«, schnaufte er. Dann hörte sie etwas platschen. »Bin unten angekommen. Allerdings ist der Boden ziemlich matschig. Pass auf, dass du nicht ausrutschst!«

Gleich darauf hatte es auch Amy geschafft. »Wo bist du?«, fragte sie ängstlich in die Schwärze.

»Gleich neben dir. Und jetzt sei bitte ruhig, ich muss mich konzentrieren.«

Ein winziges Flämmchen, zunächst klein wie ein Sandkorn, glomm in Finns Hand auf. Rasch wuchs es zu einer aufgeregt züngelnden Flamme, die leise vor sich hin wisperte. Amy kniff ungläubig die Augen zusammen, als sie ein winziges Gesichtchen in der orangeroten Glut erkannte. »Ist das ein Irrlicht?«, fragte sie ehrfürchtig.

»Kein echtes. Darum wird es auch nicht lange halten«, sagte Finn mit matter Stimme. »Aber es kann uns in den Schacht vorausfliegen und den Weg leuchten.«

Amy nickte.

»Wo seid ihr?«, tönte in diesem Moment Tante Hesters schrille Stimme zu ihnen hinab.

Amy zuckte zusammen. Zwei Frauengestalten standen hoch über ihnen über den Rand des Schachtes gebeugt und starrten zu ihnen hinunter. Amy konnte kaum mehr als ihre Umrisse erkennen, aber auch so war ihr klar, um wen es sich bei der zweiten Person handelte.

»Gebt doch auf, ihr könnt uns eh nicht entkommen«, kreischte Tante Hester mit triumphierender Stimme. »Und jetzt kommt auf der Stelle hoch, bevor Lucia den Wasserspeier auf euch loslässt!«

Amy tauschte einen kurzen Blick mit Finn und

las die Antwort in seinen Augen. »Flieg!«, hauchte er dem Irrlicht zu und warf es in die Luft. Durch die Holzverstrebungen des Gerüstes schoss es auf das knapp mannshohe, aus rotbraunen Ziegelsteinen gemauerte Abflussrohr zu, das dem Zugang zum unterirdischen Bau einer Riesenratte glich. Finn nahm Amys Hand, sie nickte ihm zu, dann liefen sie dem Irrlicht hinterher.

»Ihr dummen Kinder«, hörten sie Tante Hesters leiser werdende Stimme. »Kommt zurück! Kommt … Was haben Sie vor, Lucia? Das können Sie doch nicht machen!«

Was kann sie nicht machen?, fragte sich Amy gerade, als hinter ihnen der Wasserspeier krachend durch das Gerüst stürzte. Es gab eine Explosion, als hätte ein Riese versucht, das Abflussrohr mit seinem Fuß zu zermalmen. Steine und Holzsplitter schossen in das Rohr. Wie Faustschläge trafen sie Amy im Rücken und ritzten ihr die ungeschützten Wangen auf. Weiter vor ihr wurde das Trugbild des Irrlichts von einem herabstürzenden Ziegelstein getroffen, woraufhin es wie ein Spiegel zerbarst. Sofort kehrte die Finsternis zurück. Bevor Amy reagieren konnte, riss Finn sie zu Boden.

»Nicht bewegen«, schrie er ihr über das Poltern herabstürzender Steine und Stützbalken hinweg zu.

Amy wurde am ganzen Körper von Schutt und Geröll getroffen. Zum Glück lag der Eingang des Rohres bereits ein gutes Stück hinter ihnen, denn dort gingen die wirklich schweren Trümmerstücke nieder. Allzu leicht hätte eines von ihnen sie erschlagen können.

Bitte, dachte Amy, während sie das Gesicht mit fest geschlossenen Augen auf den Boden drückte. Bitte lass uns das heil überstehen! Tastend schob sie die Hand in Finns Richtung. Im Sturz hatten sich ihre Hände voneinander gelöst. Als sie seine klammen Finger erspürte, griff sie fest zu. Finn drückte zurück. Es ging ihm gut!

Vor lauter Staub hustend, der wie feiner Nebel in der Luft hing, richtete sich Amy auf. Neben ihr stöhnte Finn. Sie hörte, wie Geröllsplitter von ihm herunterkullerten, als er sich ebenfalls aufrichtete. Kurz darauf entflammte auf seiner Hand ein weiteres Irrlicht und hüllte sie in hellen Schein. Finn hatte mehrere Schrammen im Gesicht, die alle nicht sehr tief waren. Amy schätzte, dass sie selber nicht besser aussah, so wie ihre Wangen brannten.

»Dein Haar ist voller rotem Staub«, sagte Finn und lachte glücklich auf, weil sie überlebt hatten.

»Deins auch. Ist alles in Ordnung?«

Er nickte und fuhr sich mit der Hand über die

Stirn, an der ein paar platt gedrückte Erdkrumen klebten, die nun herunterfielen. »Und bei dir?«

Amy versuchte zu lächeln und scheiterte kläglich. »Wir haben ziemliches Glück gehabt, was?«

Finn schnaubte zustimmend.

»Ich versteh's nicht.« Amy schüttelte den Kopf. »Lucia hätte doch klar sein müssen, dass der Wasserspeier uns nicht folgen kann. Er war viel zu groß.«

Finn sah sie bekümmert an. »Ich glaube, das wusste sie sehr genau, als sie ihn uns nachschickte.«

»Du meinst ...« Amy traute sich nicht, den Satz zu beenden.

»O ja«, sagte Finn. »Sie wollte, dass das passiert. Sie wollte uns umbringen!«

Amys Blick huschte zu der Trümmerhalde zurück, die den Eingang des Abflussrohrs blockierte. Hätte Finn nicht so schnell reagiert und sie mit sich gezogen, läge sie nun unter den Steinbrocken begraben. »Jetzt hast du mich heute schon zum zweiten Mal gerettet«, sagte sie leise.

»Wenigstens können sie uns jetzt nicht mehr folgen. Vielleicht halten sie uns sogar für tot, sodass wir endlich Ruhe vor ihnen haben.«

»Ja, vielleicht.« Amy zog die Nase hoch.

»Nicht doch.« Finn strich ihr tröstend über die Wange. »Dafür ist jetzt keine Zeit. Wir müssen weiter.«

Amy sah ihn gequält an. »Können wir nicht eine kleine Pause machen?«, bettelte sie. »Du hast selber gesagt, dass wir hier vor ihnen sicher sind.«

»Wir werden uns ausruhen, versprochen. Aber nicht hier.« Er stand auf und hielt Amy die Hand hin, um ihr endgültig aufzuhelfen. Er warf das Irrlicht in die Luft, dann stolperten sie ihm hinterher.

Amy tat alles weh, sie biss jedoch tapfer die Zähne zusammen. Wenigstens das war sie Finn schuldig, bei allem, was er wegen ihr durchmachte.

Alle fünfzig Meter löste das Irrlicht sich in einer kleinen Funkenexplosion auf. Das war der Nachteil an Trugbildern. Sie mussten ständig erneuert werden. Und jedes Mal dauerte es länger, bis es Finn gelang, das Irrlicht erneut heraufzubeschwören. Mit der Zeit wurde er immer blasser. Auch torkelte er mehr, als er ging.

»Lass uns eine Pause machen«, drängte Amy.

»Gleich«, erwiderte Finn wie auch schon die Male zuvor. Erst als sich das Abwasserrohr vor ihnen teilte, hielt er an. »Das ist eine gute Stelle«, murmelte er und ließ sich an der Wand zu Boden sinken. »Falls uns jemand folgt oder entgegenkommt, bleibt uns immer noch ein Fluchtweg.« Sein Kopf sackte zur Seite und er war eingeschlafen.

Das Versteck bei den Docks

Amy nahm sich fest vor, wach zu bleiben, solange Finn schlief. Aber kaum hatte sie sich neben ihn gekauert, fielen auch ihr die Augen zu.

Sie träumte.

Sie waren gar nicht entkommen, sondern in eine hinterhältige Falle geraten. Die Rohre des Abwassersystems waren in Wahrheit der Bau einer mörderischen Riesenratte. Ein weißes Ungetüm mit Augen, die von innen heraus zu brennen schienen, jagte sie und Finn durch das Labyrinth der unterirdischen Schächte und Kanäle. Gnadenlos hetzte es sie durch ein unheimliches Zwielicht, das von raunenden Stimmen und tanzenden Schatten erfüllt war. Wie sehr Amy und Finn sich auch anstrengten, die Riesenratte wollte sich einfach nicht abhängen lassen. Manchmal kam sie ihnen sogar so nahe, dass sie ihnen mit ihren scharfen Klauen an Haar und Kleidung riss.

Plötzlich endete der Schacht und sie liefen hinaus in eine weite dunkle Höhle. Außer ihnen war noch jemand dort. Zuerst konnte Amy ihn nicht erkennen. Als sie ihm jedoch näher kamen, sah sie, dass es ein Mann war. Nicht alt, aber auch nicht mehr jung. Er trug eine Krone und strahlte Würde und Macht aus, aber auch Traurigkeit.

Die weiße Ratte, die ihnen so dicht auf den Fersen gewesen war, brach die Jagd unerwartet ab. Wie ein Tiger im Käfig lief sie fauchend und zischend vor ihnen auf und ab, wagte sich jedoch nicht näher an Amy und Finn heran, die jetzt zu beiden Seiten des fremden Königs standen. Der hob seine Hand und tiefes Donnergrollen erfüllte die Höhle. Ein glühender Funke löste sich aus der Decke, die nun wie ein Sternenhimmel aussah, und wuchs rasch zu einem lodernden Feuerball heran, der die Ratte mit Haut und Haaren verschlang.

Amy wollte dem König danken – aber er war verschwunden. An seiner Stelle stand nun ein blasser Jüngling mit dünnem blonden Haar. Etwas kränklich wirkend, aber mit Augen, die wie Saphire funkelten. Amy erkannte Prinz Henry. Sie wollte ihn gerade fragen, was hier vor sich ging, als

Tante Hester, Lord Winterhall und Lucia aus dem Dunkel der Höhle auf sie zutraten. Und sie waren nicht alleine. Die Schatten, die Amy und Henry auf ihrer Flucht vor der Riesenratte angegriffen hatten, folgten ihnen wie körperlose Geister.

»Du hast doch gewusst, dass du uns nicht entkommen kannst«, sagte Lord Winterhall und fuhr sich arrogant über seinen Walrossbart.

Tante Hester lachte triumphierend. »Und nun wirst du den Preis dafür zahlen, dass du dich gegen uns aufgelehnt hast!«

»Erst der Prinz«, sagte Lucia gebieterisch. Ihr Gesicht war nun wirklich eine Maske aus Porzellan, hinter der sich etwas Uraltes und Böses regte. »Er ist wichtiger!«

Hilfe suchend wandte sich Amy zu Prinz Henry um und stellte verblüfft fest, dass er lächelte. Wie konnte er nur? Hatte er denn nicht begriffen, dass sie alle in Lebensgefahr schwebten? Aber dann folgte Amy seinem Blick und alle Furcht fiel von ihr ab. Ihre Feinde waren verschwunden. An ihrer Stelle standen die schönsten Wesen, die Amy je gesehen hatte. Ganz in Weiß gekleidet und mit herrlich gefiederten Schwingen. Die dreizehn Engel! Die Beschützer der königlichen Familie waren gekommen …

»Aufwachen«, raunte jemand in Amys Ohr. Sie wurde geschüttelt. Widerwillig schlug sie die Augen auf. Ein Irrlicht hüpfte vor ihrem Gesicht auf und ab. Durch seinen goldenen Schimmer musterte Finn sie mit besorgter Miene. »Du hast im Schlaf gewimmert.«

»Es war nur ein Albtraum«, murmelte Amy und rieb sich schläfrig die Augen. »Zumindest anfangs, später tauchten dann die Engel auf, die uns vor Tante Hester, Lord Winterhall und dieser fiesen Lucia gerettet haben.« Sie unterdrückte ein Gähnen. Noch immer fühlte sie sich völlig ausgelaugt. »Glaubst du, dieser Traum ist ein Zeichen?«

»So was wie ein gutes Omen?«

Amy nickte.

»Na ja, vielleicht. Keine Ahnung.« Finn zuckte die Achseln. »Ich würde es sicher besser verstehen, wenn ich endlich wüsste, worum es bei dieser ganzen Sache überhaupt geht.«

Amy sah ihn groß an. Wie hatte sie das nur vergessen können? Finn hatte ja nicht die geringste Ahnung! In knappen Worten schilderte sie ihm, was sie über die Verschwörung wusste und dass ihr Vater alleine wegen Tante Hester und ihrer fiesen Freunde im Gefängnis saß.

Finn kratzte sich am Kopf. »Wenn sie Prinz Henry nicht als König wollen, wer soll es dann werden?«

»Ich tippe mal auf Lord Winterhall«, sagte

Amy. »Er ist der Einzige, der etwas vom Regieren versteht, obwohl . . .« Sie zögerte.

»Was?«, bohrte Finn nach.

»Aus dieser Lucia werde ich nicht recht schlau. Ich weiß nicht, welche Rolle sie bei dem Ganzen spielt.« Amy verzog das Gesicht. »Lord Winterhall hat jedenfalls Angst vor ihr.«

»Hm, glaubst du, es sind noch mehr Menschen in die Verschwörung verwickelt?«

Amy musste an den Zeitungsartikel auf dem Schreibtisch ihres Vaters denken und berichtete Finn davon. »So viele Leute sind verschwunden«, sagte sie anschließend bekümmert. »Alleine hätten die drei das nie hinbekommen. Außerdem wimmelt es im Schloss nur so von Beratern, Ministern, Höflingen und Hofdamen. Das sind mächtige Zauberer und Hexen, die würden es doch nie zulassen, dass Prinz Henry etwas geschieht. Wenigstens ein paar davon müssen mit den Verrätern unter einer Decke stecken.«

»Je mehr Leute von einer Verschwörung wissen, desto schwieriger wird es, sie geheim zu halten«, wandte Finn ein. »Trotzdem müssen wir ab sofort sehr vorsichtig sein und uns gut überlegen, wem wir trauen.«

Amy, die an ihrer Unterlippe geknabbert hatte, nickte leicht.

»Verschwinden wir erst mal aus der Kanalisation.« Finn stemmte sich ächzend in die Höhe. Ihm schien alles wehzutun. »Wir sind schon viel zu lange hier. Das ist nicht gut.«

Sie entschieden sich für das linke Abwasserrohr, weil es in der Richtung verlief, in die Finn ohnehin wollte. Wie schon zuvor schickte er ein Irrlicht voraus, damit es ihnen den Weg leuchten konnte. Nach einer Stunde kamen sie zu einer weiteren Baugrube. Auch hier gab es ein Gerüst und Leitern, die nach oben führten. Lange konnten sie nicht geschlafen haben, denn als sie oben ankamen, begann gerade der Morgen zu dämmern.

Die Baustelle befand sich am Rande eines großen Platzes, den die umstehenden Wohnhäuser wie ein Schutzwall umgaben. Trotz der frühen Morgenstunde brannte hinter den meisten Fenstern bereits Licht. Amys Blick wanderte zu dem plätschernden Springbrunnen in der Mitte des Platzes, in dem ein paar aufgeplusterte Tauben ihr Morgenbad nahmen. In diesem Teil der Stadt war sie noch nie gewesen.

»Ich weiß, wo wir sind«, sagte Finn, der ihren Blick bemerkt haben musste. »Das ist der König-George-Platz. Samstags wird hier immer Markt abgehalten. Dann kommen die Bauern aus den umliegenden Grafschaften in die Stadt, um ihre Waren anzubieten. Früher bin ich öfter hierhergekommen, um ... um meiner Mutter bei den Einkäufen zu helfen.«

»Klingt so, als kommst du aus einer Großfamilie.«

Finn lachte, ging aber nicht darauf ein. »Wo wir schon mal beim Essen sind, mein Magen knurrt wie ein Bär.«

Amy holte etwas von dem Brot und dem Käse hervor, die sie aus Tante Hesters Vorratskammer genommen hatten, und teilte es zwischen ihnen auf. Finn biss herzhaft in beides hinein. Dann sagte er schmatzend: »Von hier isch es nisch mehr weit bisch zum Flusch. Dort isch auch dasch Verschteck, von dem isch geschprochen hab.«

Sie gingen los. Zum Glück mussten sie sich jetzt nicht mehr so beeilen, denn Amys Füße fühlten sich an, als wären sie zwei große Blasen aus purem Schmerz. Sie humpelte ein wenig, ansonsten ließ sie sich nichts anmerken. Es gab Schlimmeres. Von einem Wasserspeier erschlagen zu werden etwa.

Als der Morgen vollends dämmerte, tauchte er den Himmel über der Stadt in ein flammendes Rosa, das von orangen Schlieren durchzogen war. Erst jetzt fiel Amy auf, wie jämmerlich sie beide ausschauten. In Gesicht und Haar hing feiner roter Ziegelstaub und ihre Kleidung war schlammverkrustet. Sie sahen aus, als hätten sie mindestens einen Monat lang nicht gebadet. Dennoch starrte sie kein Einziger der müde dreinblickenden Männer und Frauen an, die ihnen auf ihrem Weg zur Arbeit begegneten. In ihren Augen wirkten sie wohl nicht anders als die Lumpenkinder, von denen es in der Stadt wimmelte.

Sie lächelte plötzlich. Eigentlich war diese Tarnung gar nicht so schlecht.

Finn führte sie geradewegs zu den Docks. Der Gestank, der vom Fluss zu ihnen herüberwehte, war kaum auszuhalten. Amy hielt sich die Hand vor die Nase und atmete durch den Mund.

»Das kommt von den Färbereien«, sagte Finn und verzog das Gesicht. »Sie leiten ihre Abwässer in den Fluss.«

Die Docks waren Teil des Hafenviertels, wo jeden Tag Handelsschiffe aus dem fernen Orient und anderen Teilen der Welt einliefen, die die kostbaren Öle, Gewürze und Stoffe brachten, die man nur in der Carrodsgasse zu kaufen bekam. Wohnhäuser gab es hier keine, dafür mehr Lagerhallen, als man zählen konnte. Meist waren es einfache rote Ziegelbauten ohne Fenster und mit einem zweiflügeligen Tor an der Vorderseite. Manche wurden von finster dreinblickenden Männern bewacht, was auf den hohen Wert der eingelagerten Güter schließen ließ. Hier und da stand vor einem offenen Tor ein Fuhrwerk, vor das ein kräftiger Gaul gespannt war und auf dessen Ladefläche Arbeiter Fässer und Holzkisten verluden.

»Gleich sind wir da«, sagte Finn zu Amy, die sich nervös umblickte. Dieser Ort gefiel ihr überhaupt nicht. Die Männer guckten alle drein, als würden sie Kinder zum Frühstück verspeisen. Ob es wirklich eine so gute Idee war, sich ausgerechnet in dieser Gegend vor Tante Hester und der Frau mit dem Porzellangesicht zu verbergen?

»Was ... ist das für ein Versteck?«, fragte sie.

»Wirst du gleich sehen.«

Sie bogen in ein Gässchen ab, das so eng war, dass sie nur hintereinander durchgehen konnten. Misstrauisch beäugte Amy die Mauern, die zu ihren Seiten in die Höhe wuchsen. Sie stellte sich vor, wie sie plötzlich in Bewegung gerieten und sich auf sie zuschoben. Gerade wollte sie Finn zur Eile drängen, als das Gässchen sich zu einem kleinen, mit Unkraut überwucherten Hof öffnete.

»Da sind wir«, verkündete er.

Amy trat an ihm vorbei und sah sich um. Auf der anderen Seite des Hofes erhob sich eine große Halle mit mehreren kleinen Nebengebäuden. Einige Fenster waren eingeworfen und vielerorts blätterte die graubraune Farbe von der Fassade ab. Ein verblassendes Schild über dem Eingang verriet, dass es sich um eine Weberei handelte. Allerdings musste sie schon vor langer Zeit aufgegeben worden sein, so heruntergekommen, wie hier alles war.

»Als ich noch nicht für Meister Chang gearbeitet habe, bin ich früher öfter mit meinen Freunden hergekommen. Es war so etwas wie unser Geheimversteck.« Finns Wangen verfärbten sich leicht. »Na ja, aber das ist schon lange her. Wollen wir ...«

Amy schrie erschrocken auf. Etwas hatte ihr linkes Bein berührt. Sie blickte nach unten und atmete auf. Es war nur eine Katze. Allerdings eine so dürre, dass man jede einzelne Rippe durch das getigerte Fell erkennen konnte. Als Amy ihrem Blick begegnete, maunzte sie erbärmlich. »Du armes kleines Ding«, murmelte Amy und beugte sich runter, um sie zu streicheln. Schnurrend drückte die Katze ihr Köpfchen in Amys Hand. Ihre Augen sind blau wie das Meer, dachte diese und erinnerte sich an einen Ausflug an die Küste, in einer Zeit, als ihre Mutter noch gelebt hatte.

»Was tust du da?«, fragte Finn verärgert.

Amy wollte der Katze, die schnuppernd das dreieckige Näschen erhoben hatte, gerade ein Stück Käse aus ihrem Vorratsbeutel geben, als Finns Finger sich um ihr Handgelenk schlangen. »Nein«, sagte er entschieden. »Das ist das einzig Essbare, was wir bei uns haben. Das können wir nicht so vergeuden.«

»Aber . . .«

Er schüttelte unnachgiebig den Kopf, woraufhin Amy ihm einen wütenden Blick zuwarf.

»Ich kann auch nichts dran ändern«, brummte er. »Gehen wir rein, bevor uns jemand hier stehen sieht.«

Hinter ihnen stieß die Katze ein herzerweichendes Miauen aus.

Amy seufzte. »Tut mir leid, Kätzchen.«

»Es ist besser so«, sagte Finn. »Wenn du diese Streuner einmal fütterst, wirst du sie nie wieder los. Glaub mir, ich weiß, wovon ich spreche.«

Kurz bevor sie durch eine Seitenpforte in die Weberei schlüpften, drehte Amy sich noch einmal nach der Katze um. Sie saß immer noch dort, wo sie sie zurückgelassen hatten, und starrte mit großen, traurigen Augen zu ihnen herüber. Amy legte den Zeigefinger auf die Lippen und warf ihr unauffällig das Stückchen Käse zu, bevor sie Finn ins Innere folgte.

»Das hab ich gesehen.« Finn verdrehte die Augen, sagte aber ansonsten nichts weiter dazu.

Amy grinste. In Wahrheit hatte Finn die Katze bestimmt genauso leidgetan wie ihr.

Neugierig blickte Amy sich um, während sie einem schmalen Gang folgten, der an einer langen Reihe von Webstühlen vorüberführte. Riesenhafte Ungetüme aus Holz, zentimeterdick von Staub bedeckt und in Kokons aus seidigen Spinnweben gehüllt. Amy reckte den Kopf, um über Finns Schulter hinweg zum Ende der Halle sehen zu können. Dunkel war es dort. Also glitt ihr Blick zu den hohen Fenstern, die im groben Mauerwerk über den Webstühlen eingelassen waren. Früher einmal musste helles Tageslicht hindurchgeströmt sein. Jetzt waren sie so schmutzig, das sie von den einfallenden Sonnenstrahlen in ein trübes, graues Zwielicht verwandelt wurden.

»Hier entlang«, sagte Finn und öffnete eine Tür. Vor ihnen lag ein düsterer Gang, von dem weitere Türen abzweigten.

»Was ist dahinter?«, wollte sie wissen.

»Lagerräume, Ersatzteillager, eine Waschküche ... Manche Räume sind auch leer.« Er hob die Hand und deutete auf das Ende des Ganges. »Da vorne ist es!«

»Was?«

»Unser Unterschlupf für die nächste Zeit. Ein altes Büro. Da saß früher mal der Boss drin.«

Das Zimmer war größer, als Amy erwartet hatte, und es musste einmal sehr hübsch und gemütlich gewesen sein. Das konnte man immer noch erkennen, obwohl seine besten Tage schon eine ganze Weile zurücklagen. Dutzende Bilder hingen an den holzvertäfelten Wänden. Sie waren zwar von einer klebrigen, honiggelben Staubschicht überzogen, dennoch konnte man auf einigen noch grüne Wälder, einsame Burgen und ein prächtiges Segelschiff erahnen. In einer Ecke stand ein fleckiges smaragdgrünes Sofa, aus dem an vielen Stellen flockige Baumwolle quoll. Darüber hing eine pompöse, reich verschnörkelte Uhr ohne Zeiger. Außerdem gab es noch einen umgeworfenen Schreibtisch, der seine Füße wie ein totes Rhinozeros gen Himmel reckte, und einen zertrümmerten Schrank, von dem sich verkohlte Bruchstücke im Kamin wiederfanden.

»Ist es wirklich eine gute Idee, dass wir uns hier verstecken?«, fragte Amy skeptisch.

»Warum nicht?«

»Falls sie uns hier aufspüren, wird niemand hören, wenn wir um Hilfe rufen.«

»Erst einmal müssen sie uns finden. Und zweitens … ach, sieh selber.« Finn trat zu einem schmierigen Fenster, das halb hinter einem dunkelroten Stofffetzen verschwand, der früher mal ein Vorhang gewesen sein musste.

Amy blickte in einen Innenhof. Er war sehr viel größer als der, den sie vorhin überquert hatten. Allerhand Müll und Schrott lagerten darin. Ein zerbrochener Webstuhl, verrostete Zahnräder und Eisengestelle, modrige Kisten und ein räderloses Fuhrwerk, das eine Laderampe blockierte.

Der Hof war nach allen Seiten hin durch hohe Ziegelsteinmauern abgeschottet und besaß nur ein einziges Tor, dessen linker Flügel bedrohlich schief in den Angeln hing.

»Warum zeigst du mir das?«

»Zwei Fluchtwege«, erklärte Finn. »Wenn sie kommen, können wir entweder über den Hof oder durch die Weberei fliehen.«

Amy sah ihn zweifelnd an. »Tante Hester und ihre Freunde sind nicht dumm ...«

»Dafür haben wir Fluchtweg Nummer drei«, unterbrach er sie grinsend. »Gleich nebenan liegt die Waschküche. Sie hat einen eigenen Schmutzwasserabfluss, der direkt zum Fluss führt. Gerade groß genug, dass wir hindurchkriechen können, die Erwachsenen aber nicht.«

»Du musst früher aber ziemlich oft hier gewesen sein«, sagte Amy und drehte sich zu dem kaputten Sofa um, wodurch sie nicht mitbekam, wie Finns Wangen sich verfärbten. »Endlich sitzen.« Amy ließ sich auf das Sofa plumpsen und wirbelte eine Staubwolke auf. »So ein Mi... *Hahatschi!*«

»Wie wäre es mit einem Feuer?«, fragte Finn.

Amy nickte, dann quälte sie sich noch einmal hoch und half Finn, Stücke des zertrümmerten Schranks zum Kamin zu schleppen, wobei sie leise vor sich hin grummelte. Überall brannte, zwickte und stach es in ihrem Körper. In ein paar Stunden würde daraus ein ausgewachsener Muskelkater geworden sein. Wahrscheinlich konnte sie dann nicht einmal mehr den kleinen Zeh bewegen, ohne vor Schmerz zu wimmern.

Wenigstens machte das Feuer keine Probleme. Das Holz war so trocken, dass es wie Zunder brannte. Innerhalb von kurzer Zeit füllte sich der Raum mit einer behaglichen Wärme.

»Hilfst du mir mal, Amy, wir rücken das Sofa näher ans Feuer.«

Auch das noch, dachte Amy und packte mit an.

Sobald sie saß und die schmerzenden Füße gemütlich den knisternden Flammen entgegenreckte, fiel die Anspannung der vergangenen Stunden von ihr ab. Mit einem behaglichen Seufzer kuschelte sie sich in eine Ecke des Sofas, ließ den Kopf auf die gepolsterte Lehne sinken und starrte in das knisternde Feuer, von dem ihr Blick magisch angezogen wurde.

»Müde, hm?«, fragte Finn.

Amy versuchte zu nicken, doch plötzlich war ihr selbst das zu viel. Die wohlige Wärme des Feuers hatte sie ganz schläfrig gemacht.

Finn, der den Kopf ebenfalls zurückgelegt hatte, drehte ihr das Gesicht zu. »Wie geht es jetzt weiter?«

»Schlafen«, sagte Amy, der die Augen zufielen.

»Das meinte ich nicht …«

»Ich bin so müde. Lass uns später … reden und Pläne … schmieden. Jetzt will nisch mhskm …« Ihre Worte verloren sich in einem unverständlichen Gemurmel.

Zwei Flickenmäntel und viele Fragen

Wo bin ich? Amy blickte sich erschrocken in dem dämmrigen Zimmer um. Doch schon im nächsten Moment erinnerte sie sich wieder an alles. Noch immer nicht ganz wach starrte sie eine Weile in die orangeroten Flämmchen, die im verrußten Kamin leise zischten und knisterten. Das Feuer war kleiner geworden, die Holzscheite fast völlig zu Asche verbrannt. Plötzlich runzelte Amy die Stirn. Der Platz neben ihr auf dem Sofa war leer.

Sie kämpfte sich in eine aufrechte Position. Der Muskelkater war nicht so schlimm geworden, wie sie befürchtet hatte, dennoch fühlten sich ihre Beine an, als wäre sie selbst im Schlaf noch weitergelaufen. Das Zimmer war leer und voll unheimlicher Schatten, die über die alten

Bilder und die Vertäfelung tanzten. Das kommt nur vom Feuer, sagte sich Amy, trotzdem musste sie sofort wieder an ihren Albtraum mit der Riesenratte denken.

Ihr Blick glitt zum Fenster. Es war dunkel. Sie musste den ganzen Tag verschlafen haben. Es überraschte sie nicht wirklich. Immerhin war sie beinahe einen ganzen Tag und eine Nacht lang auf den Beinen gewesen.

Wo war Finn?

Sie schlurfte steifbeinig zur Tür und steckte den Kopf in den düsteren Flur mit den vielen Türen. »Finn?«, rief sie eingeschüchtert. Schweigen. Noch einmal: »Finn, wo bist du?«

Hatte er es mit der Angst zu tun bekommen und sie alleinegelassen? Amy quälte plötzlich ein ganz mieses Gefühl. In ihrer Nähe wäre er in größerer Gefahr, als wenn er versuchen würde, sich alleine durchzuschlagen. Sie schluckte. Vielleicht war er auch nur mal rausgegangen, um frische Luft zu schnappen. Oder um nachzuschauen, ob sie nicht entdeckt worden waren. Aber warum hatte er sie dann nicht geweckt und ihr Bescheid gesagt? Ihm musste doch klar sein, dass sie sich Sorgen machen würde, wenn sie aufwachte und er nicht da war. Langsam schloss sie die Tür, die leise quietschend ins Schloss fiel. Komm bloß wieder, Finn!, flehte sie in Gedanken.

Alleine die Vorstellung, schon wieder verraten worden zu sein, löste Entsetzen bei ihr aus. Außerdem war ihr die verlassene Weberei nicht geheuer. Wie jedes leer stehende Haus schien sie voller dunkler Träume zu stecken, die in einen hineinkrochen, um die Fantasie mit unheimlichen Bildern zu bevölkern. Amy schauderte. Wer wusste, was sonst noch in diesem alten Gemäuer Unterschlupf gesucht hatte.

Auf dem Rückweg zum Sofa hob sie etwas von dem Holz des zerschmetterten Schranks auf und warf es in den Kamin. Funken stoben. Es dauerte nicht lange, bis die Flammen prasselnd auf den Nachschub übersprangen und es dadurch ein wenig heller im Zimmer wurde.

Amy zog den schmutzigen Mantel enger um sich, den sie seit gestern nicht abgelegt hatte. Ihr war zwar nicht kalt, aber seine Wärme hatte etwas Tröstliches an sich. Sie ließ sich wieder auf das Sofa sinken. Tränen stiegen ihr in die Augen. Nicht du auch noch, Finn! Sie presste die Lippen fest aufeinander, um nicht laut aufzuschluchzen. Das Einzige, was sie jetzt machen konnte, war, zu warten. Wie spät es wohl war? Amy lauschte. Kein Glockenschlag. Nicht jetzt und auch nicht später. Bestimmt eine Stunde verging, ohne dass Finn zurückgekehrt wäre. Ihr Magen hatte zu knurren begonnen, doch als sie sich nach ihrem

Vorratsbeutel umsah, musste sie feststellen, dass auch der verschwunden war. Das ungute Gefühl in ihrem Bauch verstärkte sich. Finn hatte sie also alleinegelassen.

Mit einem dumpfen Knall schlug plötzlich die Tür gegen die holzvertäfelte Wand. »Bin wieder zurück«, verkündete Finn froh gelaunt. »Und du bist auch schon wach. Na bestens. Ich hab nämlich eine Überraschung!«

Bei seinem Erscheinen war Amy heftig zusammengezuckt, gleichzeitig hatte ihr Herz einen freudigen Hüpfer getan. Rasch fuhr sie sich mit dem Ärmel des Mantels über das Gesicht. Sie wollte nicht, dass er sah, dass sie geweint hatte. »Wo bist du gewesen?«, fauchte sie ihn an.

Finn erstarrte mitten im Schritt. »Ich … ich war …«

»Ich hab mir solche Sorgen gemacht. Tu so etwas nie wieder! Geh nie wieder weg, ohne mir etwas zu sagen!«

Er nickte hastig.

»Versprich es!«

»Ich, äh, verspreche es«, sagte er beklommen. Dann fragte er: »Ist alles in Ordnung bei dir?«

Amy lächelte zaghaft. »Jetzt schon.« Sie deutete auf die braunen Stofffetzen über seinem rechten Arm, die mit allerlei Flicken versehen waren. »Was ist das?«

»Zwei alte Mäntel, deiner sieht ziemlich mitgenommen aus und ich hab gar keinen. Und dann hab ich uns noch das hier mitgebracht.« Er warf ihr den Vorratsbeutel zu, der nun wieder prall gefüllt war. Amy öffnete ihn. Der Duft von süßen Brötchen und frisch gebackenem Brot strömte ihr in die Nase. Verblüfft zog sie die Brauen hoch. »Wo hast du das her?«

Finn kratzte sich verlegen am Kopf. »Ist doch egal, oder? Hauptsache, wir haben was zu essen.«

»Hast du das etwa geklaut?«

»Und wenn schon«, gab er schnippisch zurück. »Früher ...« Er biss sich auf die Zunge.

»Ja?«

»Ach, nichts«, brummte er. »Was kümmert es dich überhaupt, wo ich es herhabe? In unserer Situation können wir nicht allzu wählerisch sein, also halt mir jetzt bloß keine Predigt!«

Amy warf ihm einen vernichtenden Blick zu, sein Tonfall ärgerte sie, obwohl sie wusste, dass er recht hatte. Sie besaßen keinen müden Penny und irgendetwas mussten sie essen. »Tut mir leid«, presste sie zerknirscht hervor und bemühte sich um ein versöhnliches Lächeln. Finn sah beleidigt weg. Nicht auch das noch, dachte Amy genervt. Sie holte eins der Brötchen aus dem Beutel und schnupperte daran. »Hm, das riecht wirklich köstlich und ich bin halb am Verhungern. Was ist mit dir?«

Finn reagierte nicht.

Amy verdrehte die Augen. Wollte er etwa den ganzen Abend schmollen? Da kam ihr eine Idee. »Möchtest du lieber Tee oder Champagner zum Abendessen, Euer Gnaden?«

»Was redest du da?«

»Kaviar ist leider ausgegangen. Ich könnte jedoch …«

Finn drehte sich um. »Austern«, sagte er. »Mit einem Spritzer Zitrone, Mylady. Mehr verlange ich nicht.«

Amy blickte ihn in gespielter Ratlosigkeit an. »Die Austern hat schon die Köchin verspeist. Nun denn, wie wäre es mit einem Brötchen?«

»Zur Not tut's das auch.« Finn seufzte ergeben.

»Weißt du, was jetzt toll wäre? Eine Tasse heißer Pfefferminztee.«

»Damit kann ich leider nicht dienen, aber …« Finn zog zwei einfache Becher aus seiner Jacke hervor. »In der alten Waschküche gibt es eine Pumpe. Wenn sie noch funktioniert, haben wir zumindest frisches Wasser.«

Sie hatten Glück. Die Pumpe gab zwar ein protestierendes Kreischen von sich, als Finn sie bediente, aber sie lieferte immer noch sauberes Wasser. Kurz darauf saßen die beiden wieder auf dem Sofa und schlangen die Brötchen und einen Teil des noch warmen Brotes hinunter. Nachdem ihr Hunger gestillt war, legten sie den Rest für später beiseite.

»Was machen wir jetzt wegen der Verschwörung?«, fragte Finn aus heiterem Himmel.

»Ich weiß es nicht«, gestand Amy achselzuckend. »Wir können niemanden im Schloss warnen, weil wir nicht wissen, wer zu den Bösen gehört. Wenn wir nur jemanden kennen würden, den wir um Hilfe bitten könnten.«

»Was hältst du von Meister Chang?«, fragte Finn vorsichtig.

»Zu gefährlich. Tante Hester wird ihn in der nächsten Zeit bestimmt ganz genau im Auge behalten, weil sie damit rechnet.«

»Mist, da hast du recht!« Für eine Weile verfiel er in grüblerisches Schweigen, bevor er schließlich sagte: »Worauf warten sie eigentlich? Warum hat Lord Winterhall noch nichts gegen den Prinzen unternommen, wenn er nur hinter dem Thron her ist?«

»Lucia sagte etwas von einem Zeitplan«, sagte Amy nachdenklich. »Und sie sprach von einem gefährlichen Gegner, um den sie sich zuerst kümmern müssten.«

Finn setzte sich auf. »Glaubst du, sie werden es am Tag der Krönung tun?«

»Bestimmt.« Amy wickelte abwesend eine Locke um den Zeigefinger. »Natürlich wäre es einfacher, sie würden den Prinzen heimlich verschwinden lassen. Als sein engster Berater hätte Lord Winterhall sicher die Möglichkeit dazu. Er könnte eine Entführung vortäuschen und dann einfach als Erster Minister das Land regieren, bis Prinz Henry wieder auftaucht. Was selbstverständlich niemals passieren würde.«

»Aber reicht das Lord Winterhall?«, wandte Finn ein. »Vielleicht will er ja unbedingt selber König sein.«

»Es würde zu ihm passen. Darum wäre die Krönungsfeier auch perfekt für einen Umsturz. An diesem Tag könnte sich Lord Winterhall sicher sein, die volle Aufmerksamkeit des Volkes zu haben, wenn er sich selber zum König ernennt.« Sie zischte wütend. »Dieser aufgeblasene Mistkerl!«

»Das Volk wird das bestimmt nicht so einfach hinnehmen«, meinte Finn. »Er könnte einen Aufstand riskieren. Vielleicht sogar einen Bürgerkrieg. Ich glaube nicht, dass es das ist, was er will.«

»Ganz sicher nicht.« Amy hatte ihn als übervorsichtigen Menschen kennengelernt, der schreckliche Angst davor gehabt hatte, dass sie jemandem von der Verschwörung erzählt haben könnte. »Nein«, sagte sie entschieden. »Jemand wie er geht kein Risiko ein. Er muss einen Trumpf im Ärmel haben, von dem wir nichts wissen. Und ich wette, der hat mit Lucia zu tun.« Sie ballte die Hände zu Fäusten. »Wenn wir nur wüssten, was das ist.«

»Oder wer dieser geheimnisvolle Feind ist, hinter dem Lucia her ist. Wenn wir uns mit ihm verbünden könnten, hätten wir eine echte Chance.« Finn stieß mit der Spitze seines rechten Stiefels ein schwelendes Holzscheit zurück in die Flammen, das aus dem Kamin gekullert war. »Am schlimmsten ist, dass uns gerade mal neun Tage bis zur Krönung bleiben. Neun Tage!« Er schüttelte den Kopf, als könnte er es selbst nicht glauben. »Wie sollen wir es nur in dieser kurzen Zeit schaffen, die Verräter aufzuhalten und deinen Vater aus dem Gefängnis zu befreien?«

Amy wandte ihm abrupt das Gesicht zu und starrte ihn aus großen Augen an. »Du ... du willst mir also bei dieser Sache helfen?«

»Ich stecke doch schon bis zum Hals mit drin«, sagte Finn erstaunt. »Dachtest du etwa, ich würde jetzt kneifen?«

»Nein, natürlich nicht. Ich ...« Amy versuchte die Tränen wegzuzwinkern, die sich in ihren Augenwinkeln sammelten. »O Finn!«, rief sie glücklich und schlang die Arme um seinen Hals. Nie hätte sie von sich aus zu fragen gewagt, ob er mit ihr zusammen gegen die Verschwörer kämpfen und damit sein Leben für sie und ihren Vater aufs Spiel setzten würde. »Du bist der beste Freund, den ich je hatte!«

Finn kicherte nervös. »Nicht so fest, du erwürgst mich ja.«

Amy ließ ihn wieder los. »Du hast mich gerade auf eine Idee gebracht«, erklärte sie. »Was ist, wenn es nicht nur *ein* Feind ist, hinter dem Lucia her ist, sondern eine ganze *Gruppe?*«

Finn kniff die Augen zusammen. »Weißt du etwas?«

»Es gibt ein paar Leute, die von der Verschwörung wissen und die ebenfalls von diesen Verrätern gejagt werden«, sagte Amy aufgeregt. »Zweien von ihnen bin ich selber begegnet. Vielleicht würden sie uns helfen.«

»Redest du von einer Art Widerstand?«, fragte Finn. »Warum hast du das nicht schon früher gesagt? Wir hätten doch bei denen unterschlüpfen können anstatt in diesem schäbigen Loch.«

»Da liegt ja das Problem. Ich weiß nicht, wo wir sie finden können.«

»Das versteh ich jetzt nicht. Wie kannst du von ihnen wissen, wenn du keine Ahnung hast, wo sie sich verstecken?« Finn musterte sie ratlos.

»Ich bin ihnen auf der Straße begegnet, wo sie mich vor den Verschwörern gewarnt haben. Einer ist ein Straßengaukler namens Cornelius und der andere ein alter Pirat. Das ist auch schon alles, was ich weiß.«

Finn starrte sie an, als hätte Amy ihm gerade erzählt, dass sie weiße Mäuse sähe.

»Ich geb ja zu, das klingt verrückt, aber es gibt sie wirklich«, sagte Amy mit Nachdruck. »Und wir haben eine gute Chance, einen von ihnen wiederzutreffen. Cornelius tritt als Straßengaukler auf, um sein Geld zu verdienen. Wir sollten also gleich morgen in der Carrodsgasse vorbeischauen. Selbst wenn er nicht dort ist, gibt es vielleicht jemanden, der ihn kennt und uns sagen kann, wo wir ihn finden.«

»Ein Versuch kann nicht schaden«, stimmte Finn zu. Im nächsten Augenblick bedachte er Amy mit einem überaus ernsten Blick aus seinen bernsteinfarbenen Augen. »Ohne Verbündete können wir sie nicht besiegen.«

»Ich weiß«, sagte Amy bedrückt. Doch dann reckte sie das Kinn angriffslustig vor und verkündete: »Wenn Tante Hester Krieg will, soll sie ihn bekommen.«

Finn lachte. »Was ich dir noch sagen wollte, Amy.« Er räusperte sich verlegen. »Äh, eben, als du mich, äh, umarmt hast ...«

»Ja?«

»Du stinkst echt furchtbar!«

Einen Moment lang sah sie ihn ungläubig an. Hatte er das gerade wirklich gesagt? Dann blickte sie an sich herab. Ihr Mantel und ihr Kleid waren voller Flecken. Vom Abwasser durchtränkte Erde hatte sich während ihrer Flucht durch die Kanäle in den Falten eingenistet und war dort getrocknet. »Du hast recht«, sagte sie. »Aber du riechst auch nicht viel besser.«

Da prusteten die beiden los. Wie unendlich gut es doch tat, als plötzlich all die Traurigkeit und Wut in den Hintergrund rückten, die Amy seit der Verhaftung ihres Vaters gefühlt hatte. Für einen ausgelassenen Moment konnte sie wieder das elfjährige Mädchen sein, das sie war.

Wie die Hexe aus dem Märchen

Gleich am nächsten Morgen kamen Finns Flickenmäntel zum Einsatz, genauso wie die beiden Schals, die in den Ärmeln versteckt gewesen waren. Beides zusammen würde eine erstklassige Verkleidung abgegeben, denn heute wollten sie die Weberei verlassen, um sich auf die Suche nach dem Straßengaukler zu machen. Lachend schlüpften sie in die Sachen. Der Mantel war Amy viel zu groß, sodass sein Ende hinter ihr über den Boden schleifte, und den Schal hatte sie sich wie einen Turban um den Kopf gewickelt, um ihr auffälliges schwarzes Haar darunter zu verbergen. Nun drehte sie sich vor Finn im Kreis. »Wie sehe ich aus?«

»Wie ein verarmter Wesir«, sagte Finn grinsend.

»Und ich?« Er hatte sich den Schal so um den Hals gewickelt, dass er die untere Hälfte seines Gesichtes verbarg.

»Als ob du jemanden überfallen willst.«

»Gut«, sagte Finn zufrieden. »Dann sehen wir wenigstens nicht wie zwei verängstigte Kinder aus, die auf der Flucht vor ein paar größenwahnsinnigen Zauberern sind.«

Amys Gesicht verfinsterte sich. »Inzwischen hat Lucia bestimmt schon herausgefunden, dass wir nicht unter den Trümmern der Baugrube begraben liegen.«

»Und lässt überall nach uns suchen«, fügte Finn hinzu.

»Was soll's. Die Stadt ist riesig und wir sind verkleidet. – So ein Mist!« Amy nestelte an einer einzelnen Locke herum, die ihr in die Stirn hing und sich einfach nicht unter den Turban schieben lassen wollte. »Zum Glück – ah, geschafft –, zum Glück wurde der Wasserspeier bei dem Angriff zerstört.«

»Wenn sie so mächtig ist, wie es scheint, könnte sie leicht einen neuen zum Leben erwecken«, gab Finn zu bedenken. »Allerdings wird sie es nicht wagen, ihn bei Tag nach uns suchen zu lassen. Das würde zu viel Aufmerksamkeit erregen, und das ist genau das, was diese Verschwörer nicht wollen.«

»Verlassen würde ich mich nicht drauf«, sagte Amy. »Lucia ist zu allem fähig. Sie hat auch schon versucht, uns umzubringen.« Sie schauderte leicht.

»Dann willst du lieber hierbleiben und dich verstecken?«

Amy schüttelte wütend den Kopf. »Die haben meinen Vater ins Gefängnis geworfen! Und nun schwebt er wegen ihnen in Lebensgefahr!«

Finn zurrte seinen Mantel zu. »Na, dann kann's ja losgehen.«

Sobald sie aufgebrochen waren, meldete sich Amys Muskelkater zurück. Er war zwar schon besser geworden, aber ein paar Tage lang würde sie noch ihre Freude daran haben. Auch Finn verzog hin und wieder das Gesicht, wenn er meinte, dass Amy es nicht bemerkte. Doch sie tat es und grinste dann jedes Mal still in sich hinein. Typisch Jungs! Immer wollten sie die Helden spielen.

Als sie in die Carrodsgasse einbogen, war es so früh, dass die meisten Geschäfte gerade erst öffneten. Noch war nicht viel los. Ein paar vereinzelte Kunden betrachteten die Auslagen in den Schaufenstern, meist ältere Damen in weiten, mit Pelzkrägen besetzten Mänteln, die Amy und Finn aufgrund ihrer ärmlichen Kleidung mit unverhohlenem Misstrauen, zum Teil sogar Ekel in den Augen begegneten. Diese Blicke gaben Amy das Gefühl, klein, schäbig und unbedeutend zu sein. Sich dafür schämen zu müssen, was sie war. Nun begriff sie, wie sich die Lumpenkinder fühlten, wenn sie solche Menschen um Geld anbettelten. Kein Wunder, dass sie Amy verhöhnt und verspottet hatten, als sie sich in ihren feinen Kleidern in ihr Viertel gewagt hatte.

»Dort vorne ist schon ›Gibbons Weinhandlung‹«, sagte sie zu Finn. »Das letzte Mal hat Cornelius nicht weit davon entfernt seine Zaubertricks vorgeführt.«

Finn reckte den Hals. »Ich kann niemanden sehen, der einem Gaukler ähnlich sieht. Nur diese, äh, alte, äh, Frau, die an dem Laternenpfahl lehnt.«

Amy wusste sofort, was Finn hatte zögern lassen. Diese Frau war nicht alt, sondern urururalt. Zudem sah sie aus, als wäre sie geradewegs einem Märchenbuch über böse Hexen entstiegen. Das Gesicht war runzelig und dreckverkrustet. Auf der Nase, die krumm und viel zu lang war, thronte eine hässliche Warze und das graue Haar klebte ihr in fettigen Strähnen am Kopf. Das einzig Schöne an ihr war ein Blütenkranz aus blauen Kornblumen, der ihren Kopf schmückte.

»Wir sollten sie nach diesem Cornelius fragen«, schlug Finn vor. »Vielleicht kennt sie ihn.«

»Ich denke nicht, dass sie was weiß«, sagte Amy, die sich ein wenig vor der Alten fürchtete.

»Was kann es schon schaden?«, entgegnete Finn. »Lass es uns versuchen.«

»Also schön, meinetwegen.«

Just in diesem Moment wandte ihnen die Alte das Gesicht zu, als hätte sie ihr Gespräch belauscht – was eigentlich nicht sein konnte, da sie noch zu weit weg waren –, und schickte ihnen ein Grinsen entgegen, das zwei Reihen braungelber Stummelzähne entblößte.

Amy schüttelte es, dennoch näherten sie sich der Alten weiter. »Wir suchen jemanden«, sagte sie widerstrebend. »Er heißt Cornelius und arbeitet als Straßengaukler. Vor ein paar Tagen …«

»Ah ja, der gute Cornelius.«

»Dann wissen Sie also, wo wir ihn finden können?«, platzte Finn hoffnungsfroh heraus.

Die Alte wandte ihm das runzelige Gesicht zu. »Womöglich tue ich das, aber warum sollte ich es euch verraten?«

»Wir müssen ganz dringend mit ihm sprechen«, sagte Amy aufgebracht. »Es ist wirklich wichtig!«

»Ihr seid also Freunde von Cornelius?«

Amy nickte aufgeregt. Endlich hatten sie mal Glück!

»Freunde, so, so.« Die Alte wiegte den Kopf von einer Seite zur anderen, als dächte sie über die Bedeutung dieses Wortes nach. Schließlich sagte sie: »Wenn ihr seine Freunde seid, warum wisst ihr dann nicht, wo er wohnt? Ha, ihr seid mir auf den Leim gegangen, Lügenpack! Was wollt ihr wirklich von ihm? Arbeitet ihr etwa für diese ...« Sie verstummte abrupt und blickte verstohlen in die Runde. So, als wäre ihr fast etwas herausgerutscht, worüber ihr verboten war, zu reden.

»Sie ... Sie wissen Bescheid über die Verschwörung?« Amy riss die Augen auf. »Sie gehören zu ihnen? Zu Cornelius und den anderen, ja? Bitte bringen Sie uns sofort zu ihm!«

»Psst.« Die Alte verschloss ihr mit dem Zeigefinger die Lippen. »Nicht so laut, dummes Gör!« Unruhig huschten ihre Augen die Straße auf und ab. »Uns war klar, dass du wieder aufkreuzen würdest. Dabei hatten wir dich gewarnt. Du solltest dich doch aus allem heraushalten.«

»Das kann ich nicht«, widersprach Amy hart. »Wissen Sie überhaupt, was wir wegen diesen Verrätern alles durchgemacht haben? Die wollten uns töten!«

Die Alte kniff die Lider zusammen. »Ihr ahnt nicht einmal, worum es wirklich geht – und wie solltet ihr auch?« Fluchend schüttelte sie den Kopf. »Ich hoffe, ihr habt durch diesen Vorfall endlich begriffen, dass Lucia jedes Mittel recht ist, um an ihr Ziel zu kommen. Wer ihr im Weg steht, bei dem kennt sie keine Gnade. Darum will Cornelius auch, dass du dich aus dieser Sache heraushältst.«

»Ich mache das doch nur für meinen Vater«, verteidigte sich Amy.

»Mag sein, aber würde er wollen, dass du für ihn dein Leben und das deines Freundes riskierst? Oh, Amy, durch deine Einmischung hast du dir nichts als Ärger eingehandelt. Wie Streuner haben sie euch durch die Straßen gejagt und diese Jagd ist längst noch nicht zu Ende.«

Amy musterte sie mit verdutzter Miene. »Woher wissen Sie ...?«

»Wir haben unsere Augen und Ohren überall. Genauso wie die Gegenseite«, fiel ihr die Alte keifend ins Wort. »Und nun verschwindet! Cornelius hat keine Zeit für euch, basta!«

»Aber ...« Amy versuchte, den Kloß herunterzuschlucken, der sich in ihrem Hals gebildet hatte. »Ich ... ich glaube das nicht. Cornelius ist nicht so. Wenn er wüsste, dass wir in Not sind, würde er uns ganz bestimmt helfen.«

»Wie kannst du dir so sicher sein, du kennst ihn doch kaum.« Die Alte holte keuchend Luft, als wäre die Aufregung über Amys Dickköpfigkeit zu viel für sie. »Du hättest dich von Anfang an raushalten sollen. Genauso, wie er es gesagt hat. Und nun geht, bevor ihr noch erkannt werdet.«

»Haben Sie ihr nicht richtig zugehört? Diese Lucia ist verrückt, absolut wahnsinnig. Sie will uns UMBRINGEN!« Finn hatte so laut gesprochen, dass einige Passanten sich neugierig zu der kleinen Gruppe umdrehten. »Das kann Ihnen doch nicht egal sein«, fügte er etwas leiser hinzu.

»Was schreist du so, ich bin schließlich nicht taub«, grunzte die Alte. »Und es ist mir nicht egal, was aus euch wird. Es ist nur so, dass ich nichts für euch tun kann. Die Verschwörer sind auch hinter uns her. Mehr noch als hinter euch. Bei uns wärt ihr daher in noch viel größerer Gefahr.«

Amy ergriff den Arm der alten Frau. »Was sollen wir dann tun?«

»Haltet euch versteckt, so, wie ihr es bisher getan habt. Unternehmt nichts, was euch in Gefahr bringen könnte. Und lasst euch nicht eher wieder blicken, bis alles vorbei ist.«

»Und wenn sie uns vorher finden?«, warf Finn ärgerlich ein.

Die Alte hob drohend den Zeigefinger, ließ ihn dann jedoch wieder sinken und seufzte. »Dieses Risiko besteht. Allerdings könnt ihr es gering halten, wenn ihr macht, was ich euch gesagt habe.«

»Das ist alles?«, fragte Finn bitter. »Wir sollen uns also verstecken, ja? Darauf wären wir alleine bestimmt nicht gekommen.«

»Was hast du erwartet? Dass ich nur mit den Fingern zu schnippen brauche, um euch eine Armee aus Zauberern zur Seite zu stellen, die Lucia für euch in Grund und Boden stampft?« Sie schüttelte gereizt den Kopf. Dann beugte sie sich plötzlich mit eindringlichem Blick zu ihnen vor. »Hört auf mich, Kinder! Und haltet euch von den Verschwörern fern. Besonders von Lucia. Oh, ihr wisst nicht, wer sie wirklich ist! Einst war sie schön wie der Morgenstern. In gewisser Weise ist sie es immer noch, doch heute ist ihre Schönheit nur mehr äußerlich. Kalt ist ihr Herz geworden, wie das Licht der Sterne. Und das macht sie gefährlicher als alle anderen.«

»Wie meinen Sie das?«, fragte Amy, die eine Chance witterte, mehr über die Frau mit dem Porzellangesicht zu erfahren.

Die Alte zögerte, als haderte sie mit sich selbst, dann sagte sie schließlich: »Es ist ihr Hass, vor dem ihr euch hüten müsst. Hass kennt keine Grenzen! Lucias Macht hingegen ist gleichzeitig auch ihre größte Schwäche. Sie kann toten Dingen Leben einhauchen und sie für ihre Zwecke einsetzen. Denkt an den Wasserspeier! Aber diese Macht hat ihren Preis: Sie kann euch nicht direkt angreifen. Nicht ein Haar könnte sie euch krümmen, wenn ihr vor ihr stündet. Und darum braucht sie auch Lord Winterhall und deine Tante, Amy. Sie müssen für sie die Dinge erledigen, zu denen sie selber nicht fähig ist: anderen Leid und Schmerz zuzufügen. Nur deshalb hat sie sich mit den beiden zusammengetan.«

Amy schüttelte den Kopf. Das wollte ihr nicht einleuchten. »Der Wasserspeier hätte uns beinahe umgebracht. Wie können Sie dann behaupten, dass Lucia uns nichts tun kann?«

»Bist du so schwer von Begriff?« Die Alte gab ein unwilliges Schnauben von sich. »Hat der Wasserspeier euch angegriffen? NEEEIN! Er hat sich ins Gerüst geworfen und dadurch alles zum Einsturz gebracht. Siehst du nun den Unterschied?«

»Nicht wirklich«, sagte Amy.

Die Alte verdrehte die Augen. »Es ist so, als stieße man einen Stein den Abhang hinunter, der unterwegs zu einer Lawine wird, die dann das Dorf am Fuße des Berges unter sich begräbt. Damit hat man das Dorf zerstört, ohne es direkt angegriffen zu haben. Und durch dieses Hintertürchen konnte Lucia euch mit dem Wasserspeier attackieren. Hast du es jetzt begriffen?«

Amy verzog säuerlich das Gesicht. Sie war ja nicht dumm. »Nur wozu macht sie das alles? Was hat sie davon, wenn sie Winterhall auf den Thron hilft?«

Die Alte verzog die faltigen Lippen zu einem grimmigen Lächeln. »Rache.«

»Rache?« Amy zog erstaunt die Brauen hoch. »Wofür?«

»Vor langer Zeit hat die Familie des Prinzen

Lucia etwas angetan, das sie einfach nicht vergessen kann. Dafür will sie nun seinen Tod.«

»Sie ist wirklich wahnsinnig«, keuchte Amy. »Zuerst hat sie es bei uns versucht und nun will sie auch noch den Prinzen ermorden. Was hat seine Familie ihr denn so Schreckliches angetan, dass er das verdient haben soll?«

»Das solltest du nicht mich, sondern sie fragen.«

Amy starrte grübelnd zu Boden. Jetzt wussten sie wenigstens, worum es den Verschwörern ging. Insbesondere Lucia, die offensichtlich ihre Anführerin war. Vorausgesetzt, die Alte sagte ihnen die Wahrheit. Was Amy noch nicht verstand, war, was die gestohlenen Engelsstatuen mit Lucias Racheplänen zu tun hatten. Gerade wollte sie danach fragen, als sie aus dem Augenwinkel eine Bewegung gewahrte. Amy sah nach unten. Hinter dem Laternenpfahl, neben dem die Alte stand, schaute ein neugieriges Köpfchen mit weißem Fell und kleinen dreieckigen Ohren hervor. Eine Ratte. Die alte Frau, die Amys Blick gefolgt war, stöhnte auf. Flinker, als man es jemandem in ihrem Alter zugetraut hätte, stieß ihr linker Fuß auf das Tier herab. Das Splittern winziger Knochen war zu hören, als sie die Ratte mit einem einzigen Tritt zermalmte.

Amy stieß einen spitzen Schrei aus und wandte das Gesicht ab. Ihr war übel.

»Was für ein widerlich fettes Tier«, grummelte die Alte.

Amys Finger krallten sich in Finns Mantel. »Ich will weg von hier«, stöhnte sie mit von Ekel erfüllter Stimme. »Sofort!« Sie waren erst ein paar Schritte weit gekommen, als Amy sich übergeben musste. Mitten auf der Carrodsgasse und vor die Füße einer elegant gekleideten älteren Dame, die hysterisch zu kreischen begann.

Mr Greymore und Mr Black

Auf dem Rückweg zur Weberei brachte Amy kein Wort über die Lippen. Sie war viel zu enttäuscht und zu wütend. Cornelius hatte so nett gewirkt, als sie sich zum ersten Mal begegnet waren, und dann sollte er mit einer so widerlichen alten Vettel zusammenarbeiten? Auch wenn sie es nicht wahrhaben wollte, es musste wohl so sein. Die Alte hatte einfach zu viel über die Verschwörung gewusst, als dass sie eine Lügnerin sein konnte. Aber was sie mit der Ratte gemacht hatte … Alleine der Gedanke daran brachte Amy wieder zum Würgen.

Am merkwürdigsten war, was sie über Lucia gesagt hatte. Ob sie ihr das glauben konnten? Besonders vertrauenserweckend hatte die Alte nicht gewirkt. Auf der anderen Seite hatte Lucia Amy aus dem Haus ihres Vaters entkommen lassen, ohne sie aufzuhalten. Auch in Gegenwart ihrer Tante hatte sie nicht Hand an sie gelegt. Lucia hatte ihr gedroht, aber das war auch schon alles gewesen. Es konnte also durchaus etwas Wahres daran sein. Trotzdem würde sie Lucia nicht unterschätzen, dafür saß der Schreck über die Begegnung mit dem Wasserspeier noch zu tief. Lucia war raffiniert und kaltblütig. Wenn sie ihnen wirklich etwas antun wollte, würde sie ganz bestimmt einen Weg finden. Und wenn nicht, würden Lord Winterhall oder Tante Hester es für sie übernehmen.

Nur wie sollte es jetzt weitergehen? Der Ausflug in die Carrodsgasse hatte ihnen nicht den Erfolg gebracht, den Amy sich erhofft hatte. Nach wie vor standen sie mit leeren Händen da. Kein Cornelius, keine Verbündeten. In diesem Fall war es wohl tatsächlich besser, sich in einem tiefen Loch zu verkriechen und den Kopf einzuziehen, bis alles vorüber war.

»Willst du dir etwa von einer verrückten alten Schachtel vorschreiben lassen, was du zu tun und zu lassen hast?«, sagte Finn, der Amys Gedanken erraten zu haben schien. »Wir machen einfach alleine weiter!« Er lächelte ihr aufmunternd zu.

»Gestern hast du noch was anderes gesagt. Da

meintest du, dass wir es nicht ohne Verbündete schaffen würden.«

»Stimmt schon, aber da wusste ich auch noch nicht, was diese Widerständler für Leute sind.« Er lachte. »Obwohl ein Pirat und ein Gaukler schon merkwürdig genug sind. Allerdings hat die kauzige Alte dem Ganzen die Krone aufgesetzt.«

»Das sagst du nur, weil du mich aufheitern willst. Dabei hat sie recht. Wir stecken nur meinetwegen in der Klemme. Sollen Cornelius und seine Freunde sich um die Verräter kümmern, während wir warten, bis alles wieder gut ist?«

Finn war stehen geblieben. »Das könnten wir tun. Nur, wer sagt dir, dass am Ende auch die richtige Seite gewinnt? Wenn Lord Winterhall erst König ist, ist es zu spät. Und er wird ...« Er zögerte.

Amy sah ihm nervös in die Augen.

»Ich will dir keine Angst machen«, sagte Finn und sah betreten weg. »Aber dir ist hoffentlich klar, dass Lord Winterhall alle aus dem Weg schaffen wird, die ihm gefährlich werden könnten, sobald er erst König ist. Und dazu gehören dein Vater, wir beide und all die anderen, die daran arbeiten, ihn aufzuhalten.«

»Dann sag mir, was wir tun können!«, bat Amy verzweifelt.

»Ich weiß es selber nicht genau. Aber auf keinen Fall aufgeben.« Er drückte kurz ihre Hand. »Uns fällt bestimmt was ein. Bisher war das auch immer so!«

Stumm und mit hängenden Schultern liefen die beiden nebeneinanderher. Sie achteten kaum auf das, was um sie herum geschah. Selbst das knatternde Automobil, das die Aufmerksamkeit aller anderen auf sich zog und das ihnen eine Weile folgte, bemerkte Amy nicht. Sie hatte die Lippen so fest aufeinandergepresst, dass sie zu einem blutleeren Strich in ihrem blassen Gesicht geworden waren. Es ist vorbei, dachte sie niedergeschlagen. Sie werden meinen Vater hinrichten und Finn und ich bleiben für den Rest unseres Lebens auf der Flucht! Sie schluckte die bittere Galle herunter, die sie auf ihrer Zunge schmeckte. Finn hatte recht. Ein Straßengaukler, eine verrückte alte Frau, ein Pirat ... Wenn der ganze Widerstand gegen Lord Winterhall aus solch schrulligen Gestalten bestand, konnte sie gleich alle Hoffnung begraben. Lucia, ihre Tante und sicher auch Lord Winterhall besaßen große Zauberkräfte, und wer wusste schon, wer sonst noch auf ihrer Seite stand.

»Wollen wir schon wieder zurück zur Weberei?«, fragte Finn plötzlich.

»Hm? Was?« Sie sah ihn einen Moment lang verwirrt an, bevor ihr bewusst wurde, was er gefragt hatte. »Oh, na ja, ich weiß nicht. Wo willst du denn sonst hin?«

Finn hatte bereits den Mund geöffnet, als Amy mit leuchtenden Augen ausrief: »Das Gefängnis! Lass uns dorthin gehen. Wir könnten versuchen, mit meinem Vater zu reden.«

»Du weißt, dass das nicht geht«, entgegnete Finn zerknirscht. »Dort werden sie uns am ehesten auflauern.«

Amy nickte bedrückt. Das war eine dumme Idee gewesen!

»Was hältst du davon, in den Park zu gehen?«, schlug Finn behutsam vor. »Dort stinkt es nicht so wie bei den Docks. Und ein bisschen Abwechslung würde uns guttun.«

»Es ist ein riesiger Umweg und wir könnten gesehen werden«, wandte Amy besorgt ein. »Bisher hatten wir bloß Glück.«

Finn seufzte. »Dann willst du lieber den ganzen Tag in diesem muffigen Loch sitzen?«

»Du vermisst deine Arbeit im Garten, nicht wahr?«

»Ein wenig«, gestand er leise.

»Es ist meine Schuld, du …«

»Gib dir nicht immer für alles die Schuld.« Finns Augen funkelten vor unterdrückter Wut. »Ich kann Selbstmitleid nicht ausstehen. Wenn man sich aufgibt, hat man bereits verloren.« Er schnaubte. »Das habe ich *nie* getan und das werde ich auch jetzt nicht tun. Verstanden?«

Amy brachte keinen Ton hervor. So herrisch hatte sie Finn noch nie erlebt.

»Und ich werde auch nicht zulassen, dass du dich aufgibst!« Er ergriff sie bei den Oberarmen, als fürchtete er, sie könne sich umdrehen und davonlaufen. »Wir haben nichts zu verlieren, außer einem Leben auf der Straße. Und dahin will … ich meine, lass uns für das kämpfen, was sie uns genommen haben. Es ist besser, als nur dazusitzen und abzuwarten. Vertrau mir, wir können es schaffen!« Er nickte ihr beschwörend zu.

Was ist nur mit Finn los?, fragte sich Amy. Er war mit einem Mal so anders. Im Garten ihrer Tante hatte sie ihn als netten, äußerst neugierigen, aber etwas schüchternen Jungen kennengelernt. Jetzt war er das genaue Gegenteil: entschlossen und willensstark. Sie dachte an die vergangenen zwei Tage. Ohne Finn hätte sie diese nie durchgestanden. Er hatte ganz genau gewusst, woher er etwas zu essen und Kleidung für sie bekam. Es war, als ob er …

»Wen haben wir denn hier?« Die Stimme war kalt und schneidend und erinnerte Amy sofort an Lucia. Nur gehörte sie einem Mann. Und er war nicht alleine. Bei ihm befand sich noch ein weiterer Herr. Mit ihren schwarzen, ölig schimmernden Haaren und den weiß gepuderten Gesichtern sahen sie nicht nur wie frisch aus dem Ei gepellt aus, sondern auch wie Zwillinge. Der Eindruck wurde noch dadurch verstärkt, dass sie die gleichen vornehmen Anzüge trugen, über die sie schwarze Capes geworfen hatten, die der Herbstwind um ihre Schultern flattern ließ.

»Was wollen Sie?«, fragte Amy erschrocken. Sie hatte eine schwache Erinnerung an die beiden. Das waren die Männer, die bei Lucia gewesen waren, als Amy sie das erste Mal in der Carrodsgasse gesehen hatte.

»Hast du das gehört, Mr Greymore? Sie fragt uns, was wir von ihr wollen«, sagte der eine zum anderen.

»Sie will uns wohl für dumm verkaufen, was, Mr Black?«

Mr Black nickte. »Aber vielleicht ist sie auch gar nicht so schlau, wie alle meinen. Immerhin ist sie erst sieben Jahre alt.«

»Elf«, zischte Amy. Was hatten die beiden vor?

»O weh.« Mr Greymore gab sich beeindruckt. »Da ist uns ein grober Fehler unterlaufen, Mr Black.«

Mr Black grinste. »Da hätten wir dich beinahe völlig unterschätzt, kleines Mädchen. Ich hoffe, du kannst uns das verzeihen.«

Finn lehnte sich zu Amy herüber. »Gehören die auch …«

Sie nickte.

»Wärt ihr jetzt so freundlich, mit uns zu kommen?«, fragte Mr Greymore so höflich, als lade er sie zu einer Kutschfahrt durch die Stadt ein. »Oder müssen wir erst handgreiflich werden?«

»Nicht, dass wir was dagegen hätten«, fügte Mr Black hinzu. »Lucia hat zwar gesagt, dass wir euch in einem Stück zu ihr schaffen sollen. Allerdings sagte sie nichts darüber, dass ihr noch beide Ohren oder alle zehn Finger haben müsst.« Ein Messer blitzte in seiner Rechten auf. »Wir verstehen uns?«

Amy war blass geworden. »Das … das würden Sie nicht wagen. Hier sind überall Leute, die würden …«

»… sich einen Dreck um zwei Lumpenkinder wie euch scheren«, beendete Mr Black den Satz. Er beugte sich zu Amy herab und legte den Kopf leicht schräg, während er sie wie ein interessantes Ausstellungsstück in der Auslage einer Vitrine musterte. »Ich würde vorschlagen, wir fangen mit ihrem linken Ohr an, Mr Greymore.«

Amy wich entsetzt zurück.

»Sieht so aus, als hättest du sie erschreckt, Mr Black. Also wirklich, schämen solltest du dich!« Mr Greymore schnalzte mit der Zunge. »Nun, was ist jetzt?«, fragte er ungeduldig. »Kommt ihr freiwillig mit oder muss Mr Black euch erst zeigen, wie gut er mit dem Messer umgehen kann?«

Mr Black bedachte Amy mit einem hoffnungsvollen Lächeln.

Die beiden sind ja völlig irre, dachte sie entsetzt. Plötzlich spürte sie Finns kalte Finger, die sich in ihre Hand schoben. Kämpfen oder aufgeben?, formten seine Lippen stumm.

Amy starrte zu Mr Black auf, dessen linker Daumen so zärtlich über die Klinge seines Messers strich, als handele es sich um ein lebendiges Wesen. Sie verstärkte den Druck auf Finns Hand und sagte: »Ich bin bereit!« Dann trat sie Mr Black mit voller Wucht gegen das Schienbein, während Finn das Gleiche bei Mr Greymore tat.

Sie liefen los, während die beiden Männer schmerzgepeinigt aufschrien.

Finn zog Amy in die nächste Seitenstraße und keuchte: »Vielleicht können wir sie im Labyrinth der Hintergassen abhängen.«

Doch hinter ihnen erschollen bereits die Schritte ihrer Verfolger.

Inzwischen kam es Amy so vor, als hätte sie die letzten Tage nichts anderes getan als laufen, laufen, laufen ... Gerade erst begannen die Blasen an ihren Füßen zu heilen, da war sie schon wieder dabei, sich neue einzuhandeln.

»Dort vorne sind sie, Mr Black«, erklang die

schneidende Stimme von Mr Greymore hinter ihnen.

Fieses Gelächter. »Erst die Ohren«, keuchte Mr Black. »Schnipp, schnapp ... dann die Nasen und die Finger.«

»Schneller«, raunte Finn. Seine Stimme vibrierte vor Panik.

So sehr sie sich auch anstrengten, es gelang ihnen nicht, ihre Verfolger abzuhängen. Liefen sie schneller, erhöhten Mr Black und Mr Greymore prompt das Tempo. Auch als Amy und Finn mit der Zeit erlahmten, blieb der Abstand trotzdem der gleiche. Die beiden Männer schienen eine höllische Freude daran zu haben, sie wie Tiere vor sich herzutreiben und ihnen zuzurufen, was sie mit ihnen anstellen würden, wenn sie sie erst in die Finger bekämen. Sie spielen mit uns Katz und Maus, dachte Amy. Sie hätten uns längst einholen können, aber das würde ihnen den ganzen Spaß verderben!

Dieses Mal war es Finn, der kurz davor stand, aufzugeben. Er drückte sich die Hand in die Seite und schnaufte wie ein gestrandeter Wal. »Ich werde ... stehen bleiben ... und ... sie ablenken, damit ... du entkommen ... kannst.«

»Kommt nicht infrage«, schimpfte Amy und verstärkte den Griff um seine Hand. »Ich lass dich nicht zurück bei diesen Wahnsinnigen!«

»So könnte ... könnte es wenigstens einer ... von uns schaffen.«

»Und was glaubst du, wie lange ich ohne dich auf der Straße überleben werde? Rede keinen Unsinn!« Ihr Gesicht hatte einen entschlossenen Ausdruck angenommen. Wenn schon, dann würden sie sich ihnen beide stellen. Amy wollte es Finn gerade sagen, als von links ein Automobil auf sie zugeschossen kam. Aber was für eins! Es war marineblau und hatte goldene Kotflügel. Amy riss Finn zurück, der zu erschöpft war, um die herannahende Gefahr zu bemerken. Mit quietschenden Reifen kam das Automobil vor ihnen zum Stehen. Die Beifahrertür klappte auf. »Mitfahrgelegenheit gefällig?«, fragte der Mann hinter dem Steuer.

Amy konnte ihr Glück kaum fassen. Ohne zu fragen stieg sie ein und zog Finn mit sich.

»Wagt es ja nicht«, schrie Mr Black, der mit ausgestreckten Händen angerannt kam.

Der Fahrer gab Gas und das Automobil zischte los.

Ein Meer von Sternen

»So, die hätten wir abgehängt«, sagte der Fahrer und trat auf die Bremse. »Tut mir leid, aber hier trennen sich unsere Wege.«

Amy sah ihn verwirrt an. »Wollen Sie uns nicht verraten, wer Sie sind?«

Der Mann schüttelte den Kopf. »Und nun steigt bitte aus. Ich habe es eilig.«

»Sie gehören zu ihnen, nicht wahr?«, fragte Finn, nachdem sie aus dem Automobil geklettert waren.

»Keine Ahnung, was du meinst.« Der Fahrer zwinkerte den beiden zu und fuhr davon.

Amy blickte ihm verdutzt nach. Seltsam, dachte sie. Sobald die einen auftauchen, sind die anderen nicht fern. Sie zog die Brauen zusammen. Die

Guten und die Bösen schienen immer ganz genau zu wissen, was die andere Seite gerade tat. Und dennoch kam es zu keinem offenen Kampf zwischen ihnen.

»Siehst du, die alte Frau hat sich geirrt«, unterbrach Finn ihre Gedanken. »Sie sagte, dass ihre Leute sich nicht auch noch um uns kümmern könnten. Und jetzt haben sie es doch getan!«

»Wir sollten uns nicht darauf verlassen, dass sie jedes Mal zur Stelle sind, wenn wir in der Klemme stecken«, entgegnete Amy. »Als Tante Hester mich in den Keller gesperrt hat, warst du es, der mich gerettet hat.«

»Vielleicht wären sie noch gekommen.«

Amy schüttelte den Kopf. »Sie haben Angst.«

»Was?« Finn starrte sie ungläubig an.

»Der Gaukler, der Pirat und diese alte Frau ... sie alle fürchten sich vor Lucia und den anderen. Darum haben sie noch nichts gegen die Verschwörer unternommen.« Amy blickte ihn ernst an. »Sie haben uns vor ihnen gewarnt und sogar gerettet. Aber nur, wenn sie dadurch nicht selber in Gefahr gerieten.«

»Und?«

Amy holte tief Luft. »Sie sind schwach. Und darum dürfen wir uns nicht alleine auf sie verlassen.«

Finns Augen glitzerten. »Wir stecken also nicht die Köpfe in den Sand ... .«

»Niemals.«

Sie machten sich nicht sofort auf den Rückweg zu ihrem Versteck. Finn wollte zuvor noch etwas zu essen besorgen, da sie beim Frühstück die kärglichen Reste ihrer Vorräte aufgebraucht hatten. Er ließ Amy kurz alleine, die sich solange in einem Hauseingang verbarg. Als er wenig später wieder zu ihr stieß, war sein Gesicht gerötet und er völlig außer Atem. Dieses Mal verkniff sich Amy zu fragen, woher das Brot und das Gemüse stammten.

Am Nachmittag streiften sie durch die Weberei und trugen zusammen, was brennbar war. Ihr Holzvorrat, der von dem zerbrochenen Schrank stammte, ging allmählich zur Neige. Dabei brauchten sie das Feuer dringend, denn die Nächte in diesem riesigen leeren Gemäuer fielen unbarmherzig kalt aus. Sicher hatte das auch etwas mit der Nähe zum Fluss zu tun, von dem jeden Abend feiner weißgrauer Nebel aufstieg, der die Oktobernächte noch feuchter und kälter machte, als sie ohnehin schon waren.

Nun stand Amy am Fenster, das hinaus zum Hof der Weberei ging. Den mottenzerfressenen Vorhang hatte sie zur Seite geschoben, um einen besseren Blick auf den Nachthimmel zu haben. In der samtenen Schwärze über der Stadt funkelten Millionen und Abermillionen von Sternen.

Ob er gerade dasselbe tut?, fragte sie sich. Früher hatten sie und ihr Vater oft zusammen im Garten hinter ihrem Haus gestanden und die Sterne beobachtet. Dabei hatten sie sich vorgestellt, wie es in anderen Welten aussah. Ob die Menschen dort oben – wenn es denn welche waren – auch zaubern konnten? Waren sie vielleicht glücklicher? Oder hatten sie mit genau den gleichen Problemen und Sorgen zu kämpfen wie sie?

Amy ließ den Kopf nach vorne sinken, bis ihre Stirn gegen das kalte Fenster stieß. Langsam atmete sie aus und sah zu, wie das Glas beschlug. Sie brauchten unbedingt einen Plan! Sie schloss die Augen und es wurde dunkel um sie herum.

Was hatten sie bisher herausgefunden? Lord Winterhall wollte den Thron und Lucia half ihm, weil sie sich an Prinz Henry rächen wollte. Tante Hester hatte sich den Verrätern angeschlossen, weil sie an die Ziele der Verschwörer glaubte, damit sie nicht länger alleine sein musste und weil Lucia ihr Macht und noch größeren Reichtum versprochen hatte. Aber war es wirklich ihre Tante gewesen, die sich ihre neuen »Freunde« ausgesucht hatte oder hatte vielleicht Lucia sie ausgewählt, weil sie insgeheim hinter Amy her war? Noch immer war Amy unbegreiflich, warum die Frau mit dem Porzellangesicht eine solche Gefahr in ihr sah. Sie seufzte. Prinz Henry sollte sterben und sie hatten nicht einmal die Möglichkeit, ihn zu warnen. Und passieren würde es mit großer Wahrscheinlichkeit am Tag seiner Krönung. O Papa, dachte Amy. Wenn du nur hier wärst, du wüsstest bestimmt, was zu tun wäre! Plötzlich zuckte sie zusammen. Wie hatte sie das vergessen können?

Amy riss den Kopf in die Höhe. Das Notizbuch!

Tante Hester hatte es ihr zwar abgenommen, aber Amy erinnerte sich noch genau, was darin gestanden hatte. Ihr Vater war in der Bibliothek seines alten Freundes Klytus Burbridge auf eine Spur gestoßen. Ein altes Schriftstück, das dieser für ihn übersetzen sollte. Es hatte etwas mit dem ersten König und der Legende der dreizehn Engel zu tun.

Amy schürzte die Lippen. Es wollte ihr zwar nicht einleuchten, wie ihnen das gegen die Verschwörer weiterhelfen konnte, andererseits hätte ihr Vater es sicher nicht erwähnt, wenn er es nicht für wichtig gehalten hätte. Sie drehte sich um und lief zu Finn hinüber, der vor dem Kamin kniete und alte Holzspindeln in die knackenden Flammen warf. »Wir müssen zu Klytus Burbridge«, sagte Amy aufgeregt.

Er sah zu ihr auf. »Zu wem?«

Sie erklärte es ihm.

Finn hörte mit gerunzelter Stirn zu, dann sagte er: »Wie sollte uns das im Kampf gegen Lucia helfen?«

»Vergiss nicht, was die alte Frau heute gesagt hat. Es geht ihr nicht um Macht, sondern um Rache.«

»Du meinst, darin könnte stehen, was die Familie des Prinzen ihr angetan hat?«, fragte er skeptisch. »Wie sollte das gehen? Du hast selber gesagt, dass dieses Schriftstück bereits uralt ist.«

»Hast du noch nie etwas von einer Blutfehde gehört?«, hielt ihm Amy entgegen. »Es gibt Familien, die sich über Jahrhunderte bekriegen, nur weil der eine den anderen beleidigt oder ihm etwas weggenommen hat, an das sich niemand mehr erinnert. Die Bücher sind voll von solchen Geschichten.«

»Ich habe noch nie ein Buch gelesen«, sagte Finn kleinlaut.

»Oh, na ja, ist nicht schlimm«, sagte Amy und ließ sich auf das Sofa plumpsen.

Staub wirbelte auf, sodass beide heftig niesen mussten. »Und was haben wir davon ... hatschi«, fragte Finn, »wenn wir wissen, warum Lucia ... hatschi ... sich an Prinz Henry rächen will?«

»Ich bin mir nicht ...« Doch plötzlich leuchteten Amys Augen auf. »Das ist es!« Sie sprang auf und grinste triumphierend auf Finn hinab, der immer noch vor dem Kamin hockte. »Wenn wir erst den Grund für ihren Hass kennen, fällt es uns auch leichter, sie zu verstehen. Und wenn wir sie durchschauen, finden wir auch ihren Schwachpunkt. Dann können wir sie aufhalten und Lord Winterhall würde mit ihr seine mächtigste Verbündete verlieren. Das würde ihn und meine Tante zum Aufgeben zwingen.«

Finn kratzte sich am Kopf. Nach einer Weile sagte er: »Wir kennen doch schon ihren Schwachpunkt: Sie kann niemanden willentlich verletzten. Allerdings ist es auch kein richtiger Schwachpunkt, schließlich hat sie genug Leute, die das genauso gut für sie erledigen können. Wie Mr Black und Mr Greymore.« Er schauderte.

»Zu irgendetwas muss dieses Schriftstück aber gut sein«, entgegnete Amy patzig. »Wäre es nicht wichtig, hätte mein Vater es nicht in seinem Notizbuch aufgeschrieben. Und es ist alles, was wir im Moment haben.«

Finn stand auf und klopfte sich Asche und Staub von der Hose. »Ist ja schon gut. Wenn es dir so viel bedeutet, gehen wir gleich morgen früh zu diesem Freund deines Vaters und fragen ihn danach.«

Amy nickte zufrieden. »Was haben wir schon zu verlieren?«

»Zeit«, sagte Finn ernst. »Aber die zerrinnt uns so oder so zwischen den Fingern.«

Sie bereiteten das Abendessen vor. Es gab Karotten, dazu eine angeschnittene Leberpastete und zum Nachtisch süßen Kürbis.

»Weißt du, es könnte auch einen anderen Grund geben, warum dein Vater hinter diesem alten Schriftstück her war«, sagte Finn, nachdem er den letzten Bissen der trockenen Pastete mit reichlich Wasser runtergespült hatte. »Und der hat nichts mit Lucia zu tun.«

Amy zog eine Braue hoch. »So, welchen denn?«

»Du sagtest vorhin, dass es darin um die Legende der Engel geht.«

Amy nickte. »Ich ...« Sie verstummte und ließ langsam das Stück Kürbis sinken, in das sie gerade beißen wollte. Sie öffnete den Mund und schloss ihn wieder, ohne etwas gesagt zu haben.

Finn grinste. »Sieht aus, als dächten wir beide dasselbe.«

Amy blinzelte ungläubig. Aber es war doch nur ein Märchen, oder nicht? Dreizehn Engel, die über das Wohl und das Glück der königlichen Familie wachten. Sie musste an ihren Traum denken, in dem die Engel sie vor Tante Hester, Lucia und Lord Winterhall gerettet hatten. Konnte ihr Vater herausgefunden haben, wie man sie rief?

Die Bibliothek des Klytus Burbridge

Einmal abgesehen von der Kathedrale und der Festung war die Bibliothek eines der ältesten Bauwerke der Stadt, auf das die Bürger zudem besonders stolz waren. Ihre Gründung wurde auf einen mittelalterlichen Gelehrten und seine große Leidenschaft für Bücher zurückgeführt. Zeit seines Lebens war er umhergereist, um seine Sammlung zu erweitern. Kein Weg war ihm zu weit gewesen, kein Preis zu hoch. Für die ältesten und kostbarsten Folianten hatte er die entferntesten Winkel der Welt aufgesucht; wenig erforschte Dschungelzivilisationen, entlegene Wüstenstädte und tropische Inselparadiese. Als er in hohem Alter starb, gab es keinen Raum in seinem weitläufigen Haus, der nicht bis zur Decke mit Büchern gefüllt gewesen wäre. Zur Verzweiflung seiner Erben, in deren Augen seine Leidenschaft schon immer pure Verschwendung gewesen war, hatte der Gelehrte in seinem Testament verfügt, dass sein Haus zur ersten öffentlichen Bibliothek der Stadt werden sollte.

Über die Jahrhunderte hinweg war die Zahl der Bücher stetig angewachsen, sodass die ursprüngliche Bibliothek immer wieder vergrößert werden musste. Es wurde angebaut und aufgestockt, bis sie zu einem imposanten Bauwerk geworden war. Inzwischen zierten antike Marmorsäulen den Haupteingang und über der großen Eingangshalle wölbte sich eine Kuppel aus Glas und Eisen, durch die die Besucher den Himmel sehen konnten.

Mit einem ehrfürchtigen Ausdruck auf dem Gesicht folgte Finn Amy über lange Treppen und durch weite Flure, vorbei an unzähligen, weit offen stehenden Türen, hinter denen sich Hallen mit meterhohen Bücherregalen verbargen. Männer und Frauen jeden Alters standen davor, ließen ihre Finger suchend über die Buchrücken wandern oder hatten sich in die bereitgestellten Leseecken zurückgezogen, um ganz und gar in die Bücher einzutauchen. Manchmal weinend, manchmal lachend oder gar Fingernägel kauend, vergaßen sie völlig die Welt um sich herum.

»Und das alles gehört dem Freund deines Vaters?«, fragte Finn zutiefst beeindruckt.

Amy lachte. »O nein, Mr Burbridge hat nur ein Auge darauf.« Einen Moment später klopfte sie an eine Tür mit einem Messingschild, auf dem stand:

Klytus Burbridge
Oberster Bibliothekar
NICHT STÖREN!

Schlurfende Schritte näherten sich der Tür von der anderen Seite her. Mit einem Ruck wurde sie geöffnet und ein kleiner, maulwurfartiger Mann mit Glatze und einer Brille, die seine Augen um das Doppelte vergrößerte, schob den Kopf heraus. Halb verärgert, halb misstrauisch starrte er auf die beiden Kinder herab. »Was wagt ihr mich zu stören? Könnt ihr nicht lesen?« Plötzlich kniff er die Lider zusammen, wie jemand, der trotz Brille noch immer sehr kurzsichtig ist. Gleich darauf huschte ein Ausdruck des Wiedererkennens über sein zerfurchtes Gesicht. »Amy, bist du das?«

»Ja, Mr Burbridge, ich bin es. Und das ist mein Freund Finn.«

»Mit dem Turban und diesem abgetragenen Mantel hätte ich dich fast nicht erkannt.« Nun reckte er den Kopf noch ein Stück weiter heraus, um über die beiden hinweg in den Korridor zu blicken. »Niemand in der Nähe«, brabbelte er vor sich hin. »Gut, sehr gut! Und nun kommt schnell herein, bevor euch noch jemand sieht.« Mit seinen knochigen Händen ergriff er die beiden bei den Schultern und schob sie in sein Büro. Sorgfältig verschloss er die Tür hinter ihnen.

Es lag eine Weile zurück, dass Amy das letzte Mal hier gewesen war. Viel hatte sich seitdem nicht geändert. Noch immer war der Raum voller Bücher und Schriftrollen und noch immer roch es hier nach Papier, Staub und Sandelholz, was von den Duftsäckchen herrührte, die in jedem Regal lagen. Amy rümpfte die Nase. Angeblich hielt der würzige Geruch Ungeziefer fern. Vermutlich sollte er ebenso Besucher daran hindern, sich allzu lange an diesem Ort aufzuhalten. Denn Amy hatte den alten Bibliothekar als einen sehr menschenscheuen Mann in Erinnerung, der den Großteil des Tages und der Nacht in diesem Büro zubrachte.

»O weh, Amy, was mir da zu Ohren gekommen ist! Dein armer, armer Vater, einfach schrecklich!« Mr Burbridge zog ein riesiges Taschentuch aus seinem Ärmel und schnäuzte sich die Nase. »Aber was rede ich da? Ihr beiden seid ja auch nicht viel besser dran. Überall suchen sie euch. Es heißt, ihr wärt in die Pläne deines Vater eingeweiht gewesen.«

»Ich bin keine Verräterin«, protestierte Amy mit hochrotem Kopf. »Und auch nicht mein Vater oder Finn. Das sind alles dumme Lügen!«

Mr Burbridge hob beschwichtigend die Hand. »Würde ich etwas anderes annehmen, wärt ihr jetzt nicht in meinem Büro. Kommt, setzen wir uns, so lässt es sich besser reden.« Er führte sie zu einem Tisch, auf dem sich mehrere unterschiedlich hohe Bücherstapel türmten. Behutsam schob der alte Bibliothekar sie zur Seite. »Setzt euch, setzt euch«, forderte er sie auf. »Mögt ihr Tee? Ich habe gerade frischen aufgebrüht.«

Amy und Finn nickten freudig, nachdem sie sich in den vergangenen Tagen ausschließlich mit Wasser hatten begnügen müssen. Mr Burbridge wackelte mit dem Zeigefinger und schon kamen aus einem Schrank zwei Tassen angerauscht, die mit einem dumpfen *Klong* vor den beiden aufsetzten.

»Die Kanne werde ich lieber tragen«, erklärte Mr Burbridge mit einem beschämten Lächeln. »Meine Augen sind nicht mehr die besten und ich will den guten Tee nicht an den Teppichboden vergeuden. Der hat schon genug Flecken.« Er trippelte hinüber zu seinem Schreibtisch und kehrte mit einer bauchigen Teekanne zurück, aus deren Schnabel schimmernder Dampf aufstieg. Er füllte die Tassen der beiden. Dann setzte er sich leise ächzend auf den Stuhl gegenüber.

»Ich wusste gleich, dass da etwas faul ist, als ich von der Verhaftung deines Vaters erfuhr«, sagte er betrübt. »Was ist nur los in dieser Stadt?«

»Nichts Gutes, Sir«, sagte Finn ernst.

Mr Burbridge musterte ihn und Amy aufmerksam. »Ihr wisst es, nicht wahr? Ihr wisst es!« Aufgeregt fuhr er sich mit der Rechten über den Mund. »Wollt ihr es mir verraten?«

Amy tauschte einen fragenden Blick mit Finn, der zögerlich nickte. »Also gut, hören Sie zu.« Sie erzählte ihm, was ihnen widerfahren war und was sie in den vergangenen Tagen herausgefunden hatten. Einzig die verlassene Weberei, ihr Versteck, erwähnte sie nicht.

»Hmpf, hmpf, hmpf«, machte Mr Burbridge anschließend. Es war alles, was er für eine ganze Weile von sich gab. Gerade als Amy die Stille unangenehm zu werden begann, sagte er: »Dein Vater hat schon immer den richtigen Riecher gehabt, wenn es darum ging, etwas Großem auf die Spur zu kommen. Das musst du von ihm haben, kleine Amy.« Mr Burbridge holte hörbar Luft. »Oh, das hat er nicht verdient! Das habt ihr alle nicht verdient!« Er warf Amy einen mitleidigen Blick zu. Tränen glitzerten in seinen Augenwinkeln. »Ich mag deinen Vater sehr.«

Ein Kloß hatte sich in Amys Hals gebildet. »Ich ... ich bin sicher, dass alles wieder gut wird.«

Mr Burbridge schenkte ihr ein trauriges Lächeln. »Ich hoffe es, ich hoffe es so sehr.« Er richtete sich ein wenig auf. »Nun, ihr seid sicher aus einem bestimmten Grund hier. Wenn es die Arbeit deines Vaters angeht, so kann ich dir nicht viel darüber erzählen. Das letzte Mal, als wir uns sahen, meinte er, es wäre sicherer für mich, nichts darüber zu wissen.«

»Er hat auch vor mir ein Geheimnis daraus gemacht. Aber ich weiß, dass er Sie gebeten hat, ein altes Schriftstück für ihn zu übersetzen.«

»In der Tat, das hat er.« Mr Burbridge erhob sich von seinem Stuhl und näherte sich einem Regal, in dessen quadratischen Fächern vergilbte, brüchig aussehende Schriftrollen lagerten. Er zog eine davon heraus, dann griff er noch einmal in das Fach, um zwei lose, mit dunkler Tinte beschriebene Blätter hervorzuholen. Sie waren eindeutig neueren Datums.

»Er hat das Schriftstück in einem alten Dokumentenordner über den Bau der Kathedrale entdeckt, in den schon seit Jahren – nun, wohl eher Jahrhunderten – keiner mehr einen Blick geworfen hatte.« Die Schriftrolle knisterte wie trockenes Laub, als Mr Burbridge sie behutsam auf dem Tisch ausbreitete.

Neugierig beugte sich Amy darüber. Die Schrift war an vielen Stellen verblasst und somit nur schwer entzifferbar. Aber auch so hätte Amy den Text nicht lesen können, da er in einem uralten Dialekt verfasst war. Fragend sah sie zu Mr Burbridge auf. »Was steht da?«

Er strich sich über das Kinn. »Wenn ich euch die Übersetzung zeige, werdet ihr doch nichts Dummes anstellen?«

»Dummes?«, fragte Amy unschuldig.

»Nur weil ich alt bin, bin ich noch lange kein Narr«, mahnte Mr Burbridge mit erhobenem Zeigefinger. »Ihr habt etwas vor, sonst wärt ihr nicht hier. Ihr jungen Leute steckt immer so voller Tatendrang, stürzt euch, ohne nachzudenken, in riskante Abenteuer.« Mit seinem Taschentuch tupfte er sich kleine Schweißperlen von der Stirn, als wäre alleine der Gedanke an ein Abenteuer mehr Aufregung, als er ertragen konnte. »Ich kann mir gut vorstellen, dass du deinem Vater beistehen willst, kleine Amy. Ich hoffe nur, dass du weißt, dass er es unter keinen Umständen gutheißen würde, wenn du dich seinetwegen in Gefahr begibst.«

»Es geht nicht nur um ihn, es geht um das ganze Land.«

»Ich weiß, ich weiß, und das macht es mir so schwer«, fiel ihr Mr Burbridge mit gequälter Stimme ins Wort. »Am liebsten würde ich euch diese Übersetzung vorenthalten. Gewiss werdet ihr durch sie nur in noch größere Schwierigkeiten geraten. Andererseits ...«

Unschlüssig brach er ab, schüttelte den Kopf und wankte wie ein halb blinder Maulwurf zwischen den Büchertürmen auf dem Boden seines Büros umher. Dabei bewegten sich seine Lippen unentwegt, als führe er eine Diskussion mit sich selbst. Amy spitzte die Ohren, schnappte jedoch nur unverständliches Gemurmel auf. Kurzsichtig, wie Mr Burbridge war, dauerte es nicht lange, bis er gegen einen der Stapel stieß. Der Bücherturm geriet ins Wanken und stürzte auf einen wirren Haufen Pergamentrollen. Etwas Weißes zischte darunter hervor und flüchtete unter ein Wandregal.

»Was war das?«, rief Amy erschrocken.

»Eine Ratte.« Mr Burbridge war stehen geblieben und starrte angewidert auf die Stelle, wo das Tier verschwunden war. »Seit ein paar Wochen haben wir Probleme mit diesen Nagern. Zu meinem großen Verdruss sind sie hochintelligent, weswegen sie dem Kammerjäger immer wieder entwischen.« Langsam drehte er sich zu Amy und Finn um. Seine ganze Mimik drückte Unbehagen aus, als er sagte: »Ich werde euch die Übersetzung zeigen, weil ich überzeugt bin, dass ich euch sowieso nicht von dem abhalten kann, was ihr euch vorgenommen habt.« Er kam zum Tisch zurückgeschlurft. »Hier hast du sie.« Er reichte Amy eines der handbeschriebenen Blätter, die er aus dem Regalfach gefischt hatte. »Dieser Text ist fast tausend Jahre alt und stammt von einem Astrologen, der damals am Hof des Königs gelebt hat. Seinen Namen konnte ich leider nicht herausbekommen.«

Amy zog das Blatt zu sich heran, überflog es kurz und begann anschließend laut vorzulesen:

Der Schwarze Stern

Es war zur Zeit des ersten Königs, als der feurig rote Komet am nächtlichen Firmament beobachtet wurde: ein heller Funke, der wie ein Irrlicht, das sich zu weit hinaufgewagt hat, ruhelos an den Sternen vorüberzog.

Eine ganze Woche lang konnte man seine Reise Nacht für Nacht am Himmel beobachten, ein Anblick, den die Menschen zuletzt vor über tausend Jahren hatten bewundern dürfen. Und so lange wird es wohl auch dauern, bis er das nächste Mal zu sehen ist.

Amy hielt erstaunt inne. Das musste der gleiche Komet sein, der vor über einem Monat über der Stadt gesichtet worden war! Wenn sie sich nicht täuschte, war er genau in jener Nacht am Himmel aufgetaucht, als die Engelsstatuen aus der Kathedrale gestohlen wurden.

»Was ist?«, fragte Finn ungeduldig. »Warum liest du nicht weiter?«

In der siebten Nacht glühte der Komet plötzlich auf und ein Splitter von ihm stürzte als lodernder Feuerball auf die Erde herab, wo er einen Teil des königlichen Gartens in einen rauchenden Krater verwandelte.

Der Vorfall versetzte selbst die mächtigsten Krieger am Hofe in Angst und Schrecken. Alleine der König besaß den Mut, in den Krater hinabzusteigen und den Splitter zu bergen. Es war ein Stein, wie ihn kein Mensch je gesehen hatte. Kaum größer als die Faust eines Kindes, funkelte und glitzerte er, als brenne in seinem Innersten ein Feuer aus schwarzen Flammen. Bei den meisten weckte alleine der Anblick des Steines Unbehagen, ja, sogar Furcht. Nur der König fand Gefallen an ihm. Die dunkle Aura des Steines übte eine unheimliche Faszination auf ihn aus, sodass er ihn zum zentralen Symbol seines Wappens machte. Und da der Stein vom Himmel gefallen war, nannte er ihn fortan den Schwarzen Stern.

Amy blickte auf. Hier endete der Text. Aber was hatte er zu bedeuten?

»Ihr wisst, was es mit dem Schwarzen Stern auf sich hat?«, fragte Mr Burbridge eifrig.

Amy nickte, schüttelte aber dann den Kopf. Es gab viele Geschichten über den wundersamen Stein und die meisten klangen so unglaublich, als wären sie der blühenden Fantasie eines Geschichtenerzählers entsprungen. Kein Wunder also, dass die Menschen kaum zu unterscheiden wussten, was nun stimmte und was ins Reich der Legenden und Mythen gehörte. Wenn einer die Wahrheit über den Schwarzen Stern kannte, dann gewiss Mr Burbridge.

Der Bibliothekar räusperte sich. »Als der erste König den Thron bestieg, war dies ein kleines und unbedeutendes Land«, berichtete er. »Dann geriet der König in den Besitz des Schwarzen Sterns. Zwar war er auch schon zuvor ein mächtiger Zauberer gewesen, doch erst der Stein soll ihm die Macht verliehen haben, durch die er das gewaltige Königreich schaffen konnte, in dem wir heute leben.«

»So einen Stein könnten wir auch gebrauchen«, hauchte Finn mit glänzenden Augen. »Und es ist wirklich so geschehen?«

Mr Burbridge schob nachdenklich seine Brille die Nase hoch. »Es ist das, was in den Geschichtsbüchern steht, und ich habe sie alle gelesen. Geschichte ist nämlich mein Steckenpferd, müsst ihr wissen. Jedenfalls wird überall das Gleiche berichtet: Der Schwarze Stern besitzt große magische Kräfte. Ich meine, wie sonst sollte sich erklären lassen, dass die Könige dieses Landes stets mächtiger, reicher und berühmter gewesen sind als die Könige anderer Reiche?« Er nickte aufgewühlt, wie um seine eigenen Worte zu bestätigen. »Seit jenen Tagen wird der Schwarze Stern wie der kostbarste aller Schätze von der königlichen Familie gehütet. Nur der König selbst und der Thronfolger kennen das Versteck, in dem er seit Jahrhunderten verborgen liegt. Und er wird nur dann hervorgeholt, wenn ein neuer König gekrönt wird.«

»Warum hält man ihn denn versteckt?«, wollte Finn wissen.

»Weil es viel zu gefährlich wäre, wenn er in die falschen Hände geriete. Stell dir nur vor, welches Unheil man mit einem solch machtvollen Artefakt anrichten könnte.«

Amy war alle Farbe aus dem Gesicht gewichen. Ihre Lippen zitterten.

»Was hast du nur, Kind?«, fragte Mr Burbridge verstört.

»Das ist es! Die Verschwörer sind hinter dem Schwarzen Stern her. Darum wollen sie mit der

Übernahme des Throns bis zur Krönung des Prinzen warten.« Amy schlug sich mit der Hand vor die Stirn. »Ich Trottel! Warum habe ich nicht schon früher daran gedacht? Versteht ihr denn nicht?« Sie sah Finn und Mr Burbridge an, die ihren Blick mit gerunzelter Stirn erwiderten. »Wenn der Schwarze Stern so mächtig ist, wie in den Geschichtsbüchern steht, würden sich damit alle Probleme der Verräter auf einmal lösen. Lord Winterhall müsste keinen Aufstand des Volkes fürchten, wenn er sich selber zum König ernennt, und Lucia könnte den magischen Stein benutzen, um diesen geheimnisvollen Feind abzuwehren, der ihr Sorgen bereitet. So könnte sich niemand mehr zwischen sie und ihre Rache stellen.«

»Was für ein teuflischer Plan!« Mr Burbridge ließ seine kleine knochige Hand auf den Tisch herabsausen. Zornesflecken schimmerten auf seinen Wangen. »Prinz Henry würde ihnen den Stein niemals freiwillig ausliefern. Also warten sie, bis sie ihn auf dem Silbertablett präsentiert bekommen.«

»Auweia«, jammerte Finn. »Stellt euch nur vor, was Lucia und Lord Winterhall mit dem Schwarzen Stern alles anstellen könnten.«

»Lest das hier!« Mr Burbridge schob Amy mit zittrigen Fingern das zweite Blatt über den Tisch zu. »Dann wisst ihr, wozu der Stein wirklich fähig ist.«

Bevor Amy zu lesen begann, nahm sie einen großen Schluck von ihrem Tee, um das trockene Gefühl aus ihrer Kehle zu vertreiben. »Bereit?«

Finn nickte.

Der Schwarze Stern machte den König zum mächtigsten Zauberer, der je gelebt hatte. Über lange Jahre führte er viele Kriege, um das Land zu vergrößern. Stolze Herrscher wurden gestürzt, gewaltige Imperien vernichtet. Doch nichts von alledem verschaffte ihm Genugtuung. Der Schwarze Stern hatte ein unbändiges Verlangen nach immer mehr Macht, Reichtum und Ruhm in ihm geweckt.

So geschah das Schlimmste, was hatte eintreten können. Die dreizehn Engel, die über den König und seine Familie wachten, wandten sich von ihm ab, nachdem sie erkannt hatten, was aus dem einst weisen und gütigen Herrscher geworden war. Sie straften ihn, indem sie ...

Amy warf Mr Burbridge einen verzweifelten Blick zu. »Warum hört der Satz mittendrin auf?«

»Die ganze nachfolgende Passage war auf der alten Schriftrolle verblasst. Vermutlich ist das Dokument irgendwann einmal mit Wasser in Kontakt geraten, das die Tinte zersetzt hat.« Er zuckte entschuldigend die Achseln. »Ohnehin hat es mich viele schlaflose Nächte gekostet, den übrigen Text zu entziffern.«

Finn stöhnte. »Gerade jetzt, wo es spannend wurde.«

»Es ist noch nicht zu Ende«, sagte Amy da. »Hört zu!«

Der König aber nahm fürchterliche Rache. Von übermächtigem Gram und grenzenloser Wut gepackt, verfluchte er die Engel, denn sie hatten ihn in der Stunde der größten Not im Stich gelassen. Und so hatte er verloren, was ihm von allem am kostbarsten gewesen war.

»Puh, das klingt ja furchtbar«, sagte Finn mit aufgerissenen Augen. »Ich würde zu gerne wissen, was damit gemeint ist.«

Mr Burbridge bedachte ihn mit einem ratlosen Blick. »Schwer zu sagen. Bestimmt wurde es in der Passage erklärt, die nicht mehr lesbar ist. Auch ich habe mich über dieses fehlende Detail geärgert. Ich habe Nachforschungen in den Geschichtsbüchern über jene Zeit angestellt, aber sie enthalten nur dürftige Informationen über den ersten König. Deshalb konnte ich auch nichts weiter herausfinden.«

»Wie kann das sein?«, schimpfte Amy. Plötzlich hatte sie das Gefühl, auf etwas Wichtiges gestoßen zu sein. Nur wollte es sich ihnen nicht erschließen, weil der Text unvollständig war. Das war zum Aus-der-Haut-fahren!

»Nun, mittlerweile sind über tausend Jahre vergangen«, sagte Mr Burbridge bedauernd. »Das ist eine lange Zeit, in der manches Wissen verloren gehen kann. Zudem konnten damals noch weniger Menschen lesen und schreiben als heute.«

Amy hatte die Arme vor der Brust verschränkt und starrte verdrossen auf die Übersetzung. »Ich wünschte, ich hätte diesen Schwarzen Stern«, grummelte sie. »Dann würde ich diese Verräter allesamt zur Hölle schicken!«

»Amy Tallquist!« Mr Burbridges Nasenflügel erbebten, als er schnaubend Luft holte. »Solche Worte aus dem Mund einer jungen Dame zu hören, besonders aus deinem, schockiert mich zutiefst!«

»Wenn sie aber doch recht hat«, sprang Finn ihr zur Seite.

Mr Burbridge kräuselte missbilligend die Lippen. »Darum geht es nicht. Es ist ...« Er brach ab und grummelte vor sich hin. Als er kurz darauf wieder aufsah, lächelte er matt. »Was ihr sagt, ist nur die Wahrheit. O ja, nur die Wahrheit. Und um ehrlich zu sein, hatte ich vorhin bereits etwas ganz Ähnliches gedacht.«

Plötzlich richtete sich Amy kerzengerade auf. Die ganze Zeit über hatte ihr Blick an der Übersetzung geklebt wie eine Fliege am Honig. Gerade war ihr klar geworden, warum. Es lag an dem Wort »verfluchte«. Ihr Vater hatte in seinem Notizbuch etwas von einem Fluch geschrieben, der das Verschwinden der Engelsstatuen betraf. Mit einem Mal schlug Amy das Herz bis in den Hals. Das kann nicht sein, dachte sie. Es würde bedeuten, dass die Engel nicht gestohlen wurden, sondern ... Nein, nein, das ist völlig unmöglich! Schreckensbleich starrte sie Finn und Mr Burbridge an.

»Geht es dir gut, Amy?«, erkundigte sich der Bibliothekar besorgt.

»Was hast du?«, wollte auch Finn wissen.

»Nichts.« Amy biss sich auf die Unterlippe. Sie musste sich irren, das konnte einfach nicht sein. »Ich ... mir war nur kurz übel. Jetzt geht es wieder.« Das war nicht einmal gelogen.

»Kein Wunder, bei all den schrecklichen Dingen, die um uns herum geschehen«, murmelte Mr Burbridge mitfühlend.

»Wisst ihr, was ich glaube?«, platzte Finn heraus. »Lucia ist bestimmt die Urururururenkelin eines Herrschers, dessen Land vom ersten

König erobert wurde. Und nun ist sie hier, um sich dafür an Prinz Henry zu rächen. Mit ihm würde seine ganze Familie aussterben. Was könnte schlimmer sein?«

»In der Tat eine grässliche Vorstellung«, stieß Mr Burbridge hervor.

»Ich würde gerne mehr über die dreizehn Engel erfahren, die Hüter der Königsfamilie«, erklärte Amy überraschend, ohne auf Finns Protest zu achten, der wohl lieber weiter über seine Theorie bezüglich Lucias Racheplänen gesprochen hätte. »Ich meine nicht die üblichen Geschichten, sondern das, was man sich gewöhnlich nicht erzählt.«

»Hm, da kann ich dir leider überhaupt nicht weiterhelfen«, sagte Mr Burbridge. »Das ist nicht mein Fachgebiet.«

»Gibt es denn jemanden in der Stadt, der das vielleicht könnte?«

»Was ist so wichtig an diesen …« Finn brach ab, als er bemerkte, dass Mr Burbridge am ganzen Körper zu zittern angefangen hatte. »Was habe ich nur getan?«, stöhnte der alte Bibliothekar. Dicke Tränen kullerten ihm über die runzeligen Wangen.

Amy blickte Finn fragend an, der ihren Blick ratlos erwiderte. »Was haben Sie denn, Mr Burbridge?«

»Deine Frage, o weh, kleine Amy«, schluchzte er auf. »Du bist nicht die Erste, die mich das fragt. Und jetzt, wo ich von der Verschwörung weiß, fürchte ich, dass ich einen unverzeihlichen Fehler begangen habe.«

»Wovon reden Sie?«

»Es ist alles meine Schuld, ganz alleine meine Schuld«, jammerte Mr Burbridge. »Aber es war doch keine Absicht. Ich wusste schließlich nicht, wer sie ist.«

Lucia, schoss es Amy durch den Kopf. Was hatte diese schreckliche Person jetzt schon wieder angestellt? »Was hat sie getan?«

»Vor ... vor ein paar Wochen war diese seltsame Frau bei mir«, stammelte er und versuchte, sein Taschentuch aus dem Ärmel zu fingern, was ihm vor lauter Nervosität nicht gelingen wollte. Verzweifelt zog er die Nase hoch. »Und so, wie ihr diese Lucia beschrieben habt, muss sie es gewesen sein. Sie fragte mich ebenfalls nach den dreizehn Engeln. Ich erklärte ihr, dass ich nicht mehr darüber wisse als jeder andere auch. Sie blieb jedoch hartnäckig und so nannte ich ihr die Namen jener Gelehrten, die in der Engelkunde bewandert sind.«

Amy schwante Übles. Der Zeitungsartikel über die vermissten Personen. Jetzt ergab alles einen Sinn! »Es waren die Namen der Personen, die seit einigen Wochen vermisst werden. Ist es nicht so, Mr Burbridge?«

Er gab ein klägliches Schluchzen von sich. »Diese armen, armen Menschen. Niemand weiß, was aus ihnen geworden ist, und ich habe sie dieser Verräterin ausgeliefert. Anfangs versuchte ich mir noch einzureden, dass ihr Verschwinden bloß Zufall sei, aber tief in meinem Inneren ahnte ich die Wahrheit bereits. Und jetzt, wo ich die Zusammenhänge kenne, gibt es keinen Zweifel mehr. Es ist alles meine Schuld.« Stöhnend vergrub er das Gesicht in den Händen.

»Haben Sie ihr auch von dem Dokument erzählt, dass Sie für meinen Vater übersetzen sollten?«

Ohne aufzublicken, schüttelte er den Kopf. »Dein ... dein Vater sagte mir, dass ... dass er sich ... beobachtet fühle. Und dass er womöglich un... unvorsichtig gewesen sei.« Nun riss er den Kopf hoch und starrte Amy aus roten und verquollenen Augen an. »Ich ... schwöre, ich ha... habe niemanden von ... von der Arbeit deines Vaters erzählt.«

»Ich glaube Ihnen«, versicherte Amy ihm rasch.

Mr Burbridge nickte dankbar.

Finn zog Amy am Ärmel ihres Mantels. »Sag mal, wie bist du darauf gekommen und warum hat Lucia das getan?«

»Sie wollte verhindern, dass etwas Bestimmtes über die Engel bekannt wird«, sagte Amy ausweichend.

Finn starrte sie groß an. »Wie man sie herbeirufen kann? Meinst du das?«

»Was soll ich jetzt machen?«, rief Mr Burbridge aus, bevor Amy Finn eine Antwort geben konnte. »Soll ich zur Polizei gehen und alles melden?«

»Bloß nicht!« Amy schüttelte den Kopf. »Es könnte gut sein, dass sie mit den Verschwörern unter einer Decke steckt.« Sie holte tief Luft. »Bitte denken Sie jetzt gut nach«, sagte sie eindringlich. »Gibt es sonst niemanden in der Stadt, der uns etwas über die Engel erzählen kann?«

»Nein, niemanden«, versicherte ihr Mr Burbridge eine Spur zu hastig. Er wandte das Gesicht ab.

Amy kniff die Augen zusammen. »Sie lügen!« Neben ihr sog Finn zischend die Luft ein. Und früher hätte Amy sich auch nie getraut, das einem Erwachsenen ins Gesicht zu sagen. Inzwischen stand jedoch einfach zu viel auf dem Spiel. »Warum tun Sie das? Wollen Sie uns nicht helfen?«

»Mehr als alles andere«, murmelte Mr Burbridge beschämt. »Nur kann ich euch unmöglich zu ihm schicken. Er ist ... gefährlich!«

»Gefährlicher als Lucia und Lord Winterhall?«,

erwiderte Amy kühl. »Denn mit ihnen werden wir es alle zu tun bekommen, wenn es uns nicht gelingt, sie aufzuhalten.«

»Verlange das nicht von mir, kleine Amy«, flehte Mr Burbridge. »Es könnte euch Schlimmes widerfahren, wirklich Schlimmes!«

Amys Züge wurden hart. »Wo finden wir ihn, Mr Burbridge? Sagen Sie es mir!«

Feuer!

Der Donner war so laut, dass alle drei erschrocken zusammenfuhren. Ein greller Blitz folgte fast im gleichen Augenblick. Das Unwetter musste direkt über der Bibliothek hängen.

Amy sah zum Fenster. Man konnte regelrecht zusehen, wie sich massige graue Wolkenberge über der Stadt auftürmten. Rasend schnell breiteten sie sich in alle Richtungen aus, verschlangen die Sonne und den blauen Himmel, sodass schon bald ein Licht wie zur Abenddämmerung herrschte. Plötzlich wieder ein Blitz, gefolgt von einem ohrenbetäubenden Krachen, das die Fensterscheiben zum Schwingen brachte.

Amys Herz machte einen Sprung. »Der muss ganz in der Nähe eingeschlagen haben«, japste sie.

»Was geht hier vor sich?«, murmelte Mr Burbridge und rückte aufgeregt seine Brille zurecht.

Wieder fuhr ein Blitz herab und explodierte mit einer Lautstärke, als hätte jemand neben der Bibliothek eine Kiste Dynamit gezündet. Schreie der Angst und des Entsetzens hallten über den langen Korridor vor Mr Burbridges Büro.

»Das ist kein normales Gewitter!« Amy war aufgesprungen und lief hinüber zum Fenster, von wo aus sie den Haupteingang der Bibliothek sehen konnte. Und dort standen sie: Lucia, Tante Hester und noch ein paar andere Männer und Frauen. Von vielen ging die gleiche Aura des Bösen aus wie von der Frau mit dem Porzellangesicht.

»Was geschieht hier?«, rief Mr Burbridge ängstlich.

»Das ist ein magisches Unwetter«, raunte Finn mit blasser Miene. »Und die da unten haben was damit zu tun. Seht euch nur ihre Gesichter an.«

Amy begegnete dem kalten Blick von Lucias schwarzen Augen. Grimmig starrte sie zu ihr hinauf, während ein siegessicheres Lächeln um ihre Mundwinkel spielte. Woher hat sie gewusst, dass wir hier sind?, fragte sich Amy schaudernd.

Noch mehr Donner und Blitze folgten. Die Schreie, die die Hallen und Flure der Bibliothek erfüllten, wurden immer lauter und zahlreicher.

»Feuer! Feuer!«, hörte man vereinzelte Stimmen rufen.

Amys Finger schlangen sich um Mr Burbridges rechten Arm. Selbst durch den schweren Stoff seines Gewandes fühlte er sich so dürr und zerbrechlich wie ein vertrockneter Zweig an. »Ich muss es wissen«, verlangte sie. »Wo finde ich denjenigen, den ich nach den Engeln fragen kann?«

Mr Burbridge legte eine zittrige Hand auf die ihre, wie um sein Bedauern auszudrücken. Sie war eiskalt. »Ich darf nicht, ich würde euch sonst in Gefahr bringen. Er ist ja nicht einmal ein Mensch.«

»Und wenn wir sagen, dass wir von Ihnen kommen?«, warf Finn hoffnungsvoll ein.

Donnergrollen verschluckte die ersten Worte von Mr Burbridges Antwort. ». . . keine Freunde. Wir kennen einander nicht einmal.« Er schüttelte den kahlen Kopf. »Ich weiß nur von ihm, weil ich als junger Mann einmal so töricht war, seine Ruhe zu stören. Aber das ist eine andere Geschichte.« Er sah hinunter zum Haupteingang, aus dem schreiende Menschen flohen. »Wir müssen jetzt gehen, bevor das Feuer sich weiter ausbreitet. Schnell!«

»Nein.« Amy stellte sich ihm in den Weg. »Ich rühre mich nicht von hier weg, bevor ich nicht meine Antwort habe.«

»Sei keine Närrin!«, schalt Mr Burbridge sie. »Ich ... ich könnte dich zwingen«, murmelte er hilflos.

»Magie wirkt bei mir nicht.«

»O kleine Amy, riechst du den Rauch denn nicht? Wir sind hier drinnen in Lebensgefahr!«

»Das sind wir draußen auch«, sagte Finn und stellte sich an Amys Seite. »Die sind nur unseretwegen hier. Und ganz bestimmt nicht, um uns zum Tee einzuladen.« Er zog die Brauen zusammen. »Ich fürchte, dass sie es jetzt auch auf Sie abgesehen haben, da sie wissen, dass wir mit Ihnen gesprochen haben.«

Mr Burbridge warf einen gehetzten Blick zur Tür. »Amy, du ... du ...« Hilflos ballte er die schmächtigen Hände zu Fäusten. »Du bist genauso stur wie dein Vater! Der Name dessen, der mehr über die Legende der Engel wissen könnte, ist Aurelius. Ihr findet ihn in der Ruine im Stadtpark.«

»Sie meinen doch nicht etwa das Spukhaus?!«, stieß Finn hervor.

»Eben dies«, grummelte Mr Burbridge. »Und nun kommt. Es gibt einen Hinterausgang. Wenn wir Glück haben, wissen sie nichts davon.« So schnell ihn seine Beine trugen, hastete er zur Tür seines Büros. Der Korridor davor war menschenleer. Dafür stank es bestialisch nach brennendem

Leder und Papier. Schwarze Rauchschwaden trieben unter der Decke, was so aussah, als hätte das magische Unwetter auch einen Weg in das Gebäude gefunden.

Mr Burbridge stöhnte und griff sich an die Brust. »All die kostbaren Bücher...«, jammerte er. Dann eilte er auch schon los. Dicht gefolgt von Amy und Finn, die beide die Köpfe eingezogen hatten, als fürchteten sie, ein Blitz könnte aus der Rauchwolke auf sie herabfahren.

Erneut schlug das Gewitter zu. Es gab ein ohrenbetäubendes Krachen und dann stürzte ganz in der Nähe ein Teil des Daches ein. »Beeilt euch, Kinder«, drängte Mr Burbridge, ohne den die beiden sicher schneller vorangekommen wären. Aber Amy hatte nicht vor, den alten Mann zurückzulassen. Sie blieb an seiner Seite und folgte ihm über eine breite, geschwungene Treppe in das darunterliegende Geschoss. Still war es hier. Nur das dumpfe Knistern des entfernten Feuers drang an ihre Ohren. Wir sind die Letzten, dachte Amy. Niemand außer uns ist noch hier!

Sie liefen gerade am Eingang eines großen Lesesaals vorbei, als ein Blitz eines der Fenster sprengte und gleich mehrere Bücherregale in Brand setzte.

»Ogottogott«, schluchzte Mr Burbridge. Er blieb schwer atmend stehen. »Was sind das nur für Monster? Diese Bücher sind unersetzlich. Ich muss wenigstens ein paar von ihnen retten.«

»Keine Zeit«, sagte Amy und zog ihn am Ärmel seines Jacketts weiter.

»Aber ... aber ...«, protestierte er.

»Mr Burbridge, Sir.« Finn zerrte an seinem anderen Ärmel. »Die da draußen werden damit erst aufhören, wenn wir das Gebäude verlassen haben. Das ist Ihre einzige Chance, die Bücher zu retten. Bringen Sie uns hier raus!«

Mr Burbridge streckte die rechte Hand flehentlich nach den brennenden Büchern aus und eine einzelne Träne löste sich aus seinen Augenwinkeln. Er tat Amy unendlich leid, aber sie brauchten ihn, um den Weg aus der Bibliothek zu finden. »Ihr könnt mich loslassen«, murmelte er. »Ich weiß, was ich zu tun habe.«

Es ging weiter durch Korridore voller Hitze und Rauch. Ihre Augen tränten und ihre Lungen brannten, bis sie die breite Haupttreppe erreichten, die sie hinunter ins Erdgeschoss führte. Nun war es nicht mehr weit bis zu dem von Mr Burbridge benannten Hinterausgang. Doch gerade als sie durch einen der langen Flure liefen, brach nur wenige Meter vor ihnen die Decke ein. Brennende Trümmerstücke stürzten in den Korridor und versperrten ihnen den Weg. Instinktiv riss Amy die Arme hoch.

»Zurück, zurück«, schnaufte Klytus Burbridge und zerrte Amy und Finn von dem brennenden Trümmerhaufen fort.

»Was jetzt?«, nuschelte Amy, die sich den Ärmel ihres Mantels vor Nase und Mund hielt.

Mit gerunzelter Stirn starrte Mr Burbridge auf die qualmende Flammenwand vor ihnen. Plötzlich hellte sich seine Miene auf. »Es gibt noch einen anderen Weg. Wir ...« Ein Hustenanfall raubte ihm für einige Augenblicke die Stimme. »Wir ... wir müssen in den Keller«, krächzte er mit hochrotem Kopf. »Quer durch die Archive.« Hustend wankte er los. Amy sprang ihm zur Seite, um ihn zu stützen. Finn tat es ihr gleich. Bald standen sie vor einer unscheinbaren Pforte, die verborgen im Schatten der Haupttreppe lag. Sie stand weit offen, als wäre erst vor Kurzem jemand herausgekommen.

»Schon gut, ihr beiden«, sagte Mr Burbridge und befreite sich aus ihren Armen. »Es geht schon wieder. Es war nur der Qualm, der mich ...« Er hustete erneut, stakste jedoch weiter auf die Pforte zu und gab Amy und Finn winkend zu verstehen, dass sie ihm folgen sollten.

Eine Wendeltreppe, die in regelmäßigen Abständen von blassgelben Gaslaternen erhellt wurde, wand sich in engen Spiralen in die Tiefe. An ihrem Ende erwartete die drei ein gewaltiges Gewölbe, das von einem Labyrinth aus Bücherregalen beherrscht wurde und dessen größter Teil in tiefer Schwärze versunken dalag.

Das Archiv.

Mr Burbridge schnappte sich eine der Laternen. »Husch, husch«, rief er und tauchte in einen schmalen Gang zwischen zwei Regalen ein. Es gab auf dieser Seite des Gewölbes Dutzende von ihnen, die alle gleich aussahen. Hoffentlich wusste Mr Burbridge, was er tat. Bei der Vorstellung, sich hier unten zu verirren, während die brennende Bibliothek über ihren Köpfen einzustürzen drohte, wurde Amy abwechselnd heiß und kalt.

»Er kennt doch den Weg, oder?«, fragte Finn flüsternd. Anscheinend gingen ihm ähnliche Gedanken durch den Kopf.

Amy versuchte zu lächeln. Als ihr das nicht gelang, beließ sie es bei einem Achselzucken. Sie sah, wie Finn schluckte. Es tut mir leid, dachte sie traurig und heftete den Blick wieder auf den gebeugten Rücken von Mr Burbridge, der direkt vor ihr ging. Innerhalb weniger Augenblicke waren sie so tief in das Archiv vorgedrungen, dass sie nun vollkommen von Bücherregalen umgeben waren. Wie Mauern ragten sie links und rechts, dann mal wieder vor oder hinter ihnen auf, meist so hoch, dass ihr Ende in der Dunkelheit über ihren Köpfen verschwand, die selbst Mr Burbridges Gaslaterne nicht zu erhellen vermochte. Amy hatte längst die Orientierung verloren, so oft, wie sie immer wieder in neue Gänge abgebogen waren und die Richtung gewechselt hatten. Mr Burbridge schien sich jedoch blind zurechtzufinden – eben wie ein Maulwurf, der jeden Zentimeter seines unterirdischen Reiches kennt.

Still war es um sie herum geworden. Viel zu still. Das Grollen des Unwetters war hier unten nicht zu hören. Nur dann und wann drang ein dumpfes Poltern zu ihnen durch, wenn weitere Teile der Bibliothek unter dem Ansturm des Feuers zusammenbrachen. Selbst ihre Schritte wurden von der zentimeterdicken Staubschicht gedämpft, die den Boden bedeckte und in kleinen Wölkchen um ihre Füße tanzte. Offensichtlich waren sie in einen Teil des Archivs gelangt, der kaum benutzt wurde.

Amy blickte sich immer wieder nach Finn um, da der Abstand zwischen den Regalen so eng geworden war, dass sie nur noch hintereinander gehen konnten. Mittlerweile war Mr Burbridges Laterne ihre einzige Lichtquelle, was diesen Ort noch ungemütlicher und gruseliger wirken ließ. In ihrem matten Schein tauchten immer wieder neue Reihen klobiger Bücher auf. Unscheinbare, in dunkles Leder gebundene Werke vergangener Zeiten. Doch dazwischen entdeckte Amy auch

Bücher, die zwischen den anderen herausstachen: Sie waren mit Goldfarbe beschriftet, einige sogar mit Juwelen verziert. Und dann gab es noch jene Bücher, bei deren bloßem Anblick Amy das kalte Grausen packte. Es lag weniger daran, wie sie aussahen, als daran, was sie ausstrahlten: etwas unsagbar Böses. Als enthielten sie Geheimnisse, die einfach nicht aufgeschrieben gehörten. Darum hatten sie wohl auch Schlösser.

Es fanden sich nicht nur Bücher in diesem unterirdischen Gewölbe. Da waren noch andere Dinge, die Amy lieber nicht gesehen hätte: die verschrumpelten Leiber toter Spinnen, das Skelett einer Maus, das unter einem Regal hervorschaute. Am widerlichsten aber fand sie die milchig weißen, augenlosen Käfer, die mit ihren zuckenden Fühlern an fette Küchenschaben erinnerten und sich in den Spalten und Ritzen zwischen den Büchern eingenistet hatten, wo sie aufgeregt umherwuselten, sobald das Licht der Laterne auf sie fiel.

Plötzlich spürte Amy einen warmen Lufthauch an ihrem Ohr, dann vernahm sie Finns Stimme. »Etwas folgt uns.«

»Bis du sicher?«, raunte sie zurück. Hier war es so still und das Einzige, was sie hörte, war das Echo ihrer eigenen Schritte.

»Ich glaube, es sind Ratten«, sagte er etwas

unsicher. »Sie laufen oben über die Regale. Wenn man aufmerksam lauscht, kann man das Schaben ihrer Krallen auf dem Holz hören.«

Amy sah ihn verängstigt an. »Denkst du dasselbe wie ich?«

»Dass diese Albinoratten in Wahrheit Spione von Lucia sind?«

»Sie tauchen überall auf, wo wir hingehen.« Angeekelt erinnerte sie sich daran, wie die Alte in der Carrodsgasse eines der Tiere zertreten hatte. Sie musste gewusst haben, was es mit den Ratten auf sich hatte.

Mr Burbridge blieb so unverhofft stehen, dass Amy fast in ihn hineingerannt wäre. Sie waren an eine Abzweigung gelangt. »Ich denke, es ist der rechte Gang.« Er zupfte nervös an seinem Kinn. Plötzlich gab es im Stockwerk über ihnen mächtiges Getöse. Ein Krachen und Bersten wie bei einer Explosion, sodass Amy wieder instinktiv die Arme hochriss. Doch die Decke hielt. Nur feiner weißer Staub rieselte wie Puderzucker auf sie herab.

»Hier entlang, Kinder«, rief Mr Burbridge ganz erschrocken und bog rasch nach links ab. »Immer mir nach.«

»Hat er nicht gerade was von rechts gesagt?«, fragte Finn alarmiert.

Amys Miene verfinsterte sich.

Bisher hatte Mr Burbridges Zielstrebigkeit nicht den geringsten Zweifel daran gelassen, dass er sich in diesem Archiv bestens auskannte. Anscheinend waren sie jetzt jedoch in einen Teil gelangt, den selbst er nur selten aufsuchte.

Warum ist noch niemand auf die Idee gekommen, hier unten Wegweiser aufzustellen?, fragte sich Amy, während Mr Burbridge begonnen hatte, leise mit sich selbst zu diskutieren. »Die nächste oder doch erst die übernächste Abzweigung?«, hörte sie ihn klagen. »O weh, o weh.«

Just in diesem Moment tauchte eine zweite Wendeltreppe aus der Dunkelheit vor ihnen auf. Mr Burbridge lachte erleichtert auf. »Keine weitere Abzweigung. Wir sind schon da.« Langsam drehte er sich zu Amy und Finn um. »Hier trennen sich unsere Wege«, sagte der alte Bibliothekar.

»Was haben Sie vor, Sir?«, wollte Finn wissen.

»Es ist viel zu gefährlich, hierzubleiben«, meinte Amy. »Sie müssen mit uns kommen!«

»Wohin, kleine Amy?« Mr Burbridge lächelte erschöpft. »Ich würde euch bei eurer Flucht vor diesen finsteren Gestalten nur aufhalten. Außerdem ist immer noch Zeit, einige der bedeutenderen Bücher in Sicherheit zu bringen.« Er strich erst Amy, dann Finn aufmunternd über den Kopf. »Hört zu«, fuhr er fort. »Am Ende der Treppe befindet sich ein schmaler Korridor mit mehreren Abzweigungen. Ihr geht immer weiter geradeaus, bis ihr zu einer Tür kommt. Das ist der Boten- und Lieferanteneingang. Er ist abgeschlossen, der Schlüssel hängt gleich daneben an einem Haken. Verstanden?«

Amy nickte.

»Und nun beeilt euch, Kinder. Husch, husch!« Er schob sie auf die Treppe zu und wartete, bis sie oben angekommen waren. Amy drehte sich noch einmal um und winkte zum Abschied. »Vielen Dank für alles!«

Mr Burbridge hob kurz die Hand, dann wankte er zurück in die Dunkelheit des Archivs.

Amy öffnete vorsichtig die Tür am Ende der Wendeltreppe und sofort schlug ihnen der beißende Geruch des Feuers entgegen, das ganz in der Nähe wüten musste. Von dem Gewitter war nichts mehr zu hören. Kein Donner, keine weiteren Blitzeinschläge. Amy vermutete, dass Tante Hester und Lucia inzwischen im Gebäude waren, um nach ihnen zu suchen. Da sie nicht wie all die anderen Bibliotheksbesucher durch den Haupteingang geflohen waren, musste ihnen klar geworden sein, dass sie versuchen würden, ihnen und dem Feuer auf andere Weise zu entkommen.

Der Korridor war so, wie von Mr Burbridge beschrieben. Amy ignorierte alle Abzweigungen und konnte die Tür am Ende bereits sehen, als plötzlich eine der weißen Ratten aus einem Gang vor ihnen geschossen kam. Wie ein dressierter Hund richtete sie sich auf den Hinterpfoten auf und stieß ein durchdringendes Quieken aus.

»Sie schlägt Alarm!«, fluchte Finn und rannte auf die Ratte zu. Noch im Laufen holte er mit dem rechten Fuß aus. Das Tier wich seinem Tritt geschickt aus, bedachte ihn mit einem gehässigen Blick aus seinen rötlichen Knopfaugen und quiekte erneut los.

»Das bringt nichts.« Amy zog an Finns Arm. »Wir verlieren nur Zeit!«

Sie liefen zu der Tür und Amy schnappte sich den Schlüssel. »Pass auf, dass das Vieh nicht mit rauskommt«, sagte sie zu Finn, woraufhin er die Tür fest hinter sich zuzog.

Vor ihnen lag eine schmale Gasse.

»Was für ein köstliches Vergnügen, euch beide wiederzusehen«, sagte eine Stimme, bei deren bloßem Klang sich Amy alle Nackenhärchen aufstellten.

Alte Feinde und Freunde

Amy stöhnte. Rechts und links neben der Tür lehnten Mr Greymore und Mr Black. Dieses Mal grinste keiner von ihnen, stattdessen sprühten ihre Augen vor Zorn. Die beiden stießen sich von der Wand ab und bauten sich vor ihnen auf.

»Ihr habt uns ganz schöne Schwierigkeiten bereitet«, sagte Mr Greymore mit erhobenem Zeigefinger. Oder war es vielleicht Mr Black? Amy konnte die beiden nur schwer auseinanderhalten.

»Ich bin Mr Black«, sagte da der andere, als wäre diese Ähnlichkeit ein Problem, mit dem sie tagtäglich zu kämpfen hatten. »Das sieht man doch auf den ersten Blick. Ich bin der Besseraussehende von uns beiden.«

Nun lachten die zwei, wirkten jedoch keinen Moment lang amüsiert, sondern fixierten Amy und Finn unablässig mit Blicken, die an wilde, ausgehungerte Raubtiere erinnerten.

»Lucia war überhaupt nicht darüber erfreut, dass wir euch das letzte Mal haben entkommen lassen.« Mr Greymore schnaubte.

»Nein, überhaupt nicht«, stimmte Mr Black zu und zischelte wie eine Schlange.

Amy stemmte die Hände in die Seiten. »Das macht mir keine Angst!«

»Ach?« Mr Greymore wölbte eine Braue. »Das sollte es aber.« Plötzlich glühten seine Augen in einem tiefen Rot, als loderten die Flammen der Hölle darin.

Amy schrie erschrocken auf.

»Wer oder was sind Sie?«, hauchte Finn mit kaum hörbarer Stimme.

Mr Greymore lächelte, ging jedoch nicht auf die Frage ein.

»Ts, ts, ts«, sagte Mr Black und schüttelte den Kopf. »Ihr hättet Mr Greymore und mich nicht verärgern sollen.« In seiner rechten Hand glänzte das kalte Metall seines Messers, ohne dass Amy gesehen hatte, wie er es hervorgeholt hatte. »Schnell oder langsam? In Scheiben oder in Würfeln? Wenig oder viel Blut? Was meinst du, Mr Greymore?«

»Wenn ich entscheiden dürfte, würde ich sie wie kleine Kätzchen im Fluss ertränken.« Er seufzte und bedachte die beiden mit einem verträumten Blick. »Dummerweise will Lucia erst mit ihnen reden.«

»Wir könnten sagen, dass es ein Unfall war, dass sie mir direkt ins Messer gelaufen sind.«

»Eine vergnügliche Vorstellung, Mr Black. Ja, wirklich. Nur leider geht es nicht.« Ruckartig wandte er das Gesicht Amy und Finn zu. »Nun, Kinder, werdet ihr dieses Mal schön artig mit uns kommen? Oder muss Mr Black erst anschaulich demonstrieren, wovon er so gerne schwärmt?«

Wäre Amy nicht so verzweifelt gewesen, sie wäre in lautes Gelächter ausgebrochen. Mr Greymore und Mr Black verstanden es zwar vorzüglich, einem eine Höllenangst einzujagen, schienen aber nicht zu begreifen, dass das herzlich wenig dazu beitrug, dass man freiwillig mit ihnen gehen wollte.

»Erinnerst du dich an deine Tante und die Spinnen?«, fragte Finn aus dem Mundwinkel.

Amy krauste die Stirn. Warum fragte er ausgerechnet jetzt danach, wo sie weiß Gott andere Sorgen hatten? Dann ging ihr jedoch ein Licht auf. Finn hatte etwas vor.

»Spinnen?«, wiederholte Mr Greymore verständnislos. »Ich glaube, unsere jungen Freunde haben vor lauter Angst den Verstand verloren. Was meinst du, Mr Black?«

In dem Moment passierte es. Plötzlich war aufgeregtes Stimmengemurmel in der Luft, das durch die Gasse zu ihnen herüberschwebte. Als es näher kam, waren Amys und Finns Namen zu verstehen, die aus Dutzenden von Kehlen erschollen. Mr Greymore und Mr Black wirbelten herum. »Da ist niemand«, brummte Mr Greymore gereizt.

Die Schlangen entstanden aus dem Nichts heraus. Rotbraun gemusterte Tiere, doppelt so dick wie ein Schiffstau. Sie wanden sich blitzschnell um Mr Blacks und Mr Greymores Oberkörper und pressten ihre Arme so fest an die Seiten, dass Mr Black sein Messer entglitt. Klimpernd fiel es auf das Straßenpflaster. »Was habt ihr getan?«, kreischte er völlig außer sich. »Wenn ich euch zu fassen kriege, bring ich euch um!«

»Nehmt sie weg«, bellte Mr Greymore, dem vor Zorn die Augen aus den Höhlen zu quellen drohten.

Amy klappte der Unterkiefer herunter.

»Komm schon!« Finn schob seine Hand in die von Amy und lief los.

»Warst du das?«, fragte sie ungläubig, während sie durch die enge Gasse flohen. »Die Stimmen und die Schlangen?«

»Ja«, sagte Finn stolz, dann wurde er wieder ernst. »Allerdings werden die Schlangen sie nicht lange aufhalten.«

»Es sind wieder nur Trugbilder, nicht wahr?«

Er seufzte betrübt.

Sie erreichten das Ende der Gasse und stießen auf eine breite Straße, auf der eine Vielzahl von Menschen unterwegs war – Mägde mit ihren Herrinnen, Knechte, die Körbe mit Brennholz oder Kohle trugen, Tagelöhner, die gerade von ihrer Arbeit kamen oder auf dem Weg dorthin waren. Allesamt standen sie da, als hätte ein Zauber sie erstarren lassen, während sie mit teils verängstigten, teils schaulustigen Gesichtern in die Richtung deuteten, aus der Amy und Finn gerade kamen.

Schnaufend warf Amy einen Blick über die Schulter. Keine Spur von Mr Greymore und Mr Black. Dafür erfüllte sie der Anblick der Bibliothek mit tiefem Kummer. Meterhohe Flammen schlugen aus den Fenstern der Haupt- und Nebengebäude und aus mehreren Stellen des Daches. Sie presste betroffen die Lippen aufeinander. Hoffentlich hatte der arme Mr Burbridge es rechtzeitig aus dieser Feuerhölle herausgeschafft.

Auf der Flucht zu sein, war schon zu einem Dauerzustand für Amy geworden. Selbst ihre Füße hatten sich inzwischen an diese Strapazen gewöhnt. Nur das Seitenstechen machte ihr nach wie vor zu schaffen.

Sie überließ sich ganz Finns Führung. Schon zuvor hatte sich gezeigt, dass er sich viel besser in den Gassen und Straßen der Stadt auskannte. Ganz sicher würde er sie auf dem schnellsten Weg zurück zu ihrem Versteck bringen. Plötzlich zerrte Finn sie nach links, um einem mit Apfelkisten und Getreidesäcken beladenen Marktkarren auszuweichen. Der Richtungswechsel kam so unerwartet, dass Amy ins Stolpern geriet und einen kleinen Mann mit einem viel zu großen Kopf anrempelte. Die Wucht des Zusammenpralls entriss sie Finns Griff.

Amy taumelte zurück und knallte mit dem Hintern auf das harte Pflaster. Sie stöhnte leise, während der kleine Mann kreischte, als hätte ihn jemand mit einem glühenden Schürhaken verbrannt. Amy blickte verdattert auf und beobachtete, wie er mit einem großen weißen Taschentuch immer wieder über die Stelle seines Jacketts rieb, an der sie ihn berührt hatte.

Plötzlich hielt sie den Atem an. Das war ja … »Mr Fraud!«

»Alles in Ordnung?«, fragte Finn atemlos und half Amy wieder auf die Beine.

»Amy?« Mr Frauds Lider klappten mehrmals

auf und zu, als könnte er nicht glauben, wen er vor sich sah. »Was tust du denn hier? Deine Tante hat mir gesagt, du wärst für einige Monate zu Verwandten aufs Land gefahren.«

Amy stieß empört Luft durch die Nase aus. »Sie ist eine gemeine Lügnerin!« Und Schlimmeres, fügte sie in Gedanken hinzu, weil sie es für besser hielt, in der Öffentlichkeit nicht laut über die Verschwörung zu sprechen.

»Jemanden der Lüge zu bezichtigen, ist eine schwere Anschuldigung«, erklärte Mr Fraud streng und steckte sein Taschentuch weg.

»Nicht, wenn es die Wahrheit ist«, entgegnete Amy.

Mr Fraud musterte sie einen Moment lang stumm mit seinem bohrenden Blick, der Amy stets erschaudern ließ, dann nickte er. »Du und dein Freund, ihr seht so blass und verstört aus, als sei der Teufel persönlich hinter euch her. Würdet ihr mir das bitte erklären?«

»Es ist besser, wenn Sie nichts darüber wissen«, entgegnete Amy, die ihn nicht in die gleiche Gefahr wie Mr Burbridge bringen wollte.

»Nun gut, es ist deine Entscheidung.« Mr Fraud klang gekränkt. »Ich wollte nur helfen.«

Vielleicht konnte er das ja wirklich. Er war ihr zwar nach wie vor nicht geheuer, allerdings war im Moment nichts wichtiger, als dass sie von der

Straße runterkamen. »Also gut, ich werde es Ihnen erzählen, aber nicht hier«, ging Amy zum Schein auf sein Angebot ein. »In dieser Straße ist einfach zu viel los.« Sie sah kurz zurück. Mr Greymore und Mr Black schienen aufgegeben zu haben. Vielleicht waren die beiden am Ende der Gasse auch nur in die falsche Richtung abgebogen. Dann würde es sicherlich nicht mehr lange dauern, bis sie ihren Fehler erkannten und hier auftauchen würden.

»Das liegt daran, dass heute Markttag ist«, erklärte Mr Fraud, dessen Augen inzwischen vor Neugier funkelten. »Und ich wollte eigentlich … Ach, das spielt jetzt keine Rolle mehr. Mein Haus ist ganz in der Nähe. Dort können wir uns in Ruhe unterhalten.«

Genau darauf hatte Amy gehofft. Sie würden erst einmal bei Mr Fraud unterschlüpfen, um anschließend – sobald es dunkel und damit sicherer für sie geworden war – zu ihrem Versteck zurückzuschleichen.

Finn zog sie am Ärmel. »Bist du sicher, dass wir ihm trauen können?«, raunte er ihr zu.

»Wem können wir überhaupt trauen?«, erwiderte sie. »Aber keine Angst, ich habe nicht vor, ihm die Wahrheit zu erzählen. Nur so viel, wie nötig ist.«

Mr Fraud wohnte in einem winzigen windschiefen Haus, das geduckt zwischen einer Bäckerei und einer Schneiderei kauerte. Durch einen dunklen Flur gelangten sie in ein kleines Wohnzimmer, das ein wahres Uhrenmuseum war. Überall standen sie, kleine und große Uhren. Einige bunt bemalt und mit riesigen Ziffern, andere aus glänzendem Messing oder schlichtem Holz. Die größte, eine auf Hochglanz polierte Standuhr, hatte ein Pendel, das munter hin- und herschwang und eine leicht hypnotische Wirkung hatte, wenn man zu lange hinsah.

»Zeit«, murmelte Mr Fraud mit leichtem Unbehagen in der Stimme. »Manchmal kann einem eine Stunde wie hundert vorkommen. Und ein Jahr wie eine Ewigkeit.«

Amy war sich nicht sicher, ob er eine Antwort darauf erwartete. Oder ob er nur so vor sich hin gesprochen hatte.

»Setzt euch.« Mr Fraud deutete auf einen Tisch. »Eure Mäntel könnt ihr über die Lehnen hängen, falls euch zu warm sein sollte.« Er drehte sich dem Kamin zu und entzündete ihn mit einem Fingerschnippen. Anschließend verließ er das Wohnzimmer, um kurz darauf mit zwei Tassen dampfender Schokolade und einem Teller Haferplätzchen zurückzukehren, die vor ihm auf einem Tablett schwebten. »Greift nur zu, Kinder«, forderte er sie auf.

Finn kniff die Augen zusammen »Und Sie essen nichts davon?«

Mr Fraud schüttelte den Kopf. »Ich habe erst vorhin gefrühstückt.«

Amy langte zu. Die süßen Plätzchen waren eine willkommene Abwechslung zu dem trockenen Brot der vergangenen Tage. Nachdem Finn vorsichtig von der Schokolade probiert und an einem Haferkeks geknabbert hatte, war er anscheinend überzeugt, dass beides kein Gift enthielt. Nun gab es auch für ihn kein Halten mehr.

Mr Fraud hatte die Ellbogen auf dem Tisch abgestützt. Seine Hände bildeten an den Fingerspitzen ein Dreieck, auf dem sein Kinn ruhte. Eine Weile sah er ihnen stumm beim Essen zu. »Ihr seid ja ganz schöne Schmutzfinken«, bemerkte er mit hochgezogener Braue, holte sein Taschentuch hervor und begann den Tisch in seiner unmittelbaren Umgebung sorgfältig zu säubern.

Amy grinste zu Finn hinüber, der zurückgrinste und sich dann wieder gierig den Haferplätzchen zuwandte.

»Willst du mir jetzt erzählen, was dir zugestoßen ist, Amy?«, erkundigte sich Mr Fraud, als sie sich auf ihrem Stuhl zurücklehnte und die letzten Krümel aus den Mundwinkeln wischte.

Finn warf ihr einen warnenden Blick zu. Amy nickte kaum merklich. »Bestimmt würde ich, äh,

Sie damit nur langweilen, Sir. Außerdem, äh, denke ich, dass ...«

Ein Klopfen an der Haustür war Amys Rettung. Sie wollte gerade aufatmen, als Finn ängstlich herausplatzte: »Gehen Sie nicht, Mr Fraud!«

Amys ehemaliger Hauslehrer verharrte in der Bewegung und blinzelte erstaunt. »Warum denn nicht? Das ist sicher nur die Schneiderin von nebenan. Ich hatte sie heute Morgen gebeten, eines meiner Jacketts auszubessern. Es ist schon etwas älter und war an den Ellbogen durchgescheuert.« Er verließ den Raum und zog die Tür beim Hinausgehen zu, sodass Amy der Blick in den düsteren Hausflur versperrt wurde. »Du denkst, sie könnten da draußen sein?«, fragte sie mit leicht zitternder Stimme.

»Mr Greymore und Mr Black, ja«, sagte Finn tonlos. »Allerdings ... wie hätten sie uns hier aufspüren sollen? Ich habe keine weiße Ratte gesehen, die uns gefolgt ist.«

»Mag sein«, sagte Amy nachdenklich. Sie war sich sicher, dass man diese beiden Verrückten nicht unterschätzen durfte. Vorsichtshalber suchte sie das Zimmer nach einem Fluchtweg ab. Es gab nur ein kleines Fenster, durch das man einen Hinterhof sehen konnte, wo ein paar weiße Hemden an einer Wäscheleine im Wind flatterten.

»Ah, guten Tag, ich habe dich bereits erwartet«,

hörte sie Mr Fraud da im Hausflur ausrufen. Amy entspannte sich und brachte sogar ein Lächeln zustande. Hätten Mr Greymore und Mr Black vor der Tür gestanden, wäre die Begrüßung gewiss anders ausgefallen. Die beiden hätten den schmächtigen Mr Fraud einfach niedergeschlagen und wären an ihm vorbei ins Haus gestürmt.

Finn knabberte bereits wieder an einem neuen Keks. »Klück habt«, nuschelte er mit vollem Mund.

Amy beugte sich vor, um nach ihrer heißen Schokolade zu greifen, als die Wohnzimmertür aufflog und ein strahlender Mr Fraud hereinkam.

Was ist denn in den gefahren?, fragte sich Amy, die den kleinen Mann noch nie so guter Dinge erlebt hatte.

»Ich habe euch Besuch mitgebracht«, verkündete er.

Amy reckte sich neugierig, um an Mr Fraud vorbeizusehen. Allerdings war der Flur zu dunkel, um erkennen zu können, wer sich hinter ihm befand. Da machte Mr Fraud einen Schritt zur Seite und Amy stieß einen spitzen Schrei aus.

Im Türrahmen stand Lucia. Bei ihrem Anblick durchlief Amy ein Zittern und alle Wärme wich aus ihrem Körper, als wäre sie in einen Bottich mit eiskaltem Wasser geworfen worden. »Nicht Sie«, flehte sie.

Mr Frauds Lächeln nahm einen hämischen Zug an.

Lucia blieb vor dem kleinen Tisch stehen und fixierte Amy. Nach wie vor ähnelte ihr Gesicht mehr dem einer Porzellanpuppe als dem eines Menschen. Und wie gewöhnlich war sie von Kopf bis Fuß in Schwarz gekleidet.

»Ihr beide habt uns mehr Schwierigkeiten bereitet, als ich erwartet hatte.« Wie immer klang ihre Stimme so schneidend, dass es Amy nicht verwundert hätte, wenn ihre Worte sich auf dem Weg zu ihr in funkelnde Eisklingen verwandelt hätten. »Ich hätte mich nicht auf deine Tante verlassen sollen. Sie hat dich unterschätzt. Das wird nicht noch einmal geschehen!«

Amy schluckte die Angst herunter, die ihr die Kehle hochkroch. Dann fragte sie mit einer Stimme, die selbstsicherer klang, als sie sich fühlte: »Wer sind Sie? Ich meine, *wirklich*.«

»Was spielt das für eine Rolle? Es ist dein Leben, um das du dir Gedanken machen solltest.«

»Ich will es trotzdem wissen.«

Lucia stützte sich mit den Fingerknöcheln auf dem Tisch ab und es entbrannte ein Duell der Blicke zwischen den beiden. Amy starrte in Lucias lodernde Augen. Schwarze, bodenlose Abgründe, die sie zu verschlingen drohten. Trotzdem wandte sie den Blick nicht ab. Sie zwinkerte nicht einmal. Dann geschah es. Einen Atemzug lang wurde das Feuer aus Hass und Zorn durchscheinend, das tief im Inneren von Lucias Augen brannte. Die Frau mit dem Porzellangesicht keuchte leise auf und wandte den Blick ab. Doch zu spät. Amy hatte gesehen, was sich dahinter verbarg, was Lucias Hass und Zorn nährte: uralte Verbitterung und Enttäuschung, so tief sitzend und so umfassend, das ihr ganzes Wesen daraus zu bestehen schien. »Schau an, Amy Tallquist«, sagte Lucia verhalten. »Du besitzt mehr Courage, als ich dir zugetraut hätte. Beeindruckend, ja, wirklich.«

»Was ist mit meiner Antwort?«, beharrte Amy.

»Werd nicht frech«, blaffte Mr Fraud sie von der Tür her an. Lucia hob mahnend die Hand und brachte ihn damit zum Schweigen. Ihr Kleid raschelte wie trockenes Herbstlaub, als sie sich noch weiter zu Amy über den Tisch beugte. »Spielst du nur die Dumme oder weißt du es tatsächlich nicht?« Mit einer herrischen Drehung wandte sie sich Mr Fraud zu, ohne Amy weiter zu beachten. »Ausgezeichnete Arbeit.«

Er trat näher. »Wie geht es voran?«

»Wie wir es geplant haben. Wenn heute in einer Woche die Krönungszeremonie stattfindet, werden wir ihn uns holen.«

Mr Fraud rieb sich die Hände. »Den Schwarzen Stern. Dann wird er endlich unser sein!«

Lucia warf ihm einen wütenden Blick zu. »Nicht vor ihnen«, fauchte sie und nickte in Amys und Finns Richtung.

»Natürlich«, murmelte er unterwürfig. »Obwohl … wem sollten sie es jetzt noch erzählen?« Mr Fraud kicherte gehässig.

Du widerliches Scheusal, dachte Amy. Wenigstens wussten sie jetzt, dass sie mit ihrer Vermutung richtig gelegen hatten. Die Verschwörer waren hinter dem Schwarzen Stern her.

»So spricht nur ein Narr«, fuhr Lucia Mr Fraud scharf an. »Die beiden sind uns schon oft genug entwischt.«

»Aber nicht ohne Hilfe«, verteidigte sich Mr Fraud.

»Und gerade das ist unser größtes Problem.« Lucia sah zu Amy und Finn hinüber, wie um sich zu versichern, dass die beiden keinen Unfug hinter ihrem Rücken anstellten. »Ich muss jetzt weg. Eine dringende Angelegenheit wartet auf meine Entscheidung. Ich werde jedoch in Kürze ein paar von Lord Winterhalls Männern vorbeischicken, die die beiden in Gewahrsam nehmen.«

»Ich könnte …«

Lucia hob gebieterisch die Hand. »Keine weiteren Risiken! Behalte die beiden einfach nur im Auge, bis Unterstützung eintrifft.«

»Ja, ja, schon gut«, zischte Mr Fraud. »Ich habe verstanden.«

Das einzige Fenster des Wohnzimmers explodierte. Ein Schauer aus Glassplittern jagte durch den Raum, ritzte das Polster eines gelb gestreiften Sofas auf und warf mehrere Uhren zu Boden, wo sie scheppernd in ihre Einzelteile zersprangen. Amy riss schützend die Arme hoch. Doch wie durch ein Wunder kamen die gefährlichen Geschosse nicht einmal in ihre und Finns Nähe. Als sie zwischen den Fingern hindurchlugte, sah sie jemanden zum Fenster hineinsteigen. Er trug einen indigofarbenen Anzug und ein farblich passendes Cape.

Cornelius!

Magisches Duell

»Was willst *du* hier, Verräter?« Lucia ballte die Hände zu Fäusten und erbebte vor Zorn. »Du hast mich hintergangen, uns alle. Deine eigenen Schwestern und Brüder. Dafür wirst du bezahlen!« Trotz dieser unglaublichen Drohung blieb Cornelius die Ruhe selbst. Er zwinkerte Amy sogar zu. Allerdings war sie sich sicher, dass er das nur tat, um ihr die Furcht zu nehmen. Dabei wäre das gar nicht nötig gewesen. Alleine die Anwesenheit des Straßengauklers gab Amy bereits ein Gefühl der Sicherheit.

»Es freut mich, dich wiederzusehen, Lucia«, sagte er sanft.

»Ich weiß, weshalb du hier bist, aber ich werde es nicht zulassen. Nicht dieses Mal. Amy gehört mir!« Sie winkte Mr Fraud an ihre Seite. »Du hast keine Chance. Dein Auftauchen hat die anderen aufgerüttelt. Es wird nicht lange dauern, bis sie hier eintreffen.«

»In diesem Fall sollte ich mich besser beeilen.« Cornelius warf sein Cape über die Schultern.

»Wage es ja nicht«, krächzte Mr Fraud.

Der Gaukler ignorierte die Drohung. Er rief Amy zu: »Weißt du noch, was die alte Frau euch über Lucia erzählt hat?«

»Was sagst du da?«, kreischte Lucia, die nun vollends die Kontrolle über sich verloren hatte.

Amy erinnerte sich nur zu gut. Wenn es stimmte, was die Alte gesagt hatte, konnte Lucia ihnen kein einziges Haar krümmen. »Ist es denn wahr?«

Er lachte. »Vertrau mir!«

»Was wissen sie über mich? Sag es mir!« Lucia gebärdete sich wie eine wilde Furie. Sie raufte sich das schwarze Haar, als wäre sie dem Irrsinn verfallen. »Du hast mich hintergangen, du Narr! Ich werde dich zermalmen, ja, ich werde ...« Plötzlich schossen ihre Hände auf Cornelius zu, als wollte sie ihm das Gesicht zerkratzen.

Er wich zurück. Amy sah Furcht in seinen Augen aufflackern. »Flieht«, stieß Cornelius hervor. »Schnell!«

»Wir können dir helfen«, widersprach Amy.

»Das könnt ihr nicht.« Er tauchte unter Lucias

ausgestreckten Händen hinweg, die in einem grellweißen magischen Licht erglühten, das sich nach allen Seiten hin ausdehnte. »Tut … was ich sage«, keuchte er. »Rasch, bevor es zu spät ist!«

»Halte sie auf!« Lucia verpasste Mr Fraud einen Stoß, der ihn in Richtung Amy und Finn stolpern ließ. »Sie dürfen nicht entkommen!«

Zum Glück war der Tisch zwischen ihnen, sodass Amys ehemaliger Hauslehrer sie nicht erreichen konnte. »Ihr werdet schön hierbleiben«, zischte er.

Amy musterte ihn mit zusammengekniffenen Augen und geschürzten Lippen. Ob für ihn das Gleiche galt wie für Lucia? Nun, sie würde es herausfinden. Angriffslustig trat sie hinter dem Tisch hervor.

Finn keuchte.

»Ich warne dich, Amy!«, rief Mr Fraud mit mahnendem Zeigefinger. »Ich werde euch …«

»Gar nichts werden Sie.« Amy bohrte ihm einen Finger in die Brust. »Sie können uns nämlich nichts tun!«

Mr Frauds Miene hatte sich in eine zornerfüllte Grimasse verwandelt. »Du wirst gleich erleben, was ich alles kann.« Seine Hand schloss sich wie ein Schraubstock um Amys Arm – wobei ein Ausdruck von Ekel über sein Gesicht huschte –

und er rüttelte sie so kräftig, dass ihr Kopf hin und her flog.

»Ist das schon alles?«, fragte Amy und bohrte ihm mit aller Kraft den Absatz ihres Stiefels in den Fuß.

Mr Fraud wurde erst weiß, dann grün und wechselte schließlich zu violett, weil er den Schmerzensschrei zu unterdrücken versuchte, der ihm in der Kehle brannte. Da trat ihm Amy auch noch auf den anderen Fuß. Der kleine Mann heulte auf wie ein Schlosshund, dennoch lockerte er den Griff um ihren Arm keinen Deut. Wie ein Ertrinkender klammerte er sich an sie, um sie an der Flucht zu hindern.

»Lassen Sie sie sofort los«, schrie Finn. Schon war er an Amys Seite, holte mit dem Fuß aus und pfefferte ihn gegen Mr Frauds Schienbein. Es knackte, als bräche ein trockener Ast. Mr Fraud versteifte sich. »Du … du …« Er verdrehte die Augen, sodass nur noch das Weiße zu sehen war, und fiel in Ohnmacht.

Amy war frei.

»Nichts wie weg hier«, drängte Finn und schnappte sich ihre Mäntel.

Die beiden liefen zur Tür. Kurz bevor sie durch den düsteren Hausflur entschwanden, sah Amy noch einmal zurück. Cornelius und Lucia standen sich wie zwei wilde Tiere gegenüber, die um das gleiche Territorium kämpfen. Eine Blase aus Licht umhüllte die beiden, wie der goldene Schein eines mächtigen Feuers, und knisterte und sprühte Funken an den Rändern, wo sie an einen Schrank, Stuhl oder die Wand stieß. Im Inneren des Lichtes zuckten schwarze Blitze zwischen den Kämpfenden hin und her, fraßen schwelende Löcher in ihre Kleidung oder hinterließen glühende Striemen auf ihrer Haut.

Amy, die das nicht länger mit ansehen konnte, wandte den Blick ab. Inzwischen hatte Finn die Haustür erreicht, riss sie auf und stolperte nach draußen. »Wo bleibst ...« Sein Ruf wandelte sich in einen Schmerzensschrei, der Amy durch Mark und Bein ging. Gleich darauf folgte eine entsetzliche Stille. »Nein«, flüsterte Amy. Eine eiskalte Hand legte sich um ihr Herz. *»Neiiiiiiin!«* Sie stürzte nach draußen, auf das Schlimmste gefasst.

Mit einem überwältigenden Gefühl der Erleichterung sah sie, dass Finn noch lebte. Aber etwas stimmte nicht. Er war bleich wie ein Gespenst und schwankte bedrohlich. Vorübergehende Passanten deuteten tuschelnd auf ihn. Amy eilte an seine Seite. »Was ist ...« Sie verstummte und starrte auf Finns linken Arm. Kraftlos hing er an seiner Seite herab. Etwas, das wie rote Tränen aussah, tropfte von seinen Fingerspitzen auf die Straße, während sich auf dem Hemdsärmel ein immer größer werdender, purpurner Fleck ausbreitete. Amy schlug die Hand vor den Mund.

»Das ... das darf nicht sein«, keuchte jemand.

Erst jetzt bemerkte Amy Mr Greymore und Mr Black, die Finn mit dem gleichen ungläubigen Entsetzen in den Augen anstarrten, das auch sie selbst verspürte. In seiner Hand hielt Mr Black das Messer, mit dem er sie bereits mehrmals bedroht hatte. Die Schneide war rot von Blut, das träge daran herabrann. Amy verspürte einen grenzenlosen Zorn. Sie ballte die Hände zu Fäusten. Das würde er bereuen! Sie wollte bereits auf Mr Black losgehen, als ihr der sonderbare Ausdruck in seinen Augen auffiel: Angst, vermischt mit Verzweiflung. Im nächsten Moment entglitt ihm das Messer und schlug mit einem hellen *Pling* zu seinen Füßen auf. Mr Black heulte auf, wie unter starken Schmerzen, und drückte die Hände an die Schläfen. Mit einem Mal flossen feurige Tränen aus seinen Augen und tropften hinab auf seinen Anzug, wo sie sich wie Säure durch den Stoff fraßen.

Mr Greymore stand einfach nur da. Starr wie eine Statue. Alleine seine Augen bewegten sich noch, huschten von Mr Black zu Finn und wieder zurück zu Mr Black. Dabei waren sie so weit aufgerissen, dass er aussah, als stände er kurz davor, den Verstand zu verlieren.

Finns Stöhnen riss Amy aus ihrer Erstarrung. Sie eilte an seine Seite, hob die Mäntel auf, die zu Boden gefallen waren, und hakte sich an seinem gesunden Arm unter. Sanft zog sie ihn mit sich fort. »Was ist passiert?«, fragte sie, sobald sie sich ein paar Schritte entfernt hatten.

Finn wandte ihr das bleiche Gesicht zu. »Er ... er stand ... direkt ... direkt vor der Tür«, stammelte er verwirrt. »Ich hab ... hab ihn nicht gesehen und ... und ...«

»... bist direkt in sein Messer hineingelaufen?!«

Er nickte.

»Tut es sehr weh?«

Finn schüttelte erst den Kopf, dann nickte er.

Amy schaute kurz zurück. Niemand kam ihnen nach. »Gehen wir hier entlang.« Sie bogen in ein abschüssiges Gässchen ab und stoppten. Vorsichtig legte sie Finn den Mantel über die Schultern, um ihn vor der Kälte zu schützen, bevor sie in ihren eigenen schlüpfte. Dann eilten sie weiter. Am Ende der Gasse stießen sie auf eine Querstraße. Amy zögerte.

»Nach links«, stöhnte Finn.

»Wie machst du das?«, fragte Amy und schleifte ihn weiter. »Gibt es eine Straße in dieser Stadt, die du nicht kennst?«

Er zuckte die Schultern und schrie auf.

»Dummkopf«, schalt Amy ihn und warf einen

besorgten Blick auf den Blutfleck auf seinem Ärmel, der sich immer noch weiter ausbreitete. Ich muss etwas dagegen tun, dachte sie und sah sich nach einer Gelegenheit zum Ausruhen um. Sie wählte einen Hauseingang auf der anderen Straßenseite, der von Säulen flankiert wurde und damit wenigstens ein bisschen Sichtschutz bot.

»Setz dich auf die Stufen«, befahl sie.

»Wozu?«

»Setzen«, fuhr sie ihn an.

Dieses Mal gehorchte Finn sofort.

Amy musterte ihn. Er war ganz grau im Gesicht. Sie musste unbedingt dafür sorgen, dass er nicht noch mehr Blut verlor. »Wir können jetzt keine Pause machen«, quengelte Finn und wollte sich wieder hochkämpfen. »Sitzen bleiben«, fauchte Amy und begann ihren Turban abzuwickeln. »Ich muss erst mal deine Wunde verbinden.«

Finn schüttelte den Kopf. »Dazu ist noch genug Zeit, wenn wir in unserem Versteck sind.«

»Was bist du doch für ein Dickkopf«, schimpfte Amy. »Bis dahin bist du längst so schwach, dass ich dich tragen müsste. Was nicht geht, da ich nicht stark genug bin. Also müsste ich dich irgendwo in der Gosse zurücklassen, wo du langsam verblutest. Ist es das, was du willst?«

Er schluckte. »Das würdest du nicht wirklich tun, oder?«

»Wenn du es nicht herausfinden willst, sei endlich still und tu, was ich dir sage.« Sie kniete sich neben ihn auf die Treppe und wickelte den Schal behutsam um Finns verletzten Arm. Die ganze Zeit über sah Finn nicht hin, als fürchtete er, es könnte dadurch noch mehr wehtun. »Damit er hält, muss ich jetzt einen Knoten machen«, sagte Amy. »Bereit?« Finn biss so fest die Zähne zusammen, dass sich seine Wangen kräuselten. »In Ordnung«, presste er hervor.

Amy zog zu.

»Aua!«, heulte Finn auf.

»Es ging nicht anders. Der Verband darf nicht zu locker sitzen, sonst blutet es immer weiter.« Sie stand auf und half ihm wieder auf die Beine.

»Wie weit ist es von hier bis zur Weberei?«, fragte Amy, die sich bei Finn eingehakt hatte, weil er immer noch schwankte.

»Eine Stunde, vielleicht ein bisschen länger«, sagte er leise. Plötzlich sah er sie ernst an. »Was hat das alles zu bedeuten?«

»Was meinst du?«

»Du hast selber gesehen, wie mächtig Lucia ist. Sie hat magische Blitze auf diesen Cornelius abgefeuert und trotzdem will sie uns lieber von Lord Winterhalls Männern abholen lassen, anstatt sich selbst um uns zu kümmern.« Er schnaubte leise. »Mr Fraud hat sich wie ein Idiot benommen. Hat gezetert wie ein kleines Kind, anstatt uns einfach niederzuschlagen. Und erst Mr Greymore und Mr Black. Ich versteh's nicht! Sie haben gedroht, uns in Stücke zu schneiden. Aber dann drehen sie total durch, weil sie mich versehentlich verletzt haben. Das ergibt keinen Sinn!«

»Ich weiß auch nicht mehr, als die alte Frau uns gesagt hat«, erwiderte Amy. »Aus irgendeinem Grund können sie uns nichts tun. Warum das bei Cornelius anders ist, versteh ich auch nicht.«

»Sie sagte, dass er sie verraten habe. Seine eigenen Schwestern und Brüder.« Finn stöhnte leise, als er den Kopf ein wenig zu schnell in Amys Richtung wandte. »Das würde bedeuten, dass er einmal zu ihnen gehört hat und die gleiche Macht wie sie besitzt. Ob es daran liegt?«

»Ein Verräter unter Verrätern«, murmelte Amy. »Kann schon sein, dass es daher kommt.« Feine Linien bildeten sich auf ihrer Stirn. »Ob er der Feind ist, von dem Lucia fürchtet, dass er ihre Pläne zunichtemachen könnte?«

»Das würde Sinn ergeben – wir müssen da vorne nach rechts.« Finn deutete mit dem Kinn in Richtung eines Sträßchens, das hinter der Bronzestatue eines stolz dreinschauenden Generals auftauchte. »Also schön«, fuhr er mit schwächer werdender Stimme fort. »Wer sind diese Leute? Du weißt doch was.«

»Unsinn.«

»Das ... glaub ich nicht.«

»Musst du ja auch nicht«, erwiderte Amy schnippisch.

»Schön, dann behalt's eben für dich.«

»Werd ich auch!«

»Hah, ich ... ich wusste ja, dass du was weißt«, feixte Finn.

»Tu ich nicht! Nicht wirklich jedenfalls.« Wütend starrte Amy die Statue des Generals an, der sie selbstgefällig anlächelte. So, als wüsste er genau, was in ihr vorging. Es ist doch nur eine Ahnung, dachte Amy bitter. Nicht mehr. Und bevor sie keine Gewissheit hatte, wollte sie Finn nicht damit beunruhigen.

Finns Geschichte

Über zwei Stunden hatten sie für den Rückweg in die Weberei gebraucht, doppelt so lange, wie es eigentlich gedauert hätte. Durch den Blutverlust war Finn stark geschwächt, sodass sie öfter eine Pause hatten einlegen müssen, weil ihm immer wieder schwindelig geworden war. Aber nun waren sie in Sicherheit.

Als Erstes warf Amy Holz in den Kamin, um das Feuer wieder auflodern zu lassen, das zu einem Häufchen glühender Asche niedergebrannt war. Sie blies kräftig in die Glut und es dauerte nicht lange, bis kleine orangefarbene Flämmchen auf das nachgelegte Holz übersprangen. Sie stand auf und sah zu Finn. Mit geschlossenen Augen und immer noch beunruhigend grau im Gesicht hockte er auf dem alten Sofa. Amy ging zu ihm. Der Schal, den sie ihm um den Oberarm gebunden hatte, war rot von Blut. Vorsichtig begann sie, den Knoten zu lösen.

Finn schlug die Augen auf. »Was hast du jetzt wieder vor?«, jammerte er.

»Ich will mir die Wunde ansehen und sie frisch verbinden.«

Sofort drehte Finn den Kopf in die andere Richtung. »Und?«, fragte er mit bebender Stimme.

»Ich kann noch nichts sehen.« Amy legte den Schal beiseite. Der Hemdsärmel war ebenfalls voller Blut und wies einen langen Riss auf. Amy zog den durchweichten Stoff auseinander. Beim Anblick der Wunde wurde ihr kurz übel. Sie zog sich fast über den gesamten Oberarm bis runter zum Ellbogen. Besonders tief sah sie allerdings nicht aus und sie hatte mittlerweile auch aufgehört, zu bluten.

»Nun sag schon«, drängte Finn. »Muss der Arm amputiert werden?«

Amy verdrehte die Augen. Jungs! »Nein, aber es wird bestimmt eine Narbe zurückbleiben.«

»Eine Narbe?!« Finn klang plötzlich aufgeregt. »Du meinst eine richtige Narbe, die ich jedem zeigen kann?«

»Zum Angeben wird sie groß genug sein«, grummelte Amy. Sie stand kopfschüttelnd auf, um von nebenan frisches Wasser zu holen, mit dem sie das Blut von Finns Arm wusch. Anschließend verband sie die Verletzung mit dem anderen Schal. »Und jetzt halt ihn ruhig, damit die Wunde nicht wieder aufreißt!«

»Es brennt höllisch«, sagte Finn mit gequälter Miene. »Und ich habe schrecklichen Durst.«

»Schon gut, ich hol dir was.«

Die nächsten zwei Tage war Finn nicht vom Sofa zu bewegen. Mit Leidensmiene lag er da und genoss es, von Amy gepflegt zu werden. Bekam er nicht genug Aufmerksamkeit, stieß er lange, vorwurfsvolle Seufzer aus, mit denen er ihr offensichtlich ein schlechtes Gewissen zu machen versuchte.

Zu Amys Leidwesen funktionierte das nur zu gut. Schließlich war Finn nur deshalb verletzt, weil sie ihn in die ganze Sache hineingezogen hatte.

»Du siehst schon wieder viel besser aus«, sagte Amy, als sie sich am Dienstagabend zu ihm aufs Sofa setzte.

»Der Arm tut immer noch höllisch weh, wenn ich ihn bewege.« Finn sah sie mit großen traurigen Hundeaugen an.

»Dann beweg ihn nicht«, erwiderte Amy leicht gereizt.

»Was ist denn mit dir los?«

»Was wohl? Mir läuft die Zeit davon. Morgen ist schon die halbe Woche vorbei. Und in fünf Tagen ist die Krönung von Prinz Henry.«

»Ich weiß«, sagte Finn. »Ich hatte so sehr gehofft, dass der uralte Text, auf den dein Vater gestoßen war, uns verraten würde, wie man die Engel ruft. Dann wären all unsere Probleme gelöst gewesen.«

»Ich werde morgen nach diesem Aurelius suchen, von dem Mr Burbridge gesprochen hat«, sagte Amy überraschend. »Ich muss mit ihm reden. Du kannst natürlich hierbleiben, wenn du dich noch nicht stark genug fühlst.«

Er schüttelte heftig den Kopf. »Ich kann dich auf keinen Fall alleine gehen lassen. Es gibt so viele Gerüchte über diese alte Ruine im Park …«

»Was für Gerüchte?«, wollte Amy wissen.

»Ich bin selber nie da gewesen, aber die anderen Kinder haben mir erzählt, dass es dort spuken soll.« Er holte hörbar Luft. »Ein paar von ihnen wollten mal in dem alten Gemäuer übernachten. Sie haben es eine Stunde lang darin ausgehalten, bevor sie schreiend getürmt sind.«

»Hm.« Amy starrte grüblerisch in die Flammen. »Mr Burbridge hat uns gewarnt, dass es gefährlich werden könnte.«

»Vielleicht solltest du es dir …«

»Nein!«, fiel sie ihm harsch ins Wort. »Ich muss

zu ihm. Er ist wahrscheinlich der Einzige, der mir meine Fragen über die Engel beantworten kann.«

»Du meinst, wie man sie ruft?« Finn musterte sie von der Seite. »Ich wünsche mir nichts mehr, als dass es solch einen Zauber gibt. Ja, wirklich. Nur, wenn die Engel die Beschützer der königlichen Familie sind, warum haben sie dann nicht schon längst eingegriffen, hm?« Er seufzte. »Warum haben sie all das zugelassen, was uns in den vergangenen Tagen zugestoßen ist, anstatt uns zu helfen? Wir kämpfen doch auf derselben Seite.« Er schüttelte müde den Kopf. »Ich fürchte, dass diese Legende bloß ein Märchen ist, das Eltern ihren Kindern vor dem Zubettgehen erzählen. In Wahrheit hat es die Engel bestimmt niemals gegeben.«

»Darum geht es mir ja gerade: um die Wahrheit«, sagte Amy ernst. »Aurelius kennt sie vielleicht. Und egal, wie gefährlich er ist: Um meinem Vater zu helfen, würde ich alles tun. Ich dachte, du würdest das verstehen?!«

Er lächelte ergeben. »Glaubst du, ich wäre noch hier, wenn es anders wäre?«

»Nein, sicher nicht.« Amy drückte dankbar seine Hand. »Du bist der beste Freund, den ich je hatte.«

»Wirklich?« Finn blickte zu Boden. Er wirkte plötzlich beschämt.

»Was ist mit dir?«

Er sah nicht auf, als er mit glühenden Ohren erwiderte: »Ich habe dich angelogen. Und es tut mir leid, so entsetzlich leid!«

Amy versteifte sich. Das war ganz und gar nicht das, was sie erwartet hatte. »Was?«

Finn zog den Kopf zwischen die Schultern. »Ich habe dich ange...«

»Ich habe dich schon verstanden«, fuhr sie ihn scharf an. »Aber was willst du mir damit sagen? Du arbeitest doch nicht etwa mit Lucia und meiner Tante zusammen?«

Finn sah erschrocken auf und schüttelte hastig den Kopf.

Amy atmete erleichtert auf. Das war ihre schlimmste Sorge gewesen. »Was ist es dann?«

»Es geht um mich.« Mit hängenden Schultern begann Finn zu erzählen und wagte dabei kein einziges Mal aufzublicken, als fürchtete er sich vor dem, was er in Amys Gesicht lesen könnte. »Ich habe so getan, als hätte ich eine Familie, nur stimmt das nicht. Meister Chang ist alles, was ich habe. Er ist wie ein Vater für mich. Wer ...« Er zögerte, bevor er mit bebender Unterlippe weitersprach. »Wer meine richtigen Eltern sind, weiß ich nicht. Sie haben mich als Baby vor der Tür eines Waisenheims ausgesetzt, wo ich gelebt habe, bis ich sechs war. Es war ein grauenvoller Ort.« Für einen kurzen Moment schloss er die Augen.

»Sobald man halbwegs laufen konnte, musste man sich sein Essen verdienen. Meist liehen sie uns für ein bisschen Geld an Kaminkehrer aus, für die wir in die Abzugsschächte klettern mussten, die für Erwachsene zu schmal waren, um die Stellen zu reinigen, die man mit Magie nicht erreichen konnte. Es war schlimm! So eng und so dunkel. Jedes Mal, wenn ich in einen dieser Kamine kroch, fragte ich mich, ob ein Monster darin lauerte, das mich gleich verschlingen würde.« Er schüttelte sich. »Manchmal habe ich mich geweigert. Ich hatte schreckliche Angst. Aber dann haben sie mich einfach so lange hungern lassen, bis ich getan habe, was sie wollten.«

Amy drückte die Hand auf den Mund, während sie mit wachsendem Grauen Finns Geschichte lauschte. Als sie es nicht mehr länger aushielt, flüsterte sie zwischen ihren Fingern hindurch: »Das ist furchtbar. Ich hatte ja keine Ahnung. Ich …«

»Nicht«, bat Finn sie. »Sonst schaffe ich es nicht, zu Ende zu erzählen.« Mit dem Handrücken rieb er sich über die Augen. »Als ich sechs war, bin ich zusammen mit ein paar anderen Jungen und Mädchen weggelaufen. Wir haben es dort einfach nicht länger ausgehalten. Die meisten wurden jedoch bald wieder eingefangen oder gingen freiwillig zurück, weil ihnen das Leben auf der Straße noch trostloser erschien. Nur ich habe durchgehalten. Ich bin ihnen immer wieder entkommen, weil ich so klein war, dass ich in Verstecke schlüpfen konnte, in die kein Erwachsener passte. Und so gaben sie es irgendwann auf.«

»Das ist eine sehr traurige Geschichte.« Amy berührte ihn zaghaft an der Wange, doch Finn drehte den Kopf weg. »Ich hatte Angst, deine Tante würde mich rauswerfen, wenn sie die Wahrheit herausfindet. Darum habe ich gelogen.«

Amy seufzte. »Es stimmt, Tante Hester hat nichts für arme Menschen übrig. Sie hat sich selbst für mich geschämt, weil ich ihr zu schäbig angezogen war.«

»Sie hat kein Herz.«

Amy schnaubte. »Ich hasse sie!«

»Hasst du mich jetzt auch?«

»Wa-as?« Amy blinzelte ungläubig, dann lachte sie laut auf. »Wie kommst du bloß auf diese verrückte Idee? Ich finde es ganz bestimmt nicht gut, dass du mich angelogen hast. Doch du hast schon so viel für mich auf dich genommen, dass ich dir nie böse sein könnte. Nicht wegen so etwas.«

Finn wirkte erleichtert.

Mit einem Seufzer ließ Amy sich zurück ins Sofa sinken. »Ich hab mir gleich gedacht, dass du mir etwas verheimlichst. So gut, wie du dich in der Stadt auskennst. Besonders die Ecken, wo sonst niemand hingeht. Und dass du mit deiner Mutter am Markttag immer zum König-George-Platz gegangen sein sollst, war mir gleich verdächtig. Ich kenne keinen Jungen, der freiwillig mit seiner Mutter einkaufen geht.«

»Ich war früher oft dort und habe bei den Bauern um Essen gebettelt. Oder welches gestohlen, wenn sie mir nichts geben wollten«, fügte er leise hinzu. »Was hätte ich sonst tun sollen? Verhungern?«

»Und die Weberei?«, fragte Amy.

»Sie war für einige Zeit mein Zuhause. Es war oft sehr einsam hier, trotzdem war es immer noch besser als in diesem scheußlichen Heim.« Grimmig starrte er in die Flammen. »Letztes Jahr im Winter ist es dann passiert. Ich wurde von einer Bauersfrau erwischt, als ich ein Brot zu stehlen versuchte. Sie wollte mich bereits der Polizei übergeben, da tauchte plötzlich Meister Chang auf. Er hatte wohl Mitleid mit mir. Er erklärte der Bauersfrau, dass ich zu ihm gehöre, und entschuldigte sich für mich. Anschließend bezahlte er das Brot und versprach ihr, mich zu bestrafen.«

»Und? Hat er dich bestraft?«

Finn schüttelte den Kopf. »Er gab mir das Brot und murmelte etwas davon, dass ich ihn an seinen Enkel erinnern würde. Ich habe nie rausgefunden, was das zu bedeuten hatte. Jedenfalls drehte er sich ohne ein weiteres Wort um und ging davon. Ich konnte mein Glück nicht fassen. Noch nie hatte jemand so etwas Nettes für mich getan. Also lief ich ihm nach, um mich für seine Hilfe zu bedanken.« Er hob seine leere Tasse und hielt sie Amy hin. »Bekomme ich noch etwas Wasser? Mein Mund ist schon ganz trocken.«

Amy schnaubte. Gerade jetzt, wo es spannend wurde! Rasch flitzte sie nach nebenan, riss den Pumpschwengel in die Höhe und drückte ihn mit solcher Kraft wieder herunter, dass der herausschießende Wasserstrahl den Becher durch die halbe Waschküche katapultierte. Amy verdrehte die Augen, hob ihn wieder auf und ging dieses Mal behutsamer zu Werke.

»Erzähl schon weiter«, forderte sie ungeduldig, kaum dass Finn den ersten Schluck getrunken hatte.

»Ist ja schon gut«, sagte er lachend und stellte den Becher zur Seite. »Ich lief ihm also nach und fragte ihn, wie ich meine Schuld begleichen könnte. Zuerst wollte er nichts davon wissen. Ich blieb jedoch hartnäckig, also schlug er mir vor, ihm für den Rest des Tages beim Unkrautjäten im Garten deiner Tante zu helfen.«

»Und weiter?«

»Irgendwie muss ich ihn beeindruckt haben«, sagte Finn nicht ohne Stolz in der Stimme. »Am

Abend fragte er mich, ob ich bei ihm in die Lehre gehen wollte. Von da an wurde mein Leben um ein Vielfaches besser. Nun ja, bis das hier alles passiert ...« Seine Worte gingen in einem zornigen Fauchen unter. Holzscheite klapperten. Amy sprang mit klopfendem Herzen auf und starrte auf den Brennholzstapel. Er befand sich in der vom Kamin am weitesten entfernten Ecke des Zimmers und war in nächtliche Dunkelheit gehüllt. Noch einmal war das Fauchen zu hören, dann war alles wieder still.

»Kannst du was sehen?«, fragte Finn mit großen Augen. Er hatte sich über die Rückenlehne des Sofas gebeugt.

Amy schüttelte den Kopf.

Plötzlich bewegte sich ein heller Fleck zwischen den dunklen Holzscheiten. Eine Katze kam geschmeidig herausgesprungen und trottete auf lautlosen Pfoten in den flackernden Lichtkreis des Feuers. Es war die gleiche Katze, die Amy vor ein paar Tagen gefüttert hatte. In ihrem Mäulchen trug sie eine tote weiße Ratte.

»Einer von Lucias Spionen«, murmelte Amy erschrocken. »Er muss uns hierher gefolgt sein.« Sie beugte sich herab, um die Katze im Nacken zu kraulen. »Gut gemacht.« Die Katze schnurrte behaglich. Nach einer Weile riss sie ihr Mäulchen auf und gähnte herzhaft. Anschließend trottete sie zum Kamin hinüber, um sich davor zusammenzurollen.

Amys Blick kehrte zu der toten Ratte zurück. »Wir sollten sie verbrennen«, sagte sie. »Es ist eins von Lucias Geschöpfen. Wer weiß, ob es überhaupt eine echte Ratte ist.« Sie packte das Tier an der Spitze seines haarlosen Schwanzes und warf es in die Flammen. Innerhalb eines Augenblicks schrumpelte die Ratte zu einem schwarzen Klumpen zusammen, als wäre sie nie etwas anderes gewesen als ein Stück Kohle.

Nachts im Park

Am nächsten Morgen war die Katze mit den ungewöhnlich blauen Augen verschwunden. Amy war es ein Rätsel, wie sie aus dem Zimmer gekommen war. Weder das Fenster noch die Tür standen offen. »Katzen finden überall einen Weg raus«, erklärte Finn und biss in ein Stück Brot vom Vortag. »Du hast das gestern nicht ernst gemeint, als du sagtest, dass du zu dieser Spukruine willst, nicht wahr?« Hoffnungsvoll blickte er sie an.

Amy rollte mit den Augen. »Ich dachte, ich hätte dir klargemacht, warum ich dort hinmuss.«

»Ist ja schon gut«, murrte Finn. »Es hätte ja sein können, dass du deine Meinung inzwischen geändert hast.«

Amy kniff die Augen zusammen. »Du hast Angst.«

»Hab ich nicht«, erklärte Finn empört.

»Ich hab auch Angst. Was ist so schwer daran, es zuzugeben? Glaub mir, es wird dadurch nur leichter.«

Finn war aufgesprungen. Nun stand er breitbeinig da, die Hände in die Hüften gestemmt, und verkündete herausfordernd: »Von mir aus können wir sofort aufbrechen!«

Amy kicherte.

»Was ist so komisch?«, fragte Finn finster.

»DU großer Held!« Sie klopfte neben sich aufs Sofa. »Komm, setz dich wieder hin. Wir können noch nicht gehen.«

»Warum nicht?«

»So sauer, wie Lucia in Mr Frauds Haus war, wird sie sich inzwischen doppelt anstrengen, uns zu finden. Es ist also besser, wir warten, bis es dunkel ist.«

»Du glaubst, dass sie noch lebt, ja? Ich meine, der Kampf zwischen ihr und dem Gaukler sah ziemlich gefährlich aus.«

»Ich mache mir mehr Sorgen um Cornelius«, sagte sie. »Immerhin hatte Lucia noch Mr Fraud an ihrer Seite und vor der Haustür warteten Mr Black und Mr Greymore, die ihr bestimmt zu Hilfe gekommen sind.«

»Na ja, dieser Cornelius wirkte auch nicht gerade hilflos.« Finn schüttelte sich. »So etwas habe ich noch nie gesehen. Diese schwarzen Blitze! Ich wette, wenn uns einer davon getroffen hätte, wären wir auf der Stelle tot gewesen.«

Amy nickte.

»Die beiden müssen ziemlich mächtig sein«, sagte Finn und starrte düster vor sich hin. »Vielleicht sind sie sogar die mächtigsten Zauberer auf der Welt.«

»Hm, ja, vielleicht«, sagte Amy ausweichend.

»Du verheimlichst mir doch etwas.« Finn sah sie argwöhnisch an. »Warum? Vertraust du mir so wenig?«

»Das ist es nicht. Ich ... ich bin mir nur nicht sicher.« Sie begann kleine Flusen von ihrem Kleid zu zupfen. »Lass uns erst mit diesem Aurelius reden. Sobald ich weiß, was ich wissen muss, werde ich dir alles erklären. Versprochen!«

Finn verzog das Gesicht. Er wirkte alles andere als zufrieden mit dieser Antwort, trotzdem hakte er nicht weiter nach. Vielleicht weil er keinen neuen Streit mit Amy wollte oder weil er wusste, dass es bei ihrem Sturkopf keinen Sinn hatte, weiterzudiskutieren. Wenn sie sich einmal etwas in den Kopf gesetzt hatte, hielt sie auch daran fest. Ein wenig gekränkt zog er sich in seine Ecke des Sofas zurück und sprach bis zum Abendessen kein Wort mehr mit ihr.

Amy dankte Finn insgeheim für diese Verschnaufpause. So konnte sie in Ruhe nachgrübeln, was sie Aurelius am Abend fragen wollte. Sie setzte ihre ganze Hoffnung in dieses Treffen. Sie hatten immer noch keinen Plan, wie sie die Verschwörer aufhalten wollten. Darum musste sie Aurelius die richtigen Fragen stellen. Seine Antworten würden ihr vielleicht die Hinweise liefern, die sie so dringend brauchte, um sie alle zu retten. Amy holte tief Luft. Oder sie würde das erfahren, wovor sie sich am meisten fürchtete: dass es nämlich keine Chance mehr auf Rettung gab.

Nach Einbruch der Dämmerung machten sie sich auf den Weg zu der Spukruine.

Um diese Zeit war bei den Docks nicht mehr allzu viel los. Die meisten der Lagerhallen lagen still und dunkel da. Und nur wenige wurden bewacht. Amy und Finn schlugen jedes Mal einen weiten Bogen um die grimmig dreinblickenden Männer. Zurzeit mussten sie besonders vorsichtig sein. Jeder konnte für die Verschwörer arbeiten. Vielleicht hatte Lucia mittlerweile sogar eine Belohnung auf ihre Köpfe ausgesetzt. Und wer weiß, ob ihr überhaupt noch etwas daran lag, sie lebend in die Finger zu bekommen. Nun, da sie wusste, dass sie mit Cornelius befreundet waren, mussten sie in ihren Augen noch gefährlicher geworden sein. Vor allem, weil Amy und Finn ihre größte Schwäche kannten: ihre Unfähigkeit, einen Menschen zu verletzen. Nie und nimmer würde sie es riskieren wollen, dass Amy und Finn während der Krönung auftauchten und ihr damit einen Strich durch ihre Rachepläne machten.

»Immer schön die Augen offen halten«, raunte Amy Finn zu.

»Das sagst du mir jetzt schon zum sechsten oder siebten Mal, seitdem wir aufgebrochen sind«, murmelte er mürrisch.

»Wir können nicht vorsichtig genug sein!«

»Ja, ja ...«

Gerade waren sie in den Schatten eines zweistöckigen Kontors eingetaucht, in dem die Kaufleute am Tage über die frisch eingeschifften Waren verhandelten, als Finn ein letztes Mal versuchte, Amy umzustimmen: »Komm schon, selbst Mr Burbridge wollte nicht, dass wir diesen Aurelius aufsuchen. Und auch ich sage dir, jemand, der in einer Spukruine wohnt, mit dem kann was nicht stimmen.«

Amy drehte sich zu ihm um und hielt ihm ihren Zeigefinger dicht unter die Nase. »Noch ein Wort zu diesem Thema und ich lasse dich hier zurück.«

»Pah, was für ein Blödsinn«, schimpfte Finn

und funkelte sie an. »Wie willst du denn alleine hinfinden? Ohne meine Hilfe wirst du dich doch nur verlaufen.«

Amy schob trotzig die Unterlippe vor, dabei wusste sie nur zu gut, dass Finn recht hatte. Diese Gegend war ihr zu wenig vertraut, als dass sie den Weg ohne ihn finden konnte. »Und was hast du jetzt vor? Willst du dich weigern, mich hinzubringen?«

Eine Pause entstand.

»Nein, natürlich nicht«, sagte Finn lahm. »Das würde ich nie tun, das weißt du genau. Ich hatte nur gehofft, dass du ... Ach, vergiss es. Wir sollten rasch weitergehen. Wir werden noch eine Weile unterwegs sein.«

Er drehte sich um und wollte losmarschieren, als Amy ihm die Hand auf die Schulter legte. »Danke.«

»Du sollst trotzdem wissen, dass ich es nur ungern mache. Und nicht, weil ich Angst um mich habe, sondern ...« Er brach ab.

»Danke«, sagte Amy noch einmal.

Rund eineinhalb Stunden später betraten sie den Stadtpark aus südlicher Richtung. Finn hatte sich für diesen Zugang entschieden, weil er fernab jeglicher Gaststuben, Spelunken und Spielhöllen lag, die erst bei Nacht so richtig zum Leben erwachten. Er wollte es tunlichst vermeiden, dabei gesehen zu werden, wie sie sich in den Park schlichen. Abgesehen von Lucias Handlangern, die die Straßen und Gassen nach ihnen durchkämmen mochten, gab es noch die üblichen Gefahren, die in einer Großstadt wie dieser lauerten: streitsüchtige Trunkenbolde, raffgierige Straßendiebe, eiskalte Mörder.

Kaum hatten Amy und Finn den Park betreten, brach die Wolkendecke über der Stadt auf und der Mond tauchte alles in ein gespenstisch weißes Licht. Alte knorrige Bäume schoben sich links und rechts des Pfades aus der Dunkelheit. Dahinter lagen weite leere Wiesen, über die bleiche Nebelschwaden zogen. Und nun kam auch noch Wind auf, fuhr raschelnd durch die Blätter und erweckte den Eindruck, als seien sie von geisterhaften Stimmen umgeben. Unwillkürlich drängte sich Amy enger an Finn.

»Ich habe dir gleich gesagt, wir sollten nicht hierherkommen.«

»Sieh nur!« Amy war stehen geblieben und klammerte sich an Finns Ellbogen. Mit der anderen Hand deutete sie auf eine schwarze Gestalt, die auf einem Hügel am Ende des Pfades stand und in ihre Richtung starrte.

Finn stöhnte auf. »Das ist mein verletzter Arm.« Er löste sich aus ihrer Umklammerung. »Und das da vorne ist bloß eine Statue.«

»Bist du sicher? Es sah aus, als hätte sie sich bewegt.«

»Das kommt vom Nebel.« Er wandte ihr das Gesicht zu, das bei diesem Licht grau und kränklich wirkte. »Wir sind jetzt ganz in der Nähe der Spukruine.«

Plötzlich war Amy sich gar nicht mehr sicher, ob sie wirklich dort hinwollte. Vorhin war sie fest entschlossen gewesen, nichts hätte sie umstimmen können. Doch jetzt, da sie hier waren, verstand sie nur zu gut, warum Finn nicht hatte herkommen wollen. Der Park sah bei Nacht so anders aus, als wäre er durch die Dunkelheit zu einem Teil einer anderen Welt geworden. Einer, in der Albträume wahr werden konnten, in der diese alten Bäume plötzlich lebendig wurden und ihre knarzenden Äste wie Klauen nach ihnen ausstreckten. Oder Dinge aus dem Nebel angekrochen kamen, die schlimmer waren als jede Fantasie.

»Das ist nur der Eiserne Mann, das Denkmal eines berühmten Zauberers, an den sich wahrscheinlich niemand mehr erinnert«, fügte Finn beruhigend hinzu. »Inzwischen sehen die meisten so eine Art Warnung in ihm, die die Abzweigung zur Spukruine markiert.«

Amy starrte auf die schwarze Gestalt. Und wenn Lucia die Statue nun verhext hatte und sie nur darauf wartete, bis sie sich ihr so weit genähert hatten, dass sie sich auf sie stürzen konnte? Krampfhaft versuchte sie, den Kloß herunterzuschlucken, der sich in ihrem Hals gebildet hatte. »Gehen wir weiter«, murmelte sie, ohne die Figur auch nur einen Moment lang aus den Augen zu lassen.

Die Spukruine

Die Ruine sah genauso aus, wie sich Amy ein verfallenes Spukhaus vorstellte. Groß und düster thronte sie inmitten eines verwilderten Gartens. Ein Teil des Hauses war eingestürzt, das meiste stand aber noch. Es gab ein schiefes Türmchen mit einem Wetterhahn auf der Spitze, der sich schaurig quietschend im Wind drehte. Amys Blick huschte über die Fenster. Schwärze, sonst nichts. Es gab keinerlei Anzeichen dafür, dass jemand diese Ruine bewohnte. Und dann war da noch diese halb geöffnete Tür, die zum Eintreten geradezu einlud. Das behagte Amy überhaupt nicht.

»Warum soll es da drin eigentlich spuken?«

»Willst du das wirklich wissen?«, fragte Finn, der den Blick starr auf die Ruine geheftet hielt.

»Ja.«

»Es heißt, dass die Familie, die hier vor langer Zeit gewohnt hat, aus heiterem Himmel wahnsinnig geworden sei. Einfach so! Von einem Tag auf den anderen.« Er hatte die Augen weit aufgerissen, sodass sie nun groß und rund wie bei einer Eule waren. »Von da an hielt man sie in ihrem eigenen Haus gefangen. Niemand besuchte sie mehr, niemand sprach mehr mit ihnen. Man brachte ihnen natürlich zu essen, aber das war auch schon alles. Und dann, eines Nachts, stand ein Teil des Hauses plötzlich in Flammen.«

»Haben sie es selber getan?«, fragte Amy atemlos.

»So sagt man jedenfalls.« Finn erschauderte. »Bei dem Brand ist die ganze Familie umgekommen, weil sie ja eingesperrt waren und nicht fliehen konnten. Und seitdem spuken sie in der Ruine herum und bestrafen alle, die ihre Ruhe zu stören wagen.«

Amy zupfte nervös an einem Knopf ihres Mantels. »Ist das wirklich passiert?«

»Es ist das, was die Leute sich erzählen. Mehr weiß ich auch nicht.«

Ein kurzes Schweigen entstand.

»Glaubst du an Geister?«, fragte Amy nach einer Weile. Noch immer hatten die beiden sich keinen Deut von der Stelle bewegt.

»Ich weiß nicht, vielleicht.« Er wandte sich ihr zu. »Und du? Hast du deine Meinung geändert?«

Sie schüttelte den Kopf.

»Warum fragst du dann?«

»Ich könnte mich ja auch irren, nicht wahr?« Amy schloss für einen Moment die Augen und atmete tief ein, um die Angst niederzukämpfen, die in ihr aufwallte. Sie fürchtete sich nicht vor Geistern, Teufeln oder anderen Monstern, die in dieser Ruine lauerten. Nicht wirklich jedenfalls. Wovor sie sich fürchtete, war ihre eigene Fantasie.

Noch einmal holte sie tief Luft. Sie musste in dieses Haus und mit Aurelius reden – für ihren Vater, der ohne sie verloren war, und für Prinz Henry, um das Königreich zu retten und damit letztlich auch sich selbst. Langsam setzte sie sich in Bewegung. Schritt für Schritt näherte sie sich der Tür. Finn, der neben ihr ging, sah plötzlich aus, als müsse er sich übergeben.

Amy streckte die Hand aus, um die Tür weiter aufzudrücken. Kaum hatte sie sie berührt, schwang diese mit solcher Wucht auf, als hätte Amy ihr einen harten Stoß versetzt. Gleichzeitig wehte ihr aus dem Inneren der Ruine ein eisiger Hauch entgegen, fuhr ihr durch Gesicht und Haare und ließ sie frösteln.

Finn wich einen Schritt zurück. »Da drin lauert

etwas Böses, etwas abgrundtief Böses«, keuchte er.

Amy ignorierte ihn. Sie hatte sich entschieden. Schaudernd, aber entschlossen trat sie über die Schwelle.

»Nein, nicht!«, rief Finn und hastete ihr nach.

Blasses Mondlicht fiel hinter ihnen durch die Tür und beleuchtete einen lang gezogenen Korridor, von dem mehrere Türen abzweigten. Gemälde, auf denen nichts mehr zu erkennen war, hingen schief an den Wänden oder lagen mit zerbrochenem Rahmen auf dem staubbedeckten Boden. Es ist so still hier, dachte Amy, so unglaublich still! Auch im Park hatten sie kaum einen Laut vernommen, aber hier war es, als wäre die Stille selbst ein Geräusch. Ein grauenvoller, endlos langer Schrei, der die Ohren so vollkommen ausfüllte, als wäre man taub. Finn hatte recht. Mit diesem Haus stimmte etwas nicht!

Erneut traf sie eine eisige Bö und brachte einen monströsen Kronleuchter über ihren Köpfen bedrohlich zum Schaukeln. Das Kristall klirrte schaurig und Staub und Mörtel regneten auf sie herab. Amy zog Finn rasch tiefer in den Korridor hinein. Vor der ersten Tür blieb sie stehen, klopfte an und öffnete sie. In dem Zimmer herrschte ein einziges Chaos. Heruntergerissene Vorhänge, umgeworfene Möbel, Tapete, die sich von den Wänden schälte ... und alles mit einer flockigen Staubschicht überzogen. Hinter der zweiten, dritten und vierten Tür sah es nicht anders aus.

»In diesem Haus lebt keiner«, wisperte Finn. »Mr Burbridge muss sich geirrt haben.«

Amy stimmte ihm nur ungern zu. Andererseits hatte sie bisher kein Anzeichen dafür entdecken können, dass hier noch jemand außer ihnen war. Keine Fußabdrücke im Staub, keine herumliegenden Essensreste – diese Ruine hatte seit mindestens hundert Jahren niemand mehr betreten. Vielleicht sollte ich einfach mal rufen, dachte Amy. Sie öffnete den Mund, brachte jedoch keinen Ton über die Lippen. Sie traute sich nicht. Es lag an dieser sonderbaren Stille, die diese Ruine wie ein lebendiges Wesen bewohnte und die man besser nicht aufweckte.

Sie entfernten sich weiter von der Haustür und es wurde noch dunkler um sie herum. Finn blickte immer wieder nervös über seine Schulter. Amy wollte ihn deshalb schon genervt ermahnen, als sie sich dabei ertappte, wie sie es selber tat. Es kam von diesem kribbelnden Gefühl im Nacken, als würden Dutzende unsichtbarer Augen sie beobachten.

Dann begann der Spuk.

Mit einem Mal dehnten sich die Schatten um sie herum aus und nahmen die Umrisse von Dingen an, die einfach nicht da sein konnten. Klauenhände, die sich nach ihnen ausstreckten. Schemen von affenähnlichen Gestalten, die über Wände und Decke jagten. Amy stellten sich die Nackenhärchen auf. Finn keuchte. Ein schwebender Ziegelstein kreuzte ihren Weg und versank in der Wand links von ihnen, als wäre sie nur eine Illusion.

»Hast ... hast du das gesehen?«, stammelte Finn.

»Meinst du den Stein oder den Schatten dort drüben an der Tür, der aussieht wie ein Werwolf?«, fragte Amy mit bibbernder Stimme.

»Wo, wo?«, rief Finn panisch.

»Er ... er ist bereits wieder verschwunden.«

Finn schwankte. »Ich wette, er steht jetzt direkt hinter uns. So ist das immer in diesen Gruselgeschichten.«

»Das glaube ich nicht. Wäre es ein echter Werwolf gewesen, hätte er uns längst angegriffen.«

»Wie kannst du dir da so sicher sein?«

Das war Amy ganz und gar nicht, trotzdem sagte sie leise: »Stünde er hinter uns, müssten wir längst seinen fauligen Atem riechen, den er uns in den Nacken bläst.«

»Vielleicht kaut er ja Minze«, entgegnete Finn und lachte nervös. »Du hast recht«, sagte er dann. »Ich bin kein Held, ich habe schreckliche Angst.«

Amy lächelte gequält. Was sollte sie darauf antworten? Es ging ihr auch nicht besser. Ihr Mund war ausgedörrt und ihre Hände waren feucht. Ihr Herz schlug so heftig, als wollte es zerspringen. Und dennoch hatte sie nicht vor, sich von diesen Erscheinungen ins Bockshorn jagen zu lassen. »Dort vorne ist eine weitere Tür«, sagte sie.

In der Dunkelheit war sie kaum zu erkennen und Amy wäre wohl einfach an ihr vorübergegangen, wenn unter der Tür nicht ein schmaler Streifen fahles Mondlicht hindurchgeschimmert hätte.

Staunend betraten die beiden einen großen, kreisrunden Saal. Die hoch über ihnen liegende Decke bestand aus einer Glaskuppel, die ihnen einen ungetrübten Blick auf den Nachthimmel gestattete: ein Meer aus funkelnden Sternen, das sich um die milchig weiße Sichel des Mondes scharte.

Mit einem Mal fiel alle Furcht von Amy ab. »Wie wunderschön«, hauchte sie ergriffen.

Neben ihr drehte sich Finn um die eigene Achse. »Dort oben gibt es eine Galerie mit weiteren Türen. Wie viele Zimmer hat dieses verfluchte Haus denn noch?«

»Aurelius!«, rief Amy plötzlich. »Wo sind Sie?«

Schlagartig wurde es eiskalt in dem Saal und ihr Atem bildete kleine graue Wölkchen vor ihren Lippen. Amy konnte regelrecht zusehen, wie sich Eisblumen knisternd über das gläserne Kuppeldach ausbreiteten.

»Was hast du getan?«, wisperte Finn verzweifelt. Trotz der Kälte glitzerten kleine Schweißperlen auf seiner Stirn. Bevor Amy etwas erwidern konnte, dröhnte ein grässlicher Schrei durch den Raum. So schrill und schaurig, dass er ihnen durch Mark und Bein ging. Um sie herum gerieten die Dinge in Bewegung. Alte Vasen und Porzellanfiguren, die zerbrochen auf dem Boden gelegen hatten, erhoben sich in die Lüfte. Ein Stuhl zischte quer durch den Raum. Gemälde rissen sich von den Wänden los und stürzten sich angriffslustig auf Amy und Finn, die sich zu Boden warfen und schützend die Hände über die Köpfe legten. Platt auf den Boden gedrückt, robbte Finn auf Amy zu. »Nichts wie raus hier, bevor dieses Spukhaus uns noch umbringt!«, rief er ihr über das Klappern und Klirren der umhersausenden Gegenstände zu.

»Nein«, sagte Amy entschieden. »Ich gebe nicht auf!« Sie blinzelte zwischen ihren Armen hindurch, als eine Kaminuhr, deren Zeiger sich wie verrückt drehten, dicht an ihrem Gesicht vorbeiflog. Steckte wirklich ein Geist dahinter? Oder hatten sie es mit einem raffinierten Zaubertrick zu tun? Jemand, der freiwillig in einem Spukhaus lebte, konnte nur einen Grund dafür haben: die Einsamkeit. Besucher müsste er an einem solchen Ort nicht fürchten. Und sicher würde so jemand alles unternehmen, dass die Gerüchte über das Spukhaus am Leben blieben. Plötzlich schüttelte Amy energisch den Kopf. »Es gibt keine Geister!« Sie sprang auf und schrie: »Ich weiß, dass Sie hier sind, Aurelius! Kommen Sie heraus! Oder haben Sie Angst vor zwei Kindern?«

So plötzlich, wie es begonnen hatte, verstummte das schaurige Geheul. Die umherschwirrenden Gegenstände stürzten zu Boden, wo sie in noch mehr Scherben zersprangen, und auf dem Glasdach begannen die Eisblumen zu schmelzen. Stille breitete sich in dem alten Gemäuer aus. Eine neue Art von Stille, die etwas Neugieriges und Erwartungsvolles an sich hatte.

»Was hat das nun wieder zu bedeuten?« Finn stand langsam auf, wobei er sich misstrauisch nach allen Seiten umschaute, als könnte er nicht glauben, dass nun alles vorbei sein sollte.

»Nur ein paar dumme Zaubertricks«, sagte Amy. »So ist es doch, nicht wahr, Aurelius?«

»Glaubst du das, ja?«, sagte eine tiefe Stimme hinter ihnen.

Amy fuhr herum.

Nur wenige Schritte entfernt stand eine hochgewachsene Gestalt in einem langen, mit Flecken und Brandlöchern übersäten Kapuzenmantel. Schwarze Augen funkelten sie aus einem verhärmten Gesicht an, dessen untere Hälfte in einem dichten, zauseligen Bart verschwand. Amy nahm einen leichten Schwefelgeruch wahr, der den Mann umwehte. Wo war er so plötzlich hergekommen?

»Was wollt ihr?« Seine Stimme erzeugte ein seltsam dumpfes Echo, als spräche er aus weiter Ferne oder durch eine dicke Wand zu ihnen. Einen Herzschlag lang blitzte vor Amys Augen das Bild eines winzigen, von lichtloser Finsternis und unheilbarem Kummer bewohnten Kerkers auf. Ein Gefängnis, aus dem es kein Entkommen gab. Sie keuchte und wankte einen Schritt zur Seite, wo sie sich an einem umgekippten Tisch abstützte.

»Was hast du?«, fragte Finn.

Sie nickte und starrte dabei unablässig den Fremden an. »Sie sind Aurelius?«

»Wer will das wissen?«

»Mein Name ist Amy, das ist Finn.« Sie räusperte sich, um das nervöse Kratzen aus ihrer Stimme zu vertreiben. »Wir … wir sind gekommen, um Sie zu der Geschichte der dreizehn Engel zu befragen.« Mit einem Mal schien es im Raum dunkler zu werden, obwohl das eigentlich nicht sein konnte. Denn nichts hatte sich geändert. Noch immer funkelten und glitzerten die Sterne über ihnen am Himmel.

»Da seid ihr beim Falschen«, brummte Aurelius. »Diese verfluchten Geschöpfe haben nichts als Unheil über mich gebracht. Es gibt andere, die ihr befragen könnt. Und nun verschwindet. Verlasst dieses Haus auf der Stelle!«

»Das geht nicht«, platzte Amy heraus. »Jeder, der etwas über die Engel weiß, ist verschwunden. Genauso wie die Statuen der Engel.«

»Was sagst du da?« Aurelius stand plötzlich vor ihr, sein Gesicht auf gleicher Höhe mit ihrem. Sie blinzelte verwirrt. Wie hatte er sich so schnell durch den Raum bewegen können? Neben ihr gab Finn einen halb erstickten Laut von sich.

»Sie sind nicht mehr in der Kathedrale?«, wollte Aurelius wissen. Seine mitternachtsschwarzen Augen funkelten vor Wissbegier.

Amy schüttelte den Kopf. »Schlimmes geht in der Stadt vor. Eine Gruppe von Verrätern versucht, Prinz Henry zu stürzen, der am Sonntag zum König gekrönt werden soll. Lord Winterhall will seinen Platz auf dem Thron einnehmen und wird dabei von mächtigen Zauberern unterstützt.«

Aurelius trat einen Schritt von ihr zurück. »Was hat das mit den Engeln zu tun?«

»Sie waren die Beschützer des ersten Königs ...«

»... und da dachtest du, sie würden euch in der Stunde der Not zu Hilfe eilen, was?« Aurelius brach in schallendes Gelächter aus. »Nie und nimmer!«

»Bitte«, flehte Amy. »Sie müssen uns erzählen, was Sie wissen. Die Verschwörer haben meinen Vater ins Gefängnis geworfen. Und wenn es uns nicht gelingt, sie aufzuhalten, werden sie ihn zum Tode verurteilen.«

Aurelius starrte sie überrascht an. »Ist das so?«, fragte er ganz leise, sodass Amy nicht wusste, ob er mit ihr oder nur zu sich selbst gesprochen hatte. Ein Anflug von Kummer huschte über seine verhärmten Züge. Mit einem Ruck drehte er sich um und schritt auf ein Gemälde zu, das auf der gegenüberliegenden Seite des Saales über dem Kamin hing. Eine ganze Weile starrte er darauf, ohne etwas zu sagen. Amy hätte gerne gewusst, was auf dem Bild zu sehen war. Aber das Licht des Mondes war zu schwach und sie zu weit weg.

»Vor langer Zeit habe auch ich eine Familie gehabt«, sagte Aurelius schließlich, ohne sich zu ihnen umzudrehen. »Was wollt ihr wissen?«

»Wir haben herausgefunden, dass der erste König nicht der gute und weise Mann war, für den ihn alle halten«, sagte Amy. »Und dass es einen Fluch gab, aber nicht, was er bewirkt hat.«

»Dann wisst ihr bereits mehr als die meisten

Menschen.« Langsam wandte er sich wieder um. Er schien nun größer zu sein und sein Gesicht sah noch grimmiger aus. »Es war der Schwarze Stern, der den König veränderte und aus ihm einen machtgierigen und skrupellosen Kriegsherrn machte. Doch das ahntet ihr vielleicht schon«, sagte er mit einer Stimme, die die Luft im Raum zum Vibrieren brachte. »Der erste König war ein Dummkopf, ja, ein Dummkopf, der sich vom schönen Schein hat täuschen lassen.«

»Vom schönen Schein hat täuschen lassen?«, wiederholte Finn mit gerunzelter Stirn, als Aurelius nicht gleich weitersprach.

»Der Schwarze Stern besitzt gar keine Wunderkräfte und hat es nie getan. Nicht der kleinste Funken Magie steckt in ihm.« Aurelius spie die Worte regelrecht aus. »Ja, da guckt ihr, nicht wahr? Es ist einfach nur ein Stein, der vom Himmel fiel. Ein nutzloser schwarzer Klumpen, das ist er. Und dennoch machte der Schwarze Stern aus dem ersten König den mächtigsten Zauberer seiner Zeit. Und könnt ihr euch auch denken, warum?« Sein Blick hatte etwas Stierendes angenommen, was ihn leicht wahnsinnig wirken ließ. »Weil der König an seine Kräfte glaubte. Ja, es war alleine sein Glaube. Schließlich funkelte der Stein derart mysteriös, da musste er doch was Besonderes sein. Dieser Narr!« Aurelius kicherte.

Amy schüttelte verwirrt den Kopf. »Wie konnte der Schwarze Stern den König dann so verändern?«

»Nicht der Stein, sondern seine eigene Gier war daran schuld.« Aurelius brummelte etwas Unverständliches vor sich hin. »Es ist immer das Gleiche. Die Menschen können sich nicht mit dem, was sie haben, zufriedengeben. Je mehr sie besitzen, desto mehr wollen sie. Der erste König war nicht anders. Je reicher und mächtiger er wurde, desto größer wurde sein Verlangen nach noch mehr Macht, Reichtum und Ruhm. Und er wurde immer grausamer, um dieses Verlangen zu stillen, das eigentlich unstillbar ist. Krieg und Elend brachte er über die Länder, in die er mit seinen Streitkräften zog. Aber dann ...« Er lächelte bitter. »Alles hat eben seinen Preis.«

»Welchen Preis?« Amy hatte wieder das Gefühl, der Lösung ihres Problems ganz nahe zu sein. »Es ist der Fluch, oder? Die Engelsstatuen sind in Wahrheit ...« Sie biss sich auf die Unterlippe. »Erzählen Sie weiter. Bitte!«

»Es kam zu einem Unglück«, sagte Aurelius mit bekümmerter Stimme. Erneut betrachtete er das Gemälde über dem Kamin und eine Wandlung ging mit ihm vor sich. Seine Gestalt schien zu schrumpfen, wurde älter, gebrechlicher, von Gram gebeugt. »Es geschah während einer Reise in ein fernes Land, das seine Armeen erobert hatten. Der König war auf dem Weg dorthin, um sich zum neuen Herrscher auszurufen, und er hatte all seine Kinder mitgenommen, damit sie seine Taten und seinen Ruhm bewundern konnten. Doch ihr Schiff geriet in einen schlimmen Sturm und sank. Da rief der König die Engel um Hilfe an.«

Amy stockte der Atem. Sie ahnte, was jetzt kommen würde.

»Die Engel jedoch waren zu entsetzt über das, was der König in seiner Machtgier getan hatte, und überließen ihn und seine Kinder ihrem Schicksal. Und so wurden sie zu Opfern des Sturmes und ertranken in den gierigen Wellen der See.«

»Jedoch nicht alle«, murmelte Amy mit halb erstickter Stimme und Tränen in den Augen.

Aurelius schüttelte den Kopf. »Wie durch ein Wunder überlebte der König.« Er schnaubte leise. »Und getrieben von Trauer, Wut und Hass nahm er den Schwarzen Stern, von dem er glaubte, dass er die Quelle seiner Macht sei, und verfluchte die Engel. Für tausend Jahre bannte er sie in Stein, sodass sie sehr viel Zeit haben würden, um über ihren Verrat an ihm und seinen Kindern nachzudenken. Danach zog der König sich für lange Zeit in seine Feste zurück, bevor er eines Tages erneut heiratete, um einen Erben zu zeugen. Allerdings soll er für den Rest seines Lebens ein gebrochener Mann gewesen sein, dem weder Glück noch Zufriedenheit beschieden war.«

Finn starrte Amy mit weit aufgerissenen Augen an. »Die Engelsstatuen in der Kathedrale waren also ...«

»... die echten Engel, ja«, sagte Amy. »Sie wurden nicht gestohlen, sondern sind nach tausend Jahren wieder zum Leben erwacht.« Sie hatte es bereits geahnt, als Mr Burbridge ihnen die Übersetzung des Textes gezeigt hatte. Sie war sich bloß nicht sicher gewesen. Oder hatte sie die Wahrheit nur nicht akzeptieren wollen? Schließlich war sie so anders als alles, an das sie bisher geglaubt hatte.

»Wo sind die Engel jetzt?«, wollte Finn wissen.

Aurelius hob hilflos die Hände. »Wer weiß? Vielleicht sind sie fortgegangen, so enttäuscht, wie sie von den Menschen gewesen sein müssen.«

»Also können wir von ihnen schon mal keine Hilfe erwarten.« Finn verzog angewidert die Mundwinkel. »Und sie haben die Kinder einfach ertrinken lassen?«

»Wie ich schon sagte.«

Amy hob den Kopf und starrte Aurelius geradewegs ins Gesicht. »Woher wissen Sie das alles?«

»Willst du das wirklich hören?«, fragte er scharf.

»Hast du für heute nicht schon genug Schrecken erfahren?«

Amy dachte einen Moment über die Frage nach. »Würden Sie es mir denn erzählen wollen?«

Nun wurden Aurelius' Augen schmal und ein lauernder Ausdruck erschien darin. »Es ist eine Geschichte, die nicht weniger düster ist als die des ersten Königs«, sagte er mit einem drohenden Unterton in der Stimme. »Die Geschichte eines Mörders. Willst du sie immer noch hören?«

»Wir sollten jetzt lieber gehen«, meinte Finn und zog an Amys Arm. Sie rührte sich jedoch nicht von der Stelle.

»Ja«, sagte sie.

Aurelius lachte heiser auf. »Dann wisse, dass es meine eigene Geschichte ist. Ich habe meine Familie umgebracht. Jene, die mir am meisten bedeutet haben. Das war der Preis dafür, dass ich dieses Wissen erlangt habe.« Ein unheilvolles Glühen war in seine Augen getreten, während sich die Schatten unter seiner Kapuze verdichteten, sodass von seinen Gesichtszügen kaum mehr etwas zu erkennen war.

Amy stolperte ein paar Schritte zurück. Finn ergriff ihre Hand und zerrte sie Richtung Ausgang. Doch noch bevor sie die Hälfte der Strecke geschafft hatten, fiel die Tür auf einen Wink von Aurelius hin krachend ins Schloss. »NEIN!«, rief er außer sich. »Ihr habt gefragt und nun sollt ihr auch der Antwort lauschen!« Erneut breitete sich eisige Kälte in dem Raum aus und ließ kleine Dampfwolken von Amys und Finns Lippen aufsteigen. »Was haben Sie mit uns vor?«, fragte Amy verzweifelt.

Aurelius' glühende Augen fixierten sie finster und obwohl er sich nicht bewegte, glitt die Kaminwand wie eine Theaterkulisse von hinten an ihn heran, sodass er nun genau unter dem Gemälde stand. Jetzt konnte Amy erkennen, was darauf zu sehen war. Es zeigte einen wesentlich jüngeren und glücklicheren Aurelius, der hinter einer lächelnden Frau stand, die zwei kleine dunkellockige Mädchen in den Armen hielt. »Es ist schon lange her, da war ich ein berühmter Alchimist. Die Menschen kamen von nah und fern zu mir, um meine Hilfe zu erbitten«, echote seine Stimme durch den Saal. »Eines Tages suchte mich ein Vorfahr von Prinz Henry auf und befahl mir, den Fluch zu brechen, der auf den Engeln lastet. Seine Frau war todkrank und er hoffte, die Engel würden sie aus Dankbarkeit heilen, wenn er sie erlöste. Mithilfe des Schwarzen Sterns hatte er es bereits versucht und so herausgefunden, dass dieser nur ein funkelnder Klunker ist. Also verlangte er von mir, einen Weg zu finden, um das Unmögliche zu bewerkstelligen. Auf diese Weise erfuhr ich die Wahrheit über die Engel.« Ein tiefes Grollen entstieg seiner Kehle. »Niemals hätte ich mich darauf einlassen dürfen. Aber was sollte ich tun? Einem König verweigert man seine Hilfe nicht. Ich tat also mein Möglichstes, doch was ich auch versuchte, nichts half. Keiner der herkömmlichen Bann- oder Fluchbrecher bewirkte etwas. Ich begann also zu experimentieren. Es waren äußerst gefährliche Versuche und es kam, wie es kommen musste: Eines der Experimente ging schief und es gab eine verheerende Explosion in meinem Labor. Feuer brach aus und giftiger Rauch strömte in alle Bereiche des Hauses. Er tötete meine Frau und meine beiden Töchter. Das, was mir am wertvollsten auf dieser Welt war. Und ich alleine trage die Schuld an ihrem Tod.« Raues Schluchzen drang unter der Kapuze hervor.

Amy empfand plötzlich Mitleid für Aurelius. Er hatte nur helfen wollen und war dafür auf grausame Weise bestraft worden. Neben ihr gab Finn ein unverständliches Krächzen von sich. Als sie aufblickte, bemerkte sie, dass er ganz grün um die Nase war. »Was ist los?«

Finn beugte sich vor und röchelte: »Wie ... wie konnte er ... überleben, wenn alle ... alle anderen starben?« Er öffnete und schloss ein paar Mal den Mund, als wollte er noch mehr sagen, aber er brachte nichts mehr heraus.

Erst jetzt begriff Amy, was Finn längst erkannt hatte. Als hätte Aurelius ihre Gedanken gelesen, sagte er: »Niemand hat überlebt. Niemand.« Seine Gestalt wuchs bedrohlich in die Höhe. Schneller und schneller. »Dies ist mein Grab und mein Kerker, denn alles hat seinen Preis. Und nun geht. Habt ihr nicht gehört? RAUS HIER! UND KEHRT JA NIE WIEDER ZURÜCK!«

Cornelius

Seitdem sie aus dem Spukhaus geflohen waren, hatte Amy kein Wort mehr gesagt. Stumm ging sie neben Finn durch den Park. Als sie an der Statue des Zauberers vorbeikamen, hatte sie wieder das Gefühl, dass sie sich bewegte. Vielleicht war Aurelius dafür verantwortlich, vielleicht gab es hier auch noch mehr Geister. Amy dachte fröstelnd an die tote Familie des Alchimisten. Am liebsten hätte sie Finns Hand ergriffen, aber er starrte so finster vor sich hin, dass sie es nicht wagte. Sie wusste nicht, ob er wütend auf sie war, weil sie ihn zu der Ruine geschleppt hatte, oder nur nachdenklich. Man begegnet schließlich nicht jeden Tag einem Geist.

Auch Amy musste dieses Erlebnis erst einmal

verdauen, obwohl es sie mehr erschreckte, was sie über die Engel erfahren hatte. Tausend Jahre lang waren ihre Körper versteinert gewesen, ihre Geister dagegen hellwach, damit sie über den Verrat nachdenken konnten, den sie an der Familie des ersten Königs begangen hatten. Wie mochte es in jemandem aussehen, den man auf diese Weise bestraft hatte? Sie versuchte, es sich vorzustellen, und war entsetzt über das, was sie dabei fühlte: Hass, Wut, Zorn und Enttäuschung. Aber sie konnte auch verstehen, warum der König es getan hatte. Seine Kinder hatten sterben müssen, nur weil die Engel mit den Taten ihres Vaters nicht einverstanden waren. Um so etwas Grausames zu tun, muss man schon ein Herz aus Stein haben. Amy dachte sogleich an Lucia und fragte sich, ob sie überhaupt eines besaß. Eine einzelne Träne kullerte ihr die Wange herab.

Finn berührte sie zaghaft am Arm. »Ist alles in Ordnung?«

Amy nickte erst, dann schüttelte sie den Kopf. »Ich muss an all die Menschen denken, denen die Engel nichts als Unglück und Leid gebracht haben. Den Kindern des ersten Königs, Aurelius und seiner Familie, jenen, die verschwunden sind, und ... meinem Vater.«

»Es wird alles wieder ...« Finn brach hilflos seufzend ab. Ihm war anzusehen, dass er nicht mehr daran glaubte, dass sie noch eine Chance gegen die Verschwörer hatten. Und da war er nicht der Einzige. Amy hatte gehofft, Aurelius' Antworten würden ihr eine Lösung für ihr Problem liefern, aber das war nicht passiert. Im Gegenteil: Was sie von ihm erfahren hatten, ließ die Zukunft nur noch trostloser erscheinen.

Amy schluckte. Ihr Blick wanderte zu den Dunstschwaden, die träge zwischen den uralten Bäumen des Parks hin und her waberten. Mal schienen sie sich zu grimmigen Fratzen zu vereinen, dann wieder wurden monströse Gestalten daraus. Doch inzwischen hatte der Nebel für Amy nichts Unheimliches mehr an sich. Die hoffnungslose Leere in ihrem Inneren ließ keinen Platz für Furcht.

Als sie ihr Versteck betraten, wusste Amy sofort, dass etwas nicht stimmte. Das alte Büro war viel wärmer, als sie bei dieser Kälte draußen erwartet hatte, was daher kam, dass im Kamin ein prächtiges Feuer loderte. Dabei waren sie viele Stunden unterwegs gewesen. Es hätte längst heruntergebrannt sein müssen.

Jemand saß auf dem alten Sofa. »Ich habe auf euch gewartet.«

Amy tauschte mit Finn einen Blick. Er nickte und sie durchquerten langsam den Raum, bereit, sofort die Flucht zu ergreifen. Mit größtmöglichem Abstand gingen sie um das Sofa herum, bis sie ihrem Besucher ins Gesicht blicken konnten.

»Cornelius, du lebst!«, rief Amy erleichtert.

Am liebsten wäre sie vorgestürzt, um den Gaukler zu umarmen. Sie tat es jedoch nicht, weil sie viel zu sehr über seinen Anblick erschrocken war. Sein magisches Duell mit Lucia hatte deutliche Spuren hinterlassen. Cornelius hatte zwar keine schweren körperlichen Verletzungen davongetragen, dafür war sein schwarzes Haar mit den blauen Spitzen nun mit silbrigen Fäden durchzogen. Und seine tiefblauen Augen hatten ein Gutteil ihres Glanzes eingebüßt, wenngleich sie noch immer fröhlich und zuversichtlich dreinblickten.

»Gleich bei unserer ersten Begegnung hätte mir klar sein müssen, dass du niemals aufgeben würdest«, sagte er mit einem müden Lächeln. »Nicht du.« Er musterte sie mit einer Mischung aus Kummer und Stolz. »Ich dachte, ich hätte verhindern können, dass du in diese Sache hineingezogen wirst. Ihr beide. Als ich hörte, dass es eine wie dich gibt, eine, die ohne Magie geboren wurde, wollte ich dich sehen. Aber du warst nur ein kleines Mädchen und ich war überzeugt, dass du niemals eine Chance gegen Lucia hättest.«

»Hätten wir auch nicht gehabt, ohne deine Hilfe und die der anderen.« Amy musterte ihn mit gerunzelter Stirn. »Was meinst du damit, dass du mich unbedingt kennenlernen wolltest? Wir sind uns doch nur zufällig in der Carrodsgasse begegnet.«

Seine Augen blitzten belustigt auf. »Es gibt keine Zufälle, liebe Amy. Jedenfalls nicht für mich. Und glaube mir, niemand kommt ohne Hilfe aus. Entscheidend ist, dass ihr niemals aufgegeben habt, trotz Lucias Einschüchterungsversuchen. Die meisten hätten das getan und wären Hals über Kopf aus der Stadt geflohen.«

Amy schüttelte enttäuscht den Kopf. »Das ist jetzt vorbei. Ich weiß, dass wir Lucia unmöglich aufhalten können.«

»Warum so mutlos?« Verwundert wies Cornelius auf den freien Platz neben sich und bat die beiden, sich zu setzen.

»Weil es keine Hoffnung mehr gibt«, sagte Amy betrübt.

»Hm, findest du?« Cornelius sah sie erstaunt an. »Da bin ich anderer Meinung. Ich glaube sogar, dass du den Schlüssel zu unserer Rettung in dir trägst. Oder eben nicht. Kommt wohl drauf an, aus welchem Blickwinkel man es betrachtet, obwohl es aufs Gleiche hinausläuft.«

Amy versuchte zu verstehen, wovon Cornelius redete. Aber es gelang ihr nicht, seine Worte zu entwirren. »Du bist verrückt«, murmelte sie. »Oder erlaubst du dir einen Scherz mit mir? Was es auch ist, ich finde es nicht komisch.«

»Versteh doch, du bist unsere Rettung, denn du bist der einzige Mensch auf der Welt, der wirklich frei ist.« Cornelius ergriff sie bei den Schultern und drehte sie zu sich herum, sodass er ihr direkt in die Augen sehen konnte. »Du beherrschst keine Magie und dafür hat sie auch keine Kontrolle über dich. Wer Magie richtig einzusetzen weiß, erlangt durch sie Macht. Und wer Macht hat, will immer noch mehr. Dies war die Schwäche des ersten Königs, und es ist auch die von Lord Winterhall.« Er nickte bekümmert. »Lucia hat Winterhall erst dazu gebracht, sich gegen den Prinzen zu stellen, indem sie ihm versprach, ihn zum König zu machen. Sie ist sehr gut darin, Menschen zu manipulieren.« Er seufzte. »Sie hat eine besondere Gabe, zu überzeugen, die sie mit Magie verstärkt. So bringt sie all jene auf ihre Seite, die ihr nützlich erscheinen. Alle anderen lässt sie von Winterhall aus dem Weg schaffen. Du hingegen bist immun gegen jegliche Zauberei, das schützt dich vor ihren Einflüsterungen. Gleichzeitig entziehst du dich ihrer Kontrolle, wozu kein Mensch sonst fähig ist. Und das ist es, was sie am meisten an dir fürchtet, seitdem sie von deiner Existenz erfahren hat.«

»Warum?«, fragte Amy zweifelnd. »Wie du selber gesagt hast, ich bin nur ein kleines Mädchen. Sie hätte mich ins Gefängnis werfen lassen können wie meinen Vater. Warum all der Aufwand?«

»Weil sie zu Recht befürchtet hat, dass auch ich von dir gehört haben könnte und dass ich kommen würde, um dich zu suchen. Darum wurdest du der Obhut deiner Tante übergeben und nicht einfach weggesperrt. Lucia wollte, dass du unter der ständigen Aufsicht von einem ihrer Helfer stehst.«

Amy schüttelte den Kopf. »Aber wie könnte ich dir schon von Nutzen sein?«

»Begreifst du nicht, welche Gefahr du in ihren Augen darstellst?«, sagte Cornelius ernst. »Sie kann dich weder kontrollieren noch kann sie dich verletzen. Alleine diese Vorstellung muss sie mit maßlosem Entsetzen erfüllen. Und nun muss sie auch noch fürchten, dass wir uns gegen sie verbünden.«

»Du übersiehst da aber was«, warf Finn ein. »Lucia hat immer noch Lord Winterhall und Tante Hester. Und die können Amy sehr wohl etwas antun.«

»Nicht mehr, denn jetzt bin ich ja da.« Cornelius lächelte plötzlich. »Ist das nicht allerköstlichste Ironie? Genau dieses Bündnis hat Lucia versucht zu verhindern und hat es nun mit ihrer Ränkeschmiederei heraufbeschworen.«

Amy holte hörbar Atem. Sie teilte Cornelius' Optimismus nicht im Mindesten. Wie sollten sie drei auch nur die geringste Chance gegen eine ganze Schar von Verschwörern haben? Schon bald würde ihr Vater sterben und noch vor ihm Prinz Henry. Sie hob den Blick. War das Lord Winterhalls Rolle bei dieser Verschwörung? Es musste wohl so sein. »Der Tod des Prinzen ...« Sie stockte. »Das ist der Preis, den Lucia von Winterhall verlangt, dafür, dass sie ihn zum König macht. Ist es nicht so?«

Cornelius zögerte, dann nickte er. »Lucia ist so unendlich zornig und wütend über das, was der erste König ihr angetan hat, dass sie nur an Rache denken kann.«

»Der Fluch«, hauchte Amy.

Finn keuchte. »Das ist ein Scherz, oder? Ich meine, das mit dem Fluch. Das hieße ja sonst ... Nein, nein, das glaube ich nicht.« Ein Zittern durchlief seine Gestalt. »Sie kann unmöglich ... *ihr wisst schon was* sein.«

»Sie ist es aber«, sagte Amy und warf ihm einen mitleidigen Blick zu. »Glaub mir, sie ist es.«

Finn klappte den Mund auf und wieder zu und wieder auf. »Die ... die ganze Zeit schon ... kämpfen wir gegen Engel?«, stammelte er und schüttelte fassungslos den Kopf. »Gegen verrückt gewordene, rachsüchtige Engel? Und niemand sagt mir was?«

Amy verzog schuldbewusst das Gesicht. »Ich wollte, nur war ich …«

»Du hast es also gewusst, ja?«, rief er verärgert, dann sah er argwöhnisch zu Cornelius hinüber. »Können sie uns deshalb nichts tun, weil sie Engel sind?«

Er nickte. »Einen Menschen zu verletzen, verstößt gegen Lucias Natur. Das Gleiche gilt für die anderen – und für mich.« Er räusperte sich und fuhr sich über seinen Anzug, als wolle er ein paar Falten glätten. Allein, da waren keine. »Gegenseitig können wir uns natürlich schon bekämpfen, wie ihr gesehen habt«, fügte er leiser hinzu.

Finn sprang vom Sofa auf. »Du bist einer der dreizehn?« Seine Augen drohten ihm aus dem Kopf zu springen, während er vor dem Gaukler zurückwich. »Was … was hast du jetzt mit uns vor?«

Cornelius schien die Frage zu amüsieren. Er lachte, doch auf so eine herzliche Weise, dass sie den Raum mit einer Behaglichkeit füllte, die kein noch so hell loderndes Feuer hätte heraufbeschwören können. »Ach, Finn, ich stehe natürlich auf eurer Seite. Denn auch ich heiße nicht gut, was Lucia und die anderen vorhaben.«

»Er sagt die Wahrheit.« Amy bedeutete Finn mit einem Kopfnicken, sich wieder zu setzen. »Sie haben ihn gejagt, genauso wie uns. Und vergiss nicht: Nur durch seine Hilfe konnten wir aus Mr Frauds Haus fliehen.«

»Ich weiß ... ich weiß ...«, murmelte Finn, der ganz blass im Gesicht geworden war. »Es ist nur so ... Ich meine, er ist ein leibhaftiger Engel?!« Er brach ab und räusperte sich verlegen.

»Das ist er, und nun setz dich wieder.«

Zögerlich kam Finn der Aufforderung nach, wobei er den Gaukler mit einem so durchdringenden Blick bedachte, als sähe er ihn gerade zum ersten Mal richtig.

Amy wandte sich wieder Cornelius zu. Jetzt, da die Wahrheit heraus war, musste sie ihn unbedingt etwas fragen, das sie bereits beschäftigte, seitdem sie ahnte, wer der Gaukler wirklich war.

»Frage nur«, sagte dieser, als wisse er bereits, was in ihr vorging.

»Warum habt ihr die Kinder des ersten Königs sterben lassen?« Die Worte waren kaum mehr als ein Flüstern. Sie klangen auch nicht vorwurfsvoll, sondern einfach nur traurig.

Cornelius nickte, dann nahm er einen tiefen Atemzug. »Keiner von uns war damals so, wie du uns in den vergangenen Tagen erlebt hast. Lucia und die anderen waren früher nicht so voller Hass, wie sie es heute sind. Und auch ich war damals anders.« Mit einem Mal schaute er ein wenig wütend, vor allen Dingen aber bekümmert drein, wie jemand, der auf eine Vergangenheit zurückblickt, die er zutiefst bereut. »Wir waren stolz, viel zu stolz«, fuhr er fort. »Die Menschen erschienen uns so fehlerhaft. In unseren Augen konnten sie nichts richtig machen. Und darum waren wir ja auch hier. Um ihnen zu helfen und beizustehen.« Cornelius schloss für einen Moment die Augen. »Der erste König jedoch war ein Sturkopf, der sich nicht gerne in seine Angelegenheiten hineinreden ließ. Als er damit begann, seine Nachbarn mit Krieg zu überziehen, versuchten wir, ihn davon abzubringen. Doch er wollte nicht auf uns hören. Die Gier nach Macht war einfach zu stark in ihm. Die Mitleidlosigkeit, mit der er in die Reiche seiner Nachbarn einfiel und sie unter seine Herrschaft zwang, weckte Lucias Zorn. Vielleicht war sie auch darüber gekränkt, dass ein Mensch es gewagt hatte, ihren Rat achtlos in den Wind zu schlagen. Jedenfalls verbot sie uns, uns fortan in die Geschicke der königlichen Familie einzumischen. Und dann kam der Tag, an dem der Sturm über das Schiff des Königs hereinbrach. Ich weiß nicht, ob es wirklich so gewesen ist, aber ich hatte schon immer den Verdacht, dass Lucia selbst es war, die ihn heraufbeschworen hat. Als das Schiff schließlich sank und alle zu ertrinken drohten, rief der erste König uns um Hilfe an. Aber Lucia verweigerte sie ihm. Und so bedienten wir uns – ohne es selber zu merken – der gleichen Grausamkeit, die wir am König so sehr verachteten. Das wirklich Schlimme war, dass nur seine Kinder in dem Sturm starben.« Eine einzelne Träne rann über seine Wange. »Der König strafte uns dafür mit dem Fluch, was Lucia und die anderen letztlich nur noch mehr gegen die Menschen aufbrachte.«

»Nur dich nicht?!«

Cornelius zuckte leicht die Achseln. »Ich war zornig auf mich selbst. Und das zu Recht.« Schwermütig schüttelte er den Kopf. »Tausend Jahre waren wir versteinert, unsere Geister aber waren hellwach, sodass wir miterleben konnten, was in der Welt vor sich ging. Lucia sah nur das Schlechte. Sie suchte regelrecht danach, nur um die Menschen noch mehr verachten zu können. Vor dem Schönen und Guten verschloss sie die Augen, trotzdem war es da. Außer Hass und Krieg gab es nämlich auch immer noch Liebe und Freundschaft unter den Menschen. Doch ihr eigener Hass machte Lucia dafür blind.« Cornelius vergrub das Gesicht in den Händen und bedrückendes Schweigen breitete sich in dem kleinen

Zimmer aus. Beklommen starrte Amy vor sich hin. Sie hätte ihn so gerne getröstet, aber sie wusste nicht, was sie hätte sagen können.

»Was soll jetzt passieren?«, fragte Finn nach einer Weile.

Amy warf ihm einen ärgerlichen Blick zu. Sah er nicht, was mit Cornelius los war?

»Wie ich schon sagte, wir werden uns Lucia entgegenstellen.« Der Gaukler hob den Kopf und lächelte schwach.

Amy rollte mit den Augen. Was war nur los mit ihm? Hatte er immer noch nicht begriffen, dass es nichts mehr gab, was sie noch tun konnten? Dann fiel ihr ein, dass er die Wahrheit über den Schwarzen Stern noch gar nicht kannte. Vielleicht war er dem gleichen Irrglauben wie alle anderen aufgesessen. Als einer der dreizehn Engel hatte er die vermeintliche Macht des Steines am eigenen Leib erfahren müssen und hoffte nun womöglich, ihn ein weiteres Mal gegen Lucia und seine anderen Brüder und Schwestern einsetzen zu können.

Amy holte tief Luft und sagte: »Ich muss dir etwas erzählen, Cornelius.« Und dann begann sie, von ihrem nächtlichen Abenteuer in der Spukruine zu berichten und was sie von Aurelius über den Fluch erfahren hatten. Zuerst riss Cornelius ungläubig die Augen auf, im nächsten Moment schlug er sich vor Vergnügen auf die Schenkel. Goldene Tränen rannen ihm über die Wangen. Jetzt ist er aus lauter Verzweiflung wirklich verrückt geworden, dachte Amy.

Nach einer Weile beruhigte sich Cornelius wieder. »Der Schwarze Stern ist also nur ein wertloser Stein«, murmelte er mit hochgezogenen Brauen vor sich hin. »Das ist die überraschendste und zugleich beste Nachricht, die mir seit Langem zu Ohren gekommen ist.«

Amy glaubte sich verhört zu haben. »Was soll daran gut sein?«

»Dass wir mehr wissen als Lucia. Damit haben wir einen Vorteil ihr gegenüber.« Cornelius grinste wie ein kleiner Junge, dem man gerade das schönste Geburtstagsgeschenk gemacht hatte, das er sich vorstellen konnte. »Begreifst du nicht? Solange sie davon überzeugt ist, dass der Schwarze Stern für den Fluch verantwortlich ist, wird sie dem Prinzen nichts antun. Erst nachdem sie den Stein in ihren Besitz gebracht hat, schwebt er ernsthaft in Gefahr.«

»Das hilft *uns* aber nicht weiter«, erwiderte Amy.

»Und ob! Während der Krönungszeremonie am Sonntag werden Lucia und die anderen nur noch den Schwarzen Stern im Sinn haben. Das gibt uns Gelegenheit, unbemerkt in die Kathedrale zu gelangen.« Er rieb sich vor Begeisterung die Hände. »Und dann schlagen wir zu!«

Amy starrte ihn mit offenem Mund an. Cornelius war zweifelsfrei wahnsinnig. »Das ist doch blanker Unsinn!«, rief sie aufgebracht. »An Lucias Stelle würde ich gerade an einem Tag wie diesem alle Augen und Ohren offen halten, damit mir niemand im letzten Moment dazwischenfunkt.«

»Du kennst Lucia nicht. Nun ja, jedenfalls nicht so gut wie ich. Sie ist arrogant und hochnäsig. Und da es mir bei unserer letzten Begegnung nicht gelungen ist, sie zu besiegen, wird sie nicht damit rechnen, dass ich es so schnell ein zweites Mal versuchen werde.«

Amy holte tief Luft, um sich wieder zu beruhigen. »Vielleicht sie nicht, aber sie ist ja nicht alleine dort. Du vergisst Lord Winterhall, meine Tante und all die anderen, die sie unterstützen.«

»Hm, um die mache ich mir die wenigsten Sorgen.« Er zuckte gelassen, fast schon gleichgültig die Achseln.

Er will es einfach nicht verstehen, dachte Amy fassungslos.

Finn, der die ganze Zeit über geschwiegen hatte, fragte nun: »Was möchte sie überhaupt mit dem Schwarzen Stern machen?«

»Ihn zerstören, was sonst?!«, sagte Cornelius schulterzuckend, als wäre es das Offensichtlichste auf der Welt. »Damit der Fluch nie wieder ausgesprochen werden kann. Sie weiß ja nicht, was wir wissen.«

»Zerstören?« Amy war überrascht. An diese Möglichkeit hatte sie noch nicht gedacht. »Ich habe geglaubt, dass sie ihn Lord Winterhall überlassen wird, damit er das Volk unter seine Herrschaft zwingen kann.«

»Oh, bestimmt nicht.« Cornelius winkte ab. »Lucia denkt nur an sich. Und was Lord Winterhall angeht, fürchte ich, dass sie ihn sich selber überlassen wird, wenn sie erst hat, was sie will. Lucia verabscheut die Menschen, seitdem der erste König sie verflucht hat, und wird sich daher nicht an ihr Versprechen ihm gegenüber gebunden fühlen. Auch das könnte uns von Nutzen sein.«

Es reicht!, dachte Amy und sagte laut: »Du hast doch einen Plan. Warum erzählst du uns nicht endlich davon?«

Er gluckste. »Na ja, Plan ist wohl zu viel gesagt. Nennen wir es lieber eine Idee.«

»Und werden uns deine Freunde vom Widerstand dabei helfen?«, wollte Finn sofort wissen. Offensichtlich hatte Cornelius' enthusiastische Art ihn angesteckt.

»Oh, äh, ja …« Der junge Gaukler schaute plötzlich so betreten drein, dass Amy bereits das Schlimmste befürchtete. »Ich muss euch da ein

Geständnis machen.« Er hüstelte verlegen. Im nächsten Moment verschwamm seine Gestalt und nun sah er aus wie der Pirat, der Amy vor den Verschwörern gewarnt hatte. »Du warst das?«, stieß sie mit weit aufgerissenen Augen hervor. Einen Atemzug später verwandelte Cornelius sich in die Hexe, mit der sie in der Carrodsgasse zusammengetroffen waren, dann wurde er zu dem Fahrer des Automobils, der sie vor Mr Greymore und Mr Black gerettet hatte. Zum Schluss saß die abgemagerte Katze mit den tiefblauen Augen auf dem Sofa.

Amy blinzelte fassungslos. »Das alles bist du gewesen?«

Cornelius, der nun wieder wie der Gaukler aussah, zuckte entschuldigend die Achseln. »Und noch vieles mehr. Auf diese Weise konnte ich ein Auge auf euch haben, ohne dass ihr mich gleich erkannt habt. Außerdem hatte ich gehofft, meine Warnungen würden mehr Eindruck schinden, wenn ich als betrunkener Pirat oder als hässliche alte Vettel auftrete.«

»Wir sind also nur zu dritt?«, stöhnte Finn. »Das kann nicht funktionieren. Nie und nimmer!«

»Wir haben Amy«, beharrte Cornelius. »Das reicht voll und ganz.«

»Das ist Unsinn und das weißt du«, entgegnete sie.

Cornelius zwinkerte ihr zu. »Das Wichtigste ist, dass wir am Sonntag an der Krönungszeremonie teilnehmen.«

Amy vergrub die Hände in ihren zerzausten schwarzen Locken. »Und wie soll das bitte gehen? Am Portal wird es Wachen geben, die die Gäste kontrollieren. Du brauchst nur in eine andere Gestalt zu schlüpfen. Aber uns werden sie in unseren zerlumpten Mänteln auf gar keinen Fall reinlassen.« Sie stach ihm den Zeigefinger in die Brust. »Und das wäre noch das kleinste unserer Probleme.«

»Na ja«, wandte Finn ein. »Dagegen könnte ich was tun.«

»Du meinst . . .«

Er nickte. »Es sind immerhin noch vier Tage. Mit ein bisschen Übung kann ich es schaffen, uns wie Lord und Lady von *Irgendwas* aussehen zu lassen. Es darf nur nicht zu lange dauern.«

»So gefällt mir das«, verkündete Cornelius fröhlich.

»Es wird aber nicht funktionieren«, warf Amy ein. »Habt ihr schon vergessen? Bei mir wirkt Magie nicht!«

»Das ist richtig«, bestätigte ihr der Gaukler. »Aber Finns Zauber wird auch nicht auf dich wirken, sondern lediglich ein Trugbild über dich stülpen und so den Leuten vorgaukeln, dass du jemand anderer bist. Es wird so ähnlich sein, als würdest du ein Kostüm tragen.«

»Ich geb's auf.« Amy warf die Arme in die Luft. »Ihr wollt also in einen sinnlosen Kampf ziehen, schön.« Sie fixierte Cornelius aus zusammengekniffenen Lidern. »Dann erklär mir jetzt bitte, was du vorhast. Und keine weiteren Ausflüchte!«

Vom einen Augenblick auf den anderen wandelte sich Cornelius' Stimmung. Das Lächeln schwand aus seinen Zügen und wich einer ungewohnten Ernsthaftigkeit, die ihn älter und ein klein wenig erhaben wirken ließ. Er nickte kaum merklich, während er so düster dreinschaute, wie Amy es noch nie bei ihm erlebt hatte. Dann streckte Cornelius die Hand vor und wölbte sie zu einem Nest. Plötzlich hockte ein kleiner Vogel aus Glas darin und stimmte zwitschernd ein Lied an. »Lucia ist unser größtes Problem«, sagte er mit tonloser Stimme und ohne den Blick von dem Vogel zu nehmen. »Sie ist der Kopf des Ganzen. Ohne sie wird diese Verschwörung wie ein Kartenhaus in sich zusammenbrechen.«

»Stimmt«, flüsterte Amy angespannt. »Lord Winterhall ist ein Angsthase.«

Cornelius nickte. »Es gibt nur einen Weg, Lucia zu besiegen.« Seine Finger schlossen sich über dem kleinen Vogel. Glas splitterte und es wurde still. »Der Fluch.«

Amy zuckte zusammen. »Du … du kennst ihn?«

Er lachte freudlos. »Vergiss nicht, ich war dabei, als der König ihn über uns verhängte. Es ist einer der mächtigsten Zauber, der je von einem Menschen erdacht wurde.«

»Du meinst, wir brauchen ihn nur zu erneuern und schon wird Lucia wieder zu Stein?«, frohlockte Finn bereits.

Cornelius schüttelte den Kopf. »So einfach wird es nicht werden. Heutzutage gibt es keinen Zauberer und keine Hexe mehr, die so mächtig sind, wie es einst der erste König war. Daher sollte der Fluch von mindestens zwei Zauberern oder Hexen gesprochen werden und einer davon muss ein Nachkomme aus der königlichen Linie sein.«

»Prinz Henry«, murmelte Amy.

Cornelius nickte. »Sein Vorfahre ist der Schöpfer des Fluches, darum wird die Magie des Prinzen dem Bann erst Leben einhauchen. Aber wie ich schon sagte, wird er es nicht alleine gegen Lucia und die anderen aufnehmen können, sondern auf eure Hilfe angewiesen sein.« Der Gaukler wandte sich Finn zu. »Du wirst ihm alle magische Unterstützung geben müssen, derer du fähig bist. Und du, Amy …«

»… wirst nutzlos danebenstehen«, beendete sie für ihn den Satz.

»Im Gegenteil«, widersprach der Gaukler so energisch, dass sie zusammenzuckte. »Ohne dich werden die beiden verloren sein. Du wirst ihnen beistehen müssen, denn sobald Lucia durchschaut hat, was vor sich geht, wird sie Magie gegen Finn und Prinz Henry einsetzen. Sie wird versuchen, beide oder auch nur einen von ihnen auf ihre Seite zu ziehen, um die Beschwörung des Fluches zu unterbinden.« Er beugte sich zu Amy vor. »Und du musst das verhindern, denn nur du bist gegen ihre Einflüsterungen gefeit! Hilf ihnen, stark zu sein, unterstütze sie mit all deiner Kraft, mit deiner Freundschaft und Liebe.«

Amy sah ihn mit großen Augen an. Ihre Kehle fühlte sich plötzlich so rau an, dass sie das Gefühl hatte, nie wieder schlucken zu können. Meinte Cornelius das ernst? Alles sollte alleine von ihr abhängen?

»Es tut mir leid, so leid«, sagte der Gaukler. »Ich wünschte, ich könnte diese Aufgabe für dich übernehmen. Aber auf mich wartet ein anderes Schicksal.«

Der Schwarze Stern

Es war Sonntag. Der Tag von Prinz Henrys Krönung. Um Punkt zwölf sollte die Zeremonie in der alten Kathedrale im Süden der Stadt beginnen. Cornelius kam an diesem Tag schon sehr früh in die Weberei. Amy und Finn rieben sich gähnend die Augen, weil sie gerade erst aufgewacht waren.

»Die ganze Stadt ist in Feststimmung«, verkündete Cornelius erstaunlich gut gelaunt. »Es werden überall kleine Wimpel mit dem Wappen des künftigen Königs verteilt. Und ich habe uns das hier mitgebracht.« Er legte ein gut verschnürtes Bündel auf das Sofa und begann, den Knoten zu lösen. Darin fanden sich Brötchen, Honig, Konfitüre, ein wenig Käse und frische Eier.

»Ist das unsere Henkersmahlzeit?«, fragte Finn verdrießlich.

»Warum bist du so übler Laune?«, gab Cornelius zurück. »Heute ist unser großer Tag!« Er zwinkerte den Kindern zu. »Keine Sorge, es wird schon alles gut werden. Ihr müsst nur daran glauben.«

»Wenn das so einfach wäre.« Amy hatte schlecht geschlafen. Die halbe Nacht hatte sie sich ruhelos von einer Seite zur anderen gewälzt. Und wenn sie doch einmal eingenickt war, hatte sie grauenhafte Albträume durchlebt – von zornigen Engeln, die unter einem finsteren Himmel schwebten, aus dem immer wieder Blitze auf die Stadt hinabzuckten, um Häuser und Straßen in Brand zu setzen. War es das, was sie erwartete, wenn sie heute versagen würden?

»Willst du nichts essen?«, fragte Cornelius.

Amy schüttelte den Kopf. Ihr Magen fühlte sich an, als wäre er auf Erbsengröße zusammengeschrumpft. Ein einziger Bissen würde ausreichen, und das Abendessen käme ihr wieder hoch. Auch Finn machte keine Anstalten, zuzugreifen.

»Wenn ihr nicht mögt.« Cornelius zuckte die Achseln und stopfte die Sachen in sich hinein. »Eigentlich müssen Engel nicht essen«, erklärte er schmatzend. »Aber so köstliches Essen kann man doch nicht verderben lassen. All diese Gerüche und Geschmäcke, die einem auf der Zunge zergehen ...«

»Du bist unmöglich«, fauchte Amy. »Wie kannst du nur so ruhig bleiben? In ein paar Stunden könnten wir bereits tot sein.« Sie maß den Gaukler mit einem finsteren Blick. »Zumindest Finn und ich.«

Cornelius legte das Brötchen, in das er gerade gebissen hatte, neben die anderen. Nun richtete er sich auf und trat zwei Schritte zurück, sodass er beide Kinder im Auge hatte. »Glaubt mir, wenn ich euch sage, dass ich in ebenso großer Gefahr schwebe wie ihr. Und ich kann verstehen, dass ihr Angst habt. Mir geht es nicht anders.« Ein Lächeln huschte über seine Lippen, als Amy ein überraschtes Gesicht zog. »Meine letzte Auseinandersetzung mit Lucia habe ich nur überlebt, weil ich geflohen bin.«

»Wenn du gerade versuchst, uns Mut zu machen, ist das genau die falsche Ansprache«, beschwerte sich Finn.

»Für Momente wie diese gibt es keine richtigen Worte.« Cornelius schien ein wenig in sich zusammenzusinken. Er sah nun wieder trauriger und auch älter aus. »Würde ich euch etwas vormachen, würdet ihr es sofort durchschauen, und das wäre noch schlimmer. Ihr würdet denken, ich mache das nur, weil ich überzeugt davon bin, dass wir nicht gewinnen können. Aber das stimmt nicht! Es wird schwierig, ja, ganz sicher sogar. Und tollkühn ist unser Plan obendrein, trotzdem kann er gelingen.«

Amy und Finn ließen sich ins Sofa zurücksinken.

»Lasst die Köpfe nicht hängen.« Plötzlich entschlüpfte ein geisterhafter Schleier Cornelius' Fingerspitzen. Goldener Flitter tanzte darin, während das blassblaue Wölkchen zur Decke schwebte, wo es in einem farbenprächtigen Funkenregen zerbarst. Amy musste gegen ihren Willen lächeln und plötzlich stieg ihr der Geruch von Pfefferminz in die Nase. Sogleich musste sie an die kleine gemütliche Küche daheim denken. Weitere Erinnerungen wurden in ihr wach. An heiße Schokolade und ein wohlig warmes Feuer, das im Ofen prasselte, während ihr Vater von einem seiner spannenden Abenteuer erzählte.

»He, ich rieche Rosen und Flieder und … *Mondfeuer!*«, rief Finn mit leuchtenden Augen.

Cornelius lächelte. »Wenn es euch schlecht geht, versucht einfach, an etwas Schönes zu denken. Mir hilft das immer.«

»Hast du uns etwa verzaubert?«, platzte Finn heraus.

»Ganz und gar nicht«, sagte Cornelius. »Wenn man etwas Schönes sieht, kommen die schönen

Erinnerungen von ganz alleine. Haltet an ihnen fest und kämpft so gegen die Trübsal in euren Herzen an.« Sein Gesicht wurde wieder ernst. »Hört mir jetzt gut zu: Bei dieser Sache dürft ihr euch nicht auf mich verlassen. Ich bin nur eine winzige Figur, gefangen in einem Spiel, das schon viel zu lange dauert. Auf euch kommt es an! Darauf, dass ihr an euch selbst glaubt. Verstanden?«

»So viel ist von uns abhängig«, jammerte Finn. »Es sind ja nicht nur unsere eigenen Leben. Da ist ein ganzes Königreich . . .«

»Da draußen ist eine ganze Welt«, verbesserte Cornelius ihn. »Alles, was man tut, wirkt auf sie. Freundschaften, die man schließt, eine kleine Freude, die man jemand anderem macht, aber auch ein böses Wort . . . Meistens denkt man nur nicht darüber nach. Also macht euch die Last, die ohnehin auf euren Schultern liegt, nicht noch unnötig schwerer.« Er nickte ihnen auffordernd zu. »Was ist jetzt, seid ihr bereit?«

»Einen Augenblick noch.« Finn wickelte den Schal von seinem linken Arm und streckte diesen vorsichtig. Er verzog ein wenig das Gesicht, dann sagte er: »So ist es besser.«

Sie warfen sich ihre Mäntel über und verließen die Weberei.

In den vergangenen Tagen waren alle Straßen der Stadt festlich geschmückt worden. Bunte

Wimpel hingen von den Straßenlaternen und viele hatten Fahnen an ihre Häuser gehängt, die das königliche Wappen zeigten: einen schwarzen Stern, umringt von dreizehn weißen. Selbst die Bäume trugen Bänder, die aufgeregt im Wind flatterten, der trotz des strahlenden Sonnenscheins durch die Straßen und Gassen fegte.

Auf ihrem Weg zur Kathedrale begegneten Amy, Finn und Cornelius, der jetzt einen vornehmen schwarzen Anzug und Zylinder trug, mehreren Festzügen, die von fröhlich musizierenden Kapellen angeführt wurden. Viele Menschen waren unterwegs, mehr als sonst. Vermutlich waren sie zur Krönungsfeier aus den umliegenden Ländereien angereist. Sie waren gut gelaunt und trugen ihre beste Feiertagstracht. Und überall liefen lachende und schreiende Kinder herum, schwenkten kleine Fähnchen und waren dabei so aufgeregt, als wäre Weihnachten.

Die Kathedrale, deren Türme man schon von Weitem sehen konnte, zählte zu den imposantesten Bauwerken der Stadt. Nicht nur wegen ihrer immensen Größe. Sie strahlte eine solche Würde und Erhabenheit aus, dass man sich in ihrer Nähe wie ein unbedeutender Winzling vorkam. Selbst die umliegenden Häuser wirkten geduckt, als wagten sie nicht, sich neben ihr in ihrer vollen Größe und Pracht zu präsentieren.

»O nein!«, rief Amy, als sie die Menschenmasse sah, die sich um die Kathedrale versammelt hatte. Das sind ja Tausende, nein, Zehntausende, dachte sie beeindruckt und eingeschüchtert zugleich.

»Wir hätten besser das Automobil genommen«, meinte Finn naserümpfend. »Damit hätten wir bis vor den Eingang fahren können. So, wie es diese piekfeinen Adeligen in ihren Kutschen machen.«

Cornelius schüttelte den Kopf. »Das hätte zu viel Aufsehen erregt. Wir dürfen auf keinen Fall aus den anderen Gästen herausstechen.«

Mühsam quetschten und drängten sie sich zwischen den Schaulustigen hindurch, die davon überhaupt nicht begeistert waren. Immer wieder wurden sie mit finsteren Blicken gestraft, manche beschimpften sie sogar lautstark. »Einfach ignorieren«, grummelte Cornelius, der Amy und Finn vorausging, um den Weg für sie frei zu machen. Als sie sich schließlich bis in die vorderste Reihe vorgekämpft hatten, bugsierte er die beiden zum äußersten Rand der Wartenden. Dann beugte er sich zu Finn vor und musterte ihn fragend. »Ich weiß, wie viel Kraft ein solcher Illusionszauber kostet. Und wäre die Situation eine andere, würde ich dir beistehen. Aber du weißt ja, es geht nicht. Ich müsste mich dafür voll und ganz auf euch konzentrieren und das würde meine Aufmerksamkeit schwächen. Dieses Risiko kann ich nicht eingehen, bevor ich nicht weiß, wo Lucia und die anderen sind. Und ob sie uns nicht bereits in der Kathedrale auflauern.« Er musterte Finn sorgenvoll. »Du musst wenigstens so lange durchhalten, bis wir an den Wachen vorbei sind. Wirst du das schaffen?«

Amy warf Finn einen aufmunternden Blick zu. Die letzten Tage hatte er unablässig geübt, eine Illusion um sie beide herum zu weben, die sie wie einen hochnäsigen Earl und seine noch hochnäsigere Frau aussehen ließ. Allerdings war der Zauber so anstrengend, dass er ihn bisher nie lange durchgehalten hatte. Es musste also alles sehr schnell gehen. Wenn ihre Tarnung sich auflöste, bevor sie das Portal durchschritten hatten, würden sie auffliegen.

Finn holte tief Luft und nickte.

Cornelius richtete sich wieder auf und stellte sich so vor den beiden hin, dass sie hinter seinem Rücken verschwanden. Zusätzlich stemmte er die Arme in die Hüften, wodurch das Cape, das er trug, auseinandergezogen wurde und einen noch größeren Sichtschutz bot. Schon im nächsten Moment tippte ihm ein grauhaariger Mann mit strengem Gesicht und buschigen Wangenbärten von hinten auf die Schulter. Neben ihm stand eine

Frau mit einer Nase, spitz wie ein Habichtschnabel.

Cornelius grinste. »Perfekt.«

Amy war mulmig zumute, als sie sich dem riesigen zweiflügeligen Portal der Kathedrale näherten. Auf jeder Seite waren sechs Wachen in den purpurroten Uniformen der königlichen Leibgarde postiert, kräftige Männer mit bulligen Gesichtern, deren bloßer Anblick so einschüchternd wirkte, dass die Zuschauer freiwillig einen weiten Abstand zu ihnen wahrten. Alle zwölf trugen blitzblank polierte Helme, die in der warmen Oktobersonne glänzten, und waren mit Hellebarden bewaffnet, die sie um zwei Haupteslängen überragten. Vollkommen reglos standen sie mit versteinerten Mienen da, die Blicke starr geradeaus gerichtet, als wären sie völlig in die Betrachtung der jubelnden Menge vertieft. Dennoch war Amy überzeugt, dass sie ganz genau mitbekamen, was um sie herum geschah.

Cornelius schien über die Wachen nicht im Mindesten bekümmert. Seine ganze Erscheinung strahlte eine solche Würde, Vornehmheit und Arroganz aus, dass die anderen Gäste ihm bewundernde Blicke zuwarfen und sich gegenseitig hinter vorgehaltener Hand zutuschelten, wer er wohl sei. Amy nahm dies alles nur am Rande wahr. Momentan galt ihre größte Sorge Finn, der in der

Gestalt des alten Earls neben ihr herwankte. Gehörte das zu seiner Rolle? Sie war sich nicht sicher und deshalb hakte sie sich vorsorglich bei ihm unter. Cornelius hingegen genoss seinen Auftritt sichtlich. Mit geschwellter Brust stolzierte er, an den Wachen vorbei, auf einen älteren Herrn in einer grünen Livree mit weißer Halskrause zu, der die edlen, mit Gold verzierten Einladungen entgegennahm.

Als Cornelius vor ihm stehen blieb, war der Alte so eingeschüchtert von seiner Erscheinung, dass er nicht anders konnte, als sie durchzuwinken, ohne sich auch nur versichert zu haben, ob ihre Einladungen echt waren. Aber selbst wenn er es getan hätte, hätte er sie unmöglich als Fälschungen erkannt. Dafür war Cornelius einfach ein zu guter Zauberer.

Amy zerrte Finn hinter Cornelius her, der erhobenen Hauptes in das dämmrige Innere der Kathedrale schritt. Sobald sie drin waren, wandte er sich zu ihnen um, packte Finn unter dem anderen Arm und manövrierte die beiden zwischen den Gästen hindurch zum Seitenschiff, um dort hinter einer der mächtigen Marmorsäulen Zuflucht zu suchen. Kaum waren sie dahinter verschwunden, ließ Finn den Illusionszauber fallen und sackte zu Boden.

Amy kniete sich neben ihn und fühlte behutsam seine Stirn. Sie war schweißnass und eiskalt. »Wie geht es dir?«, fragte sie mit ängstlicher Stimme. Finn sah keuchend auf, zu schwach, um einen Ton über die Lippen zu bringen. »Gib ihm ein paar Minuten«, flüsterte Cornelius. »Dann geht es ihm wieder besser.«

Sie nickte und strich Finn das feuchte Haar aus dem Gesicht. »Was ist mit Lucia?«

Cornelius schüttelte den Kopf. »Sie ist noch nicht hier.«

Amy entspannte sich ein wenig. »Was war das eigentlich für ein Auftritt da draußen?« Sie nickte in Richtung des Portals, durch das weitere Gäste in die Kathedrale strömten. »Ich dachte, wir wollten uns so unauffällig wie möglich verhalten.«

»Wir haben uns so verhalten, wie man es von jemandem unseres Standes erwartet.« Cornelius zwinkerte. »Hätten wir uns angeschlichen, als hätten wir was zu verbergen, wären die Gardisten sofort misstrauisch geworden.«

Zum Glück erholte Finn sich recht schnell. Die Farbe kehrte in sein Gesicht zurück und er konnte wieder aufstehen. Zwar zitterten seine Beine noch leicht, aber er ließ sich nicht davon abhalten, mit Amy hinter der Säule hervorzulinsen, um zu sehen, was in der Kathedrale vor sich ging.

Amy stellte sich auf die Zehenspitzen, konnte aber weder ihre Tante noch Lord Winterhall entdecken. Vermutlich saßen sie auf Ehrenplätzen ganz vorne.

Lange Reihen von Holzbänken, alle bis auf den letzten Platz besetzt, füllten die Kathedrale. Es mussten Hunderte Gäste sein, alle festlich gekleidet. Die Herren trugen zwar ausnahmslos tristes Schwarz, die Damen waren hingegen ganz offensichtlich bemüht, sich mit ihren Kleidern an Pracht und Farbenvielfalt gegenseitig zu übertreffen. Wohin Amy auch blickte, sah sie schimmernde Seide und edlen Brokat, bestickt mit Perlen und gesponnenem Gold. Viele der adligen Damen trugen komplizierte Hochsteckfrisuren, in denen juwelenbesetzte Haarnadeln oder kostbare Diademe steckten, die im Licht der Kerzen wie Bruchstücke des Regenbogens funkelten.

»Kommt, ihr zwei«, raunte Cornelius. »Wir müssen weiter nach vorne.«

Sie schlichen von Säule zu Säule, bis sie die Stelle erreichten, wo sich Mittelschiff und Querschiff kreuzten. Dort, im Herzen der Kathedrale, befand sich der prächtige, mit Gold und rotem Samt ausgestattete Krönungsthron. Die dreizehn leeren Steinsockel, auf denen tausend Jahre lang die Engel gestanden hatten und die ihn nach wie vor umringten, raubten ihm jedoch einen Teil seines Glanzes.

Plötzlich verfinsterte sich Amys Miene. »Da

sind sie ja.« Sie deutete auf die vorderste Reihe der Sitzbänke, wo die Verschwörer saßen. Tante Hester wirkte in ihrem zartrosa, viel zu eng sitzenden Kleid noch dürrer als sonst. Ihre Augenbrauen, buschig wie eh und je, waren dicht über ihren Augen zusammengezogen, die immer wieder nervös zum Eingang der Kathedrale sahen. Neben ihr saß Lord Winterhall. Klein und dick, wie er war, hatte er sich in einen schimmernden weißen Anzug mit Goldborten an den Schultern gezwängt, was ihn zusammen mit seinem Schnurrbart mehr denn je wie ein kostümiertes Walross aussehen ließ. Aufgeregt tätschelte er die Hand einer Frau, die seine Zwillingsschwester hätte sein können. Vermutlich war es Lady Penelope Winterhall, deren Kleid glitzerte und schimmerte, als hätte sie in Goldstaub gebadet.

»Worauf wartet Lucia noch?«, fragte Amy leise.

»Ich denke, sie passt den richtigen Augenblick ab. Sie hat schon immer große Auftritte geliebt«, sagte Cornelius.

Amy blickte zum Portal, dessen mächtige Bronzeflügel gerade von den purpurgewandeten Leibgardisten des nächsten Königs geschlossen wurden. Nun konnte es nicht mehr lange bis zum Beginn der Zeremonie dauern.

Um Punkt zwölf setzte das Läuten der Glocken ein. Abrupt verstummte das Gemurmel in der Kathedrale. Alle starrten gebannt nach vorne. Eine Seitentür öffnete sich und Prinz Henry trat heraus, geleitet von sechs Gardisten, die ihm zum Thron folgten und links und rechts davon Stellung bezogen. Amy war dem Prinzen noch nie so nahe gewesen. Er war ein schlaksiger junger Mann mit dünnem blonden Haar und fahl schimmernder Haut, die ihn kränklich wirken ließ. Seine Augen, die in einem tiefen Azurblau erstrahlten und ungewöhnlich wachsam und intelligent dreinschauten, waren das einzige bisschen Farbe in seinem Gesicht. Sogar sein Krönungsgewand, in Gold und Silber gehalten, wirkte matt und glanzlos an ihm. Ein wenig konnte Amy verstehen, warum Tante Hester befürchtete, dass die Nachbarreiche einen König wie ihn nicht ernst nehmen würden.

Sobald das Läuten der Glocken verebbt war, erhob sich Prinz Henry, um eine Begrüßungsrede zu halten. »Werte Gäste, seid mir willkommen an diesem altehrwürdigen Ort, an dem bereits meine Vorväter gekrönt wurden und heute auch mir die Königswürde zuteilwird, die mich zum Herrscher über dieses Land und sein Volk macht.«

Tosender Applaus.

Auch Amy klatschte in ihrem Versteck, was bei dem allgemeinen Getöse niemandem auffiel. Sie hatte erwartet, dass Prinz Henry mit einer dünnen, farblosen Stimme sprechen würde, passend zu seiner schmächtigen Erscheinung. Stattdessen war sie klangvoll und mitreißend, als würde ihr ein eigener Zauber innewohnen.

Der Beifall verstummte und der Prinz fuhr fort: »Viel zu früh ist mein edler Vater von uns geschieden. Und das Erbe, das er mir hinterlassen hat, ist kein leichtes, doch eines, auf das ich stolz bin. Nicht als Pflicht, sondern als Ehre betrachte ich es, dieses ruhmreiche und mächtige Reich regieren zu dürfen.«

Erneut erscholl jubelnder Applaus, der erst abflaute, als der Prinz sich setzte. Orgelmusik wurde angestimmt und die Seitenpforte öffnete sich ein weiteres Mal. Herein trat der grauhaarige Erzbischof, der die Krönung durchführen würde. Würdevoll schritt er auf den Thron zu, gefolgt von drei Lakaien, von denen einer die Krone, einer das Zepter und der dritte den Reichsapfel trug. Es wurde eine langwierige Zeremonie, die aus Ansprachen, Gebeten, Chorgesängen und noch mehr Ansprachen bestand, an deren Ende der Erzbischof dem Prinzen die Krone aufsetzte.

Je länger es dauerte, desto unruhiger wurde Amy. Wo blieben Lucia und die anderen? Sie sah zu ihrer Tante und Lord Winterhall hinüber, die sich beide verdächtig ruhig verhielten. Worauf warteten sie bloß? Amy warf Finn und Cornelius fragende Blicke zu, die sie mit einem Schulterzucken quittierten.

Haben wir uns geirrt?, überlegte Amy fieberhaft. Werden sie doch woanders zuschlagen?

Nachdem endlich auch alle Lords, Herzöge und Grafen des Königreiches ihre Treueschwüre geleistet hatten, war es an dem neuen König, seinen Eid gegenüber dem Land und dem Volk abzulegen. Erneut erhob er sich von seinem Thron.

»Hiermit verspreche ich, das Königreich nach den bestehenden Gesetzen zu regieren und alles in meiner Macht Stehende zu tun, um Recht und Gerechtigkeit zu bewahren«, begann er feierlich. »Ich verspreche außerdem, das Volk und all jene, die mir Treue geschworen haben, gegen jeden Feind und jedes Übel zu beschützen, dem Einhalt zu gebieten ich in der Lage bin.« König Henry überreichte das Zepter und den Reichsapfel dem Erzbischof, dann hob er die rechte Hand über den Kopf. Die Menge folgte der Bewegung mit erwartungsvollen Blicken. »Dies schwöre ich bei der Macht des Schwarzen Sterns.« Ein helles Licht glomm in der erhobenen Hand des Königs auf. Als es kurz darauf erlosch, hielt er einen pechschwarzen, funkelnden Kristall darin.

Amy hielt unwillkürlich den Atem an. Das war er also. Der Schwarze Stern. Mit ihm hatte alles Unheil angefangen und doch war er nichts weiter als ein dummer Stein, der vom Himmel gefallen war.

»Es ist so weit«, hörte sie Cornelius hinter sich raunen. »Ich kann die Nähe der anderen jetzt spüren.«

Er hatte kaum ausgesprochen, als die Flügel der Kathedrale wie von einem mächtigen Luftzug getroffen aufschwangen und donnernd gegen das Mauerwerk schlugen. Grellweißes Sonnenlicht flutete in das Innere der Kathedrale. Und als hätte das Licht selbst sie dorthin getragen, traten zwölf Menschen hervor. Amy erkannte Lucia, Mr Fraud, Mr Greymore und Mr Black, begleitet von acht weiteren Frauen und Männern, die den Mittelgang entlang auf den Thron zuschritten.

»Wer seid ihr und was wagt ihr es, diese Zeremonie zu stören?« Die Stimme des grauhaarigen Erzbischofs hallte zornig durch die Kathedrale.

Im selben Moment ging eine Verwandlung mit den zwölf vor sich. Vor den Augen der entrüstet murmelnden Gäste fiel ihre menschliche Gestalt von ihnen ab, zerfaserte wie ein Spiegelbild auf der Oberfläche eines Teiches, in den ein Stein geworfen wurde. Darunter kamen überirdisch schöne Wesen zum Vorschein. Sie waren in lange weiße Gewänder gekleidet und mit mächtigen weißen Schwingen ausgestattet, die ihre Schultern wie Mäntel aus Federn umgaben. Das Faszinierendste an ihnen waren jedoch ihre Augen: Sie waren golden und leuchteten von innen heraus.

Schreie des Entzückens und der Freude brachen unter den Gästen aus.

Amy schüttelte den Kopf. Sie waren alle so ahnungslos. Aber es konnte nicht mehr lange dauern, bis die Engel ihre wahren Gesichter zeigten.

»Da, deine Tante und Lord Winterhall«, raunte Finn.

Amy sah zu den beiden hinüber. Sie hatten sich von ihren Plätzen erhoben. Ihre Gesichter spiegelten Erleichterung wider. Und Triumph. Als die Engel nahe genug waren, um einen Halbkreis um den Thron zu bilden, eilten sie zu ihnen. »Was hat das zu bedeuten, Lord Winterhall?«, wandte sich der neue König an seinen Ratgeber. Doch der ignorierte ihn. »Seht!«, rief er den Gästen zu. »Seht, die Engel sind zurückgekehrt!«

Die Menge jubelte.

Amy seufzte.

Lord Winterhall fuhr sich zufrieden über seinen Walrossbart, dann drehte er sich mit einem boshaften Lächeln zum Thron um. »Allerdings sind sie nicht zu Ehren Seiner Majestät gekommen.« Anklagend wies er auf den verdutzt dreinblickenden König. »Denn seine Familie war es, die die Engel einst verraten hat. O ja, hintergangen und verraten. Und nun soll er als der letzte Spross des alten Königshauses dafür büßen!«

Dieses Mal folgte entsetztes Schweigen.

Der Engel Lucia wandte sich Lord Winterhall zu. »Bring mir den Schwarzen Stern!« Ihre Stimme hallte wie Donner durch die Kathedrale und ließ die Gäste zusammenzucken. »Und eile dich, denn dieser Ort widert mich an!« Voller Abscheu musterte sie die leeren Podeste, bevor sie den Blick ihrer hasserfüllten Augen über die erstarrte Menge schweifen ließ.

Inzwischen musste allen klar geworden sein, dass dies nicht die freundlichen und gütigen Engel aus den alten Geschichten waren. Nackte Angst stand vielen Menschen ins Gesicht geschrieben. Hier und da stiegen leise Schluchzer auf. Amy beobachtete, wie man überall zusammenrückte, um Schutz und Trost beim anderen zu suchen. Warum flohen diese Narren nicht?

Auf Lucias Befehl hin traten Lord Winterhall und Tante Hester auf den jungen König zu, um sich mit Gewalt zu nehmen, was die Engel seit ihrem Erwachen begehrten. Sofort stellten sich ihnen die sechs Leibgardisten entgegen. Sie hatten ihre Waffen gezückt, juwelenbesetzte Zeremonienschwerter. Anscheinend hatte niemand wirklich mit einem Angriff gerechnet. Amy schüttelte den Kopf. Was machten die da? Tante Hester war eine geschickte Zauberin und Lord Winterhall stand ihr bestimmt in nichts nach. Entsprechend unbeeindruckt gingen sie auf die Männer zu. Doch plötzlich flammten Feuerkugeln in den freien Händen der Leibgardisten auf. Sie warfen sie Tante Hester und Lord Winterhall entgegen. Aber bevor die brennenden Kugeln die Verräter erreichen konnten, verpufften sie wirkungslos an einem unsichtbaren magischen Schild.

»Was war das?«, zischte Finn.

»Das hätte ich mir denken können«, grummelte Cornelius. »Lucia schützt die beiden. Die Wachen haben keine Chance gegen sie.«

Wie um seine Worte zu bestätigen, winkten Lord Winterhall und Tante Hester fast schon gelangweilt mit den Händen, woraufhin Seile aus dem Nichts erschienen und die Leibgardisten des Königs binnen weniger Augenblicke fest verschnürt hatten. Die Männer stürzten zu Boden, wo sie sich wie hilflose Würmer wanden und krümmten.

»Ich beschwöre Euch!«, rief der Erzbischof und stellte sich dem Ersten Ratgeber des Königs entgegen. »Besinnt Euch darauf, wem Ihr die Treue geschworen habt!«

Lord Winterhall stieß ihn mit einem hämischen Lachen zur Seite. Scheppernd schlugen Zepter und Reichsapfel, die den zittrigen Händen des alten Mannes entglitten waren, auf dem Steinboden auf. Ohne darauf zu achten, deutete Lord Winterhall auf das Schwert eines Gardisten, woraufhin es ihm in die Hand sprang. »Nun, Majestät«, sagte er mit einer Stimme, die vor Spott und Hohn triefte, »werdet Ihr mir den Schwarzen Stern freiwillig übergeben oder ich werde Euch töten müssen!«

Der junge König zögerte. Sein Blick glitt über die eingeschüchterte Menge. Von ihr konnte er keine Hilfe erwarten. Langsam ließ er die Hand mit dem Schwarzen Stern sinken. »Ich warne Euch«, ermahnte ihn Lord Winterhall. »Wenn Ihr versucht, ihn zu benutzen, werde ich mit dem Schwert Euer Herz durchstoßen. Das geht schneller, als Ihr glaubt.«

»Verräter!« Die Miene des Königs war voller Verachtung, als er ihm den Schwarzen Stern darbot. »Nehmen Sie ihn«, sagte Lord Winterhall zu Amys Tante. »Ich werde unseren Freund hier im Auge behalten, damit er keine Dummheiten macht.«

Tante Hester beäugte den König argwöhnisch, während sie mit ihren langen dürren Fingern das Juwel hastig ergriff.

»Endlich!« Lucia schnappte gierig nach dem Stein, als Amys Tante ihr diesen brachte. Ihre Hand schloss sich darum. Ein entsetzliches, in den

Ohren schmerzendes Knirschen – wie wenn Stein gegen Stein reibt – echote durch die Kathedrale. Als sie die Hand wieder öffnete, rieselte feiner schwarzer Staub zwischen ihren Fingern zu Boden. »Es ist vollbracht!« Sie hob das makellos schöne Gesicht, auf dem Genugtuung und Erleichterung miteinander um die Vorherrschaft wetteiferten, und stieß ein grässlich freudloses Lachen aus.

Amy schüttelte es.

»Jetzt ist der richtige Moment«, sagte Cornelius hinter ihr. »Lucia glaubt sich nun sicher.«

Sie drehte sich zu ihm um. »Und du bist überzeugt, dass es funktionieren wird?«

»Du glaubst doch daran, oder?«

Amy lächelte halbherzig. »Hab ich eine andere Wahl?«

Hand in Hand traten sie und Finn hinter der Säule hervor und gingen den Engeln entgegen. »Wen haben wir denn da?«, rief Lucia, als sie die beiden bemerkte. »So viel Ärger habt ihr mir bereitet und jetzt kommt ihr sogar freiwillig zu uns.«

Der Engel, der sich Mr Fraud genannt hatte, wich angewidert vor Amy und Finn zurück. »Wie ich euch verabscheue, ihr widerlichen, schmutzigen Geschöpfe!«

»Ihr kommt zu spät.« Lucias glühende Augen

bohrten sich in Amys Blick. »Nichts kann uns jetzt noch aufhalten.«

»Nun ja«, sagte Mr Black verächtlich. »Zum Sterben kommt man nie zu spät. Töten Sie die beiden, Lord Winterhall, damit wir ein für alle Mal von diesen Plagegeistern erlöst sind. Und dann schaffen Sie uns den König vom Hals.«

»Das ... das können Sie nicht machen.« Tante Hester war vorgetreten, das Gesicht so weiß wie Lord Winterhalls Festanzug. »Ich habe nie viel für meine Nichte übriggehabt, aber immerhin ist sie die Tochter meiner Schwester. Davon, dass Sie sie töten würden, war nie die Rede!«

»Gefühlsduseleien können wir uns jetzt nicht leisten.« Lord Winterhall stieß mit dem Schwert in Amys Richtung. »Und nun stir-*aaah!*«

Tante Hester hatte einen Blitz gegen ihn geschickt, der den kleinen Mann von den Füßen gerissen hatte, sodass er nun wimmernd auf dem Boden kauerte. Rauch stieg von einer schwelenden Wunde in seinem Rücken auf.

Die Menge schrie. Die Faszination dieser unwirklichen Situation, die sie bisher wie einen Albtraum gefangen gehalten hatte, war durch Tante Hesters Angriff auf den Ersten Minister gebrochen worden. Überall herrschte Panik. Kreischend und drängelnd stürzten die Gäste der Krönungszeremonie dem Portal der Kathedrale entgegen, um sich in Sicherheit zu bringen.

»WAS HAST DU DA GETAN?« Lucias Stimme traf Amys Tante mit solcher Wucht, dass diese vor Pein aufschrie und sich verzweifelt die Hände auf die Ohren drückte.

Amy nutzte das Durcheinander, um mit Finn hinüber zum König zu huschen, der wie betäubt vor seinem Thron stand. Sie musste ihn mehrmals am Ärmel zupfen, bevor er überhaupt merkte, dass sie da waren.

»Was ... was wollt ihr?«, fragte er lahm.

»Eure Hilfe«, sagte Amy.

»Ich kann euch nicht retten ... ich ...«

Amy hatte den Finger auf den Mund gelegt, um ihm zu bedeuten, dass er schweigen sollte. Dann winkte sie ihn zu sich herab, um ihm etwas ins Ohr zu flüstern.

»Ich wusste nicht, dass die genauen Worte noch existieren. Ich dachte, sie seien vor langer Zeit verloren gegangen. Bist du dir sicher?«

Amy lächelte bloß, dann nahm sie mit ihrer rechten Hand seine linke, sodass sie zwischen ihm und Finn stand. »Wir können es nur gemeinsam schaffen«, sagte sie. »Ohne Eure Magie kann er nicht wirken. Also sprecht mir nach: *Hört uns, ihr Engel, die ihr wandelt auf Erden. Aus Stein sind eure Herzen, zu Stein sollt ihr werden.*«

Lucia fuhr herum, als sie die Worte vernahm, die der Anfang des uralten Fluches waren, der sie und die anderen vor so langer Zeit in Stein gebannt hatte. »Nein, nein, nein!« Sie hielt auf Amy zu, aber die ließ sich nicht einschüchtern. Sie verstärkte den Griff um Finns Hand und um die des Königs. Nichts durfte die Verbindung trennen.

Lucias Augen loderten. Sie hob die Hand, die sich in eine wabernde Flamme verwandelte. »Das werde ich nicht zulassen. Was auch immer der Preis dafür sein mag, ich werde es dir nicht gestatten, das zu tun.« Plötzlich stand Cornelius zwischen ihnen. Im Gegensatz zu seinen Schwestern und Brüdern hatte er seine menschliche Gestalt beibehalten. »Es ist vorbei, Lucia«, sagte er ruhig.

»Nie und nimmer!« Sie schlug ihm mit der Flammenhand ins Gesicht. Doch Cornelius zuckte nicht einmal zusammen, als sie ihm die Wange verbrannte. »Du hast ihnen den Fluch verraten! Nur du kannst es getan haben«, schrie Lucia völlig außer sich. »Aber du bist nur einer, nur einer! Du kannst uns nicht aufhalten.« Als hätte sie nach ihnen gerufen, kamen die anderen Engel herbei. Mit Blicken, die voller Hass und Verachtung waren, starrten sie auf Cornelius herab.

Er lächelte unbeeindruckt. »Ich muss euch nicht aufhalten. Ich muss Amy nur Zeit verschaffen.«

»Der Fluch wird niemals gelingen«, zischte Lucia. »Der Schwarze Stern ist zerstört, seine Macht gebrochen …«

»Der Schwarze Stern war nichts weiter als ein funkelndes, aber nutzloses Juwel. Er hat nie wirkliche Macht besessen, sondern lediglich die dunkle Seite des ersten Königs heraufbeschworen.« Cornelius seufzte vorwurfsvoll. »Das hätte uns schon damals klar sein müssen. Gut und Böse besitzen immer nur so viel Macht, wie wir ihnen durch unsere Taten zugestehen.«

Lucia schüttelte wild mit dem Kopf. Feurige Tränen strömten aus ihren Augen. »Die Menschen sind schlecht. Sie sind es nicht wert, von uns beschützt zu werden. All die Kriege, all das Leid, das sie sich gegenseitig zugefügt haben. Wie kannst du dich da auf ihre Seite stellen?«

»Weil es unsere Aufgabe ist«, sagte Cornelius sanft. »Vor allen Dingen aber tue ich es, weil ich das Gute in ihnen gesehen habe. Diese Kinder«, er wies auf Amy und Finn, »sind der beste Beweis dafür.« Er blickte in die Gesichter der Engel. »Was ist nur mit euch geschehen? Inzwischen seid ihr selbst zu dem geworden, was ihr bei den Menschen am meisten verachtet. Eure Herzen sind voller Hass und Rachsucht. Versteht ihr denn nicht? Wir haben uns selbst verraten und darum ist in dieser Welt kein Platz mehr für uns.«

Lucia stieß ein angewidertes Schnauben aus. »Wie kannst du es wagen, uns mit ihnen auf eine Stufe zu stellen?«

Cornelius schüttelte traurig den Kopf. »Du willst einfach nicht verstehen, Lucia.«

»Meinst du, ja? Nun denn, Cornelius, lass uns prüfen, ob dein Glaube in diese Kinder berechtigt ist.« Sie trat von ihm zurück und der Blick ihrer goldenen Augen legte sich auf Amy, verweilte jedoch nur kurz bei ihr, bevor er sich Finn zuwandte. »Denkst du wirklich, du könntest uns aufhalten, Junge? Wir sind Engel, und damit unsterblich und unsagbar mächtig. Ihr hingegen ... ihr seid bloß Menschen.«

Amy spürte die Woge aus Magie, die Lucias machtvoller Stimme entströmte. Ihr konnte sie nichts anhaben. Sie konnte sie weder verletzen noch beeinflussen. Aber wie sah es mit Finn aus? War er stark genug, ihren Verlockungen zu widerstehen? War er stärker als Lord Winterhall und Tante Hester?

»Stell dich auf unsere Seite, Junge.« Mit einem Mal war Lucias Stimme voller Wärme, Zuneigung und Güte. »Komm zu uns und ich verspreche, dir zu geben, was immer du dir wünschst.«

Amy musterte Finn besorgt von der Seite und sah Zweifel und Furcht in seinen Augen glimmen. Das war es, wovor Cornelius sie gewarnt hatte.

Lucia versuchte gerade, ihr Finn wegzunehmen, weil sie ahnte, wie viel er ihr bedeutete, und weil dieser Fluch ohne seine Unterstützung niemals gelingen konnte. »Nein, hör nicht auf sie«, stieß Amy verzweifelt aus. »Sie lügt!«

»Ich weiß, was du dir wünschst, Finn. Mehr als alles andere.« Ein glockenhelles Lachen kam über Lucias Lippen. »Es sind Vater und Mutter. Schon immer wolltest du wissen, wer deine Eltern sind. Ist es nicht so? Nun, ich könnte dich zu ihnen bringen.« Sie streckte ihm eine weiße, langfingrige Hand entgegen und lächelte auffordernd. »Du musst nur zu uns kommen. Das ist alles.«

Amy sah Finn den inneren Kampf an, den er gegen sich selbst ausfocht. Sie brauchte nur daran zu denken, wie sehr sie ihren Vater vermisste, um zu verstehen, was in ihm vorging. »Finn, bitte«, flehte sie. »Erinnere dich, was Cornelius gesagt hat. Einem Menschen gegenüber fühlt sich Lucia nicht an ihre Versprechen gebunden.« Langsam wandte er ihr das Gesicht zu. Unendlicher Kummer lag in seinen bernsteinfarbenen Augen. »Amy, ich ...«

»Nein.« Amy schüttelte so energisch den Kopf, dass ihre schwarzen Locken wild hin und her flogen. »Ich lasse dich nicht gehen. Niemals.« Tränen stiegen ihr in die Augen. »Du gehörst zu mir, ZU MIR!«

Finn sah sie erstaunt an. »Meinst du das ernst?«

Sie nickte heftig.

Plötzlich spielte ein Lächeln um Finns Mundwinkel. Langsam wandte er Lucia das Gesicht zu. »Ich habe meine Familie längst gefunden«, erklärte er entschieden.

»Narr!«, spie sie hervor und blickte sich mit funkelnden Augen um. »Allesamt seid ihr Narren.«

»Lucia, siehe deine Niederlage endlich ein«, bat Cornelius sie eindringlich. »Gemeinsam könnten wir ...«

»Niemals!« Sie trat noch weiter von ihm weg, zurück in die Mitte der anderen Engel. »Wenn hier kein Platz mehr für uns ist, soll auch für niemanden sonst Platz in dieser Welt sein.«

»Das ... kannst du nicht tun«, brach es mit zittriger Stimme aus Cornelius heraus. Dann drehte er sich mit schreckensweiten Augen hastig zu Amy um. »Beende es. Schnell, bevor sie noch größeres Unheil anrichten kann!«

Amy nickte traurig. Dies war der Moment des Abschieds. Sie würde Cornelius nie wiedersehen, denn der Fluch würde alle Engel in ein tausendjähriges Gefängnis bannen. Und dennoch lächelte Cornelius so fröhlich und zuversichtlich, als gäbe es nichts zu bedauern. Amy musste die Lippen fest aufeinanderpressen, um den zornigen Aufschrei zurückzuhalten, der ihre Kehle emporkroch. Sie funkelte Lucia und ihre Engel an, die an all dem Unglück schuld waren. Inzwischen hielten sie einander an den Händen und ein Leuchten war um ihre Gestalten herum erwacht. Was immer die Engel da taten, es konnte nichts Gutes bedeuten. Sie sah Finn und den Prinzen an. »Jetzt kommt es auf uns an.«

Amy begann und Finn und der König fielen mit in die Worte ein:

»Hört uns, ihr Engel, die ihr wandelt auf Erden.
Aus Stein sind eure Herzen,
zu Stein sollt ihr werden.«

Die Erde erbebte und die Welt begann sich vor Amys Augen zu verzerren, wie ein Gemälde, an dem von allen Seiten gerissen wird. Doch kam das nicht durch den Fluch. Zu ihren Seiten stöhnten Finn und der junge König schmerzgepeinigt auf, als die zerstörerische Magie der Engel über sie hinwegrollte. Amy verstärkte den Griff um ihre Hände, die ihr zu entgleiten drohten, als die beiden auf die Knie sackten. Dann sah sie ein letztes Mal zu Cornelius hinüber. Leb wohl, dachte sie. »Kommt schon, ihr schafft das«, ermahnte sie Finn und den König. »Sprecht mir einfach nach!«

Die beiden nickten stöhnend.

»Tausend Jahre soll dieser Fluch euch binden.
Alleine mit euren Gedanken,
um zu euch selbst zu finden.«

Die Schreie der Engel hallten durch die Kathedrale. Sie waren voller Wut, Qual und Entsetzen. Und schon einen Augenblick später war alles still.

»Es ist vorbei«, murmelte Amy matt. Sie sank zu Boden und die Welt um sie herum verlor sich in Dunkelheit. Das Letzte, was sie hörte, war Finn, der angstvoll ihren Namen schrie.

Zu Hause

Es war ein besonderer Tag. Der schönste in Amys Leben. So kam es ihr wenigstens vor. Zusammen mit Finn stand sie vor dem Tor der alten Festung und wartete darauf, dass ihr Vater endlich herauskam. König Henry hatte seine Entlassungspapiere am Morgen persönlich unterschrieben, nachdem Amy gestern sein Leben gerettet hatte. Auch jene, die als verschwunden gegolten hatten, in Wahrheit jedoch von den Verschwörern eingekerkert worden waren, weil sie ihnen entweder auf die Schliche gekommen waren oder nicht mit ihnen hatten zusammenarbeiten wollen, sollten heute freikommen.

Amy war schon ganz aufgeregt. Sie trat von einem Fuß auf den anderen, weil sie es nicht erwarten konnte, ihren Vater endlich wieder in die Arme zu schließen. Selbst der schale Geruch des Abwassers, der vom Fluss zu ihnen herüberwehte, konnte ihr die gute Laune nicht verderben. Immer wieder zupfte sie an Finns Ärmel und murmelte: »Warum dauert es so lange?«

»Vielleicht gibt es ja einen Hinterausgang und er wartet schon zu Hause auf dich«, zog er sie auf.

»Meinst du?« Sie sah ihn erschrocken an.

Finn fing an zu lachen. »Hier gibt es keinen Hinterausgang. Ich hab nur Spaß gemacht.«

Amy starrte ihn finster an. Just in diesem Moment schwang einer der schweren eisernen Torflügel auf. Ihr Herz machte einen Sprung. Da kommt er, dachte sie mit einer Mischung aus Panik und Vorfreude.

Es war ein Schock. Sein rabenschwarzes Haar war zerzaust und stand in alle Richtungen ab. Und er hatte einen Bart, der ihn mindestens zehn Jahre älter aussehen ließ. Doch dann überwog die Wiedersehensfreude.

»Papa!«, rief Amy und lief los, um ihn zu begrüßen.

Sie schlossen sich in die Arme und weinten beide. Amy hätte ihn am liebsten nie wieder losgelassen. Irgendwann wurde es jedoch Zeit, sich auf den Heimweg zu machen. »Ich hab dich lieb, Amy.« Ihr Vater küsste sie auf die Stirn und wischte ihr die restlichen Tränen mit den Daumen fort. »Jetzt wird alles wieder gut!«

Amy nickte. Ein dicker Kloß saß ihr im Hals, sodass sie kein Wort herausbekam und Finn sich selbst vorstellen musste. Anschließend riefen sie eine Droschke herbei und ließen sich nach Hause bringen, wo Handwerker damit beschäftigt waren, die zerstörte Vordertür und die Terrassentür zu ersetzen.

Mit einem glücklichen Seufzer sah ihr Vater sich im Haus um. »Mir kommt es wie eine Ewigkeit vor«, murmelte er. »Dabei waren es bloß zwei Wochen.«

»Zwei endlose Wochen«, meinte Amy.

Er nickte. »So, und jetzt gehe ich mich waschen und rasieren. Ich muss ja entsetzlich stinken.«

»Da sagst du was.«

»Frech wie eh und je.« Kopfschüttelnd stieg ihr Vater die Treppe hinauf.

»Mach nicht zu lange«, rief Amy ihm nach. »Finn und ich fangen nämlich schon mal mit dem Kochen an.«

Als sie alle satt waren – ihr Vater hatte zweimal Nachschlag genommen –, begann Amy zu erzählen. Ihr Vater wollte haarklein wissen, was in den vergangenen Wochen geschehen war und wie aus seiner kleinen Tochter eine Heldin geworden war.

Also berichtete Amy ihm, wie sie sein Notizbuch entdeckt hatte und herausfinden musste, dass Tante Hester mit den Verschwörern unter einer Decke steckte. Wie Finn sie aus dem Keller befreit hatte und sie anschließend geflohen waren. Und wie sie nach und nach dem Plan der Verräter auf die Spur gekommen waren und von dem Geist Aurelius erfahren hatten, dass die angeblich gestohlenen Statuen in Wirklichkeit die verfluchten Engel gewesen waren.

»So etwas Ähnliches hatte ich mir gedacht«, sagte ihr Vater und fuhr sich nachdenklich über das Kinn. Gleich darauf lächelte er anerkennend. »Sehr gut gemacht, ihr zwei. Trotzdem will ich doch hoffen, dass ihr euch zukünftig von allem Ärger fernhaltet.«

»Wenn der Ärger sich auch von uns fernhält«, erwiderte Amy schelmisch.

»Übrigens ist mir im Gefängnis zu Ohren gekommen, dass man noch gestern den Polizeichef verhaftet hat, weil er an der Verschwörung beteiligt war, ebenso wie einige Minister und Hofbeamte, die allesamt enge Vertraute von Lord Winterhall sind.« Er schüttelte ungläubig den Kopf. »Wer hätte das gedacht? Und was ist überhaupt mit Hester?«

»Sie ist fort«, sagte Amy und ein Schatten legte sich über ihr Gesicht. »Nachdem sie Lord Winterhall angegriffen hatte, ist sie geflohen. Seitdem hat sie niemand mehr gesehen.«

»Inzwischen kann sie sonst wo sein«, fügte Finn hinzu. »Sie ist raffiniert und sie ist eine mächtige Zauberin. Darum glaube ich auch nicht, dass sie sie finden werden.« Er zuckte leicht die Achseln. »Ist vielleicht besser so. Sie hat Lord Winterhall getötet. Sie käme an den Galgen, wenn sie sie schnappen würden.«

Amys Vater sah ihn irritiert an. »Ich dachte, sie hätte ihn nur . . .«

»Seine Verletzungen waren zu schwer.« Amy sah ein wenig betreten in die Runde. »Sie hat es für mich getan.«

Ihr Vater strich ihr über den Kopf. »Niemand ist vollkommen gut oder böse. Denkt nur an Cornelius. Er hat sich schließlich gegen seine Schwestern und Brüder gestellt und euch die Worte verraten, die die Welt gerettet haben.«

»Einer von dreizehn, das ist nicht gerade viel«, meinte Finn.

»Aber ohne ihn hätten wir es nicht geschafft«, erwiderte Amy.

»Hm.« Ihr Vater zog plötzlich ein nachdenkliches Gesicht. »Das wäre eine gute Schlagzeile: Der dreizehnte Engel. Ich sage euch, die Zeitung wird mir diese Story förmlich aus den Händen reißen.« Er lächelte glücklich, was auch Amy zum Lächeln brachte. »Wer mag einen Pfefferminztee?«, wollte er wissen. »Ich brauche jetzt unbedingt einen.«

Amy und Finn bejahten, woraufhin Mr Tallquist aufsprang und die Teekanne aus dem Schrank holte. Amy war sich sicher, dass er nur ihr zuliebe auf Magie verzichtete.

Die Türglocke läutete. Wer konnte das sein?

»Ich gehe«, verkündete Amy.

Vor der Tür stand ein junger Mann in einem indigoblauen Anzug.

»Cornelius!«, rief Amy fassungslos. Im nächsten Moment breitete sich ein glückliches Grinsen auf ihrem Gesicht aus und sie fiel dem Engel um den Hals. »Wie bist du dem Fluch entkommen?«

»Ich weiß nicht.« Er zuckte leicht die Achseln. »Vielleicht war es einfach nur Glück.«

Doch an Glück wollte Amy bei so einem mächtigen Zauber nicht glauben. Etwas anderes musste Cornelius gerettet haben. *Aus Stein sind eure Herzen, zu Stein sollt ihr werden*, echote es plötzlich in ihrem Kopf. Amy blinzelte verwundert. Über Cornelius konnte man in der Tat vieles sagen: dass er ein wenig verrückt war und immer für eine Überraschung gut. Aber ein Herz aus Stein hatte er gewiss nicht. War er deshalb verschont worden? »Oh, ich kann dir gar nicht sagen, wie glücklich ich bin, dich zu sehen.« Sie ergriff seine Hand, um ihn ins Haus zu ziehen, doch Cornelius rührte sich nicht von der Stelle.

Fragend blickte sie zu ihm auf. »Ich bin auch froh, dich wiederzusehen, Amy. Allerdings ...« Es fiel ihm sichtlich schwer, weiterzusprechen. Er räusperte sich verlegen. »Allerdings bin ich nur gekommen, um mich zu verabschieden.«

Amys Grinsen erstarb. Irgendwie hatte sie geahnt, dass er so etwas sagen würde. Sie seufzte. »Ich werde dich vermissen.«

»Das musst du nicht. Du hast deinen Vater und Finn.« Er lächelte aufmunternd, aber der Knoten, der sich bei seinen Worten in Amys Bauch gebildet hatte, ließ sich nicht so leicht vertreiben. »Was hast du jetzt vor?«

»Erst einmal muss ich herausfinden, ob für jemanden wie mich noch Platz in dieser Welt ist.«

»Werden wir uns irgendwann wiedersehen?«

»Ich weiß es nicht. Ich weiß es wirklich nicht.«

Amy presste die Lippen aufeinander und nickte. »Was ist mit den anderen? Lucia und ... du weißt schon.«

»Hast du etwa Mitleid mit ihnen?«

Sie wich seinem Blick aus. »Sie wollten die Welt vernichten und sicherlich haben sie es verdient, bestraft zu werden. Aber dieser Fluch ist so entsetzlich. Wenn ich mir vorstelle ...« Sie brach ab.

»Ich verstehe nur zu gut, was du meinst. Allerdings birgt der Fluch auch Hoffnung.«

»Du glaubst, Lucia könnte sich ändern?«

»Wie ich schon einmal sagte: Sie war nicht immer so, wie du sie kennengelernt hast. Vielleicht werden sie und die anderen eines Tages verstehen, so, wie ich verstanden habe. Außerdem hatte ich vorhin eine Unterhaltung mit dem König.«

Amy horchte auf.

»Er wird die Engel aus der Kathedrale fortbringen lassen, und zwar an einen Ort, von dem ich hoffe, dass er meinen Brüdern und Schwestern die Augen öffnen wird.«

Sie musterte den Gaukler neugierig. »Und wo ist der?«

Cornelius schüttelte jedoch nur den Kopf, dann pflückte er aus der leeren Luft eine violette Rose und überreichte sie Amy zum Abschied. »Es wird Zeit, Lebewohl zu sagen.«

Sie nahm die Blume und sah ihm nach, wie er davonging. »Auf Wiedersehen, Cornelius«, murmelte sie, als er am Ende der Straße aus ihrem Blickfeld verschwand. Gedankenverloren roch sie an der Rose und musste heftig niesen, als sie sich in flirrenden Silberstaub verwandelte, der vom Wind davongetragen wurde. Schmunzelnd schloss sie die Haustür hinter sich.

»Wer war das?«, wollte Finn wissen, als sie zurück in der Küche war.

»Nur ein Freund. Ich erzähle euch später von ihm.« Amy setzte sich auf ihren Platz, wo eine Tasse mit dampfendem Pfefferminztee für sie bereitstand. Sie wollte gerade einen vorsichtigen Schluck nehmen, als die Türglocke erneut ertönte. Hatte Cornelius es sich etwa anders überlegt? Amy sprang von ihrem Stuhl auf und lief erneut zur Haustür. Dieses Mal folgte ihr Finn neugierig.

»Schön, euch wiederzusehen, Kinder.«

Es war Mr Burbridge, der kleine maulwurfsgesichtige Bibliothekar. Seit dem Feuer in der Bibliothek hatte Amy nichts mehr von ihm gehört. Sie war erleichtert, ihn wohlauf zu sehen, und schüttelte seine dürre Hand so kräftig, dass ihm die Brille auf der Nase verrutschte. Lachend rückte er sie wieder zurecht. »Ist es wahr, kleine Amy?«, fragte er mit vor Aufregung zittriger Stimme. »Ist dein Vater wieder daheim?«

»Kommen Sie herein, Mr Burbridge, dann können Sie sich selbst davon überzeugen.« Sie führte ihn in die Küche, wo er ihrem Vater mit einem erleichterten Lächeln entgegentrat. »Rufus, mein lieber, alter Freund!«, rief Mr Burbridge und ergriff seine Hand, um sie herzlich zu drücken. »Ich kann dir gar nicht sagen, wie froh ich bin, dass es dir gut geht.«

Die vier setzten sich an den Küchentisch und tranken von dem frisch aufgebrühten Tee, während Amy und ihr Vater abwechselnd berichteten, was ihnen widerfahren war. Mr Burbridge lauschte gebannt, schüttelte dann und wann fassungslos den Kopf, wagte es jedoch nicht, die beiden zu unterbrechen.

»Was ist mit Ihnen, Sir?«, erkundigte sich Finn anschließend. »Konnten Sie Ihre Bücher retten?«

Mr Burbridge lächelte kläglich. »Einige sehr kostbare konnte ich in Sicherheit bringen. Viele mehr sind verbrannt. Zum Glück ist die Bibliothek jedoch nicht vollständig zerstört worden. Einige Abteilungen sind überhaupt nicht von dem Feuer betroffen. Was schon an ein kleines Wunder grenzt.« Plötzlich hellte sich seine Miene auf. »Und der König hat mir bereits zugesagt, dass er den Wiederaufbau der Bibliothek unterstützen wird.«

»Wenn das keine guten Neuigkeiten sind«, meinte Amys Vater beschwingt.

Gegen Abend, als es draußen bereits zu dämmern begann, saßen Amy, ihr Vater und Finn vor dem Ofen der kleinen Küche und wärmten sich mit heißer Schokolade. Sie hatten die Ofenklappe aufgemacht, sodass mehr Wärme nach draußen drang und sie die flackernden, rotgoldenen Flammen beobachten konnten. Es war ein gemütliches Beisammensein, das jeder von ihnen, besonders aber Amy, genoss. Sie hatte die beiden wichtigsten Menschen in ihrem Leben um sich, und das gab ihr ein so glückliches Gefühl, das es in ihrem Bauch wohlig kribbelte. Selbst der Abschied von Cornelius erschien ihr in diesem Moment weniger schmerzhaft, obwohl sie sich wünschte, dass er jetzt bei ihnen wäre.

»Ich frage mich, was aus Meister Chang und mir wird«, sagte Finn plötzlich und blickte betreten auf seine Hände, die mit der Tischdecke spielten.

Amy setzte sich auf. Daran hatte sie noch gar nicht gedacht. Jetzt, da Tante Hester verschwunden war, gab es niemanden mehr, der sich um das Haus kümmern und Meister Chang und Finn für ihre Arbeit bezahlen würde.

Doch Amys Vater winkte ab. »Da Tante Hester als Verräterin an der Krone gilt, fällt ihr gesamter Besitz an ihre einzige lebende Blutsverwandte. Und das ist Amy. Du siehst, es gibt nichts, worüber du dir Sorgen machen müsstest.«

»Was?« Amy starrte ihn mit offenem Mund an. »Heißt das etwa …«

»… dass wir bald in einer riesigen Villa wohnen werden?« Ihr Vater nippte an seiner Tasse. »Hm, gut möglich.«

Amy wusste nicht genau, was sie davon halten sollte. Auch wenn sie dadurch fortan immer in Finns Nähe wäre, konnte sie sich nicht richtig über dieses »Erbe« freuen. Die Villa hatte für sie immer etwas Böses an sich gehabt. Kein Ort, an dem man sich gerne aufhielt. Auf der anderen Seite war es das Haus, in dem ihre Mutter aufgewachsen war. Amy musste an all die Sachen denken, die einmal ihr gehört hatten und die nun in dem feuchten Keller vor sich hin moderten. Sie musste sie unbedingt retten. Vielleicht konnten sie ihr Dinge über ihre Mutter verraten, die sie sie schon immer hatte fragen wollen und über die zu reden sie nie Gelegenheit gehabt hatten.

»Du bist auf einmal so still«, sagte Finn. »Geht es dir gut?«

Amy wandte ihm lächelnd das Gesicht zu. »Jetzt schon.«

Danksagung

Diese Geschichte zu erzählen, hat mir unglaublich viel Freude bereitet. Umso schwerer ist es mir am Ende des Buches gefallen, von den Figuren Abschied zu nehmen. So vieles mehr gäbe es über Amy zu erzählen, so vieles mehr aus ihrer magischen Welt zu berichten … und vielleicht werde ich das eines Tages auch tun.

Ich möchte mich herzlich bei Stefan Wendel bedanken. Für die zahlreichen Gespräche und Anregungen, ohne die *Der 13. Engel* nicht das wäre, was er ist. Ebenso möchte ich Kristin Weigand danken. Vor allem für ihren Beitrag zu Cornelius, der dadurch noch facettenreicher geworden ist. Und Carolin Böttler, dass sie mit Adlerauge all die kleinen Ungereimtheiten ausfindig gemacht hat, die es noch auszubügeln galt.